delventhal

Jo Arnald

SCHNEEWEHE

Luis Landauer ermittelt

Kriminalroman

delventhal

Taschenbuchausgabe

2. Auflage, Februar 2024

1. Auflage, August 2023

Delventhal Verlag, Tirol

Umschlaggestaltung: whitepeakdesign.com

Umschlagfoto: serts

ISBN: 978-3-903500-02-0

delventhalverlag.com

Für Walter

PROLOG

Kitzbühel, 1933

„Franz."

„Hm."

„Loss sechn!"

„Naaaa." Er hielt die Spielkarten verdeckt und blickte auf.

„Hawi die Ehre, i brauch noch wos zum saufen. Gibt`s do no wos, Himmifix?"

Der Wirt hatte die Arme über dem Bauch verschränkt, gähnte und blickte müde hinter dem Tresen auf. Die beiden letzten Gäste, die in seiner verrauchten Gaststube saßen, fanden an diesem Abend kein Ende. Er hatte das Geschirr gespült und verräumt, die Gläser ins Regal hinter ihm einsortiert und schon einige der Stühle umgedreht auf die Tische gestellt.

„Naaa", brummte er, „Franz, es is gnua jetz. Ich moch zua. Is scho schpat! Du verlierst eh scho die gonze Nocht. Heats hoid auf."

„Zoag` dei Koaten, Franz!", rief Rudolf ärgerlich und schaute mit strengem Blick auf den Mann, der ihm gegenüber saß. Franz` Haare waren zerzaust, seine müden Augen hatte er zu Schlitzen verengt.

„Naaa, no oa Schnapsl…! OAS!", rief Franz wütend und schlug mit der Faust auf den Tisch, dass die leeren Gläser klapperten. Sein Gesicht war vor Zorn tiefrot angelaufen.

„Na. Gnuag jetz, aus is. Host eh scho an Rausch", sagte der Wirt bestimmt. „Auf! Aussi mit eich!"

„Verfluacht!“ Genervt warf Franz seine Karten quer über den Tisch. „Verfluacht noamoi!“

„Host überhaupt Göd dabei?“, fragte Rudolf.

„Naaa.“

„Naa geh. Nocha, auf donn.“ Rudolf blickte zum Wirt.

„Wos schuid i dia?“

„14 Schilling, dann passt´s. Franz, dei Zech schreib i wieder auf. Jetz schaugs oba, dass Metta gwins!“

Die beiden Männer traten polternd ins Freie. Kalte Luft schlug ihnen entgegen. Die Aprilnacht war sternenklar, die engen Straßen menschenleer und still. Und es war dunkel. Die wenigen Straßenlaternen gaben nur schwaches Licht.

„Ma, a oasch koid isch.“

Franz Arnold schwankte und torkelte die Hauptstraße hinunter. Er drehte sich um, als er Rudolfs Schritte dicht hinter sich hörte.

„Heh. Lafst du ma noch?“

„Spuischuiden sind Ehrenschuiden. Du host den gonzn Obend verloren.“

„Ah geh, gib` i da moagn. Mach di nit wichtig.“

„Na, sicher nid, morgen host ois vergessen, jetz glei.“

„Ma. Geh ma nit auf die Nerven. A Scheiß ois.“

Wortlos stolperten sie auf dem abgefahrenen Kopfsteinpflaster durch die verwinkelten Straßen der kleinen Stadt. Die Fensterläden der Häuser waren verschlossen. Die Männer gingen mit hochgezogenen Schultern an der Kirche vorbei, die Hände tief in den Jackentaschen vergraben.

„Wo wohnstn du überhaupt?“, fragte Rudolf in die Stille.

„Da. In da Kirchgossn", brummte Franz.
Sie verließen die Straße und bogen in einen schmalen, dunklen Weg. Der Mond, der am wolkenlosen Himmel stand, zeichnete die Silhouette eines frei stehenden Hauses. Es war hell verputzt und hatte hübsche Holzfensterläden.
Franz Arnold stieß die alte Haustür auf. Es roch abgestanden nach Kraut und Staub, säuerlich, stickig, stank nach Verdorbenem.

„Bah, do stinkt`s. Wo is denn dei Frau?", sagte Rudolf angewidert.

„Oghaut. Heheheee. Naaa, bei da Mutta am Hof, die is kronk. Wos woas denn i", lallte er. „Was wuist jetz?"
Franz trat in die Stube, öffnete zwei Fenster und zündete die Kerzen auf den Fensterbänken an. Dann hob er den Kolben der Lampe auf dem Tisch und entzündete den Docht. Etwas frische Luft verteilte sich im Raum. Rudolf sah sich in der kargen Stube um und erkannte eine klassische Sitzecke mit Eckbank und geschnitzten Holzstühlen. Auf einem der Stühle lehnte ein gemaltes Bild. An der anderen Wand stand ein großer Büffetschrank, der mit allerhand Kram vollgestellt war. Auf dem Tisch sah er benutztes Besteck auf einem Teller. Kalt war es zu seinem Erstaunen nicht, im schweren Ofen brannte noch der Rest eines Feuers und spendete dem Raum etwas Wärme. In der anderen Ecke stand ein ungemachtes Einzelbett.

„Schlofst du do?"

„Es is oasch koid im Haus. Hoazen kost, woast eh."

„Wia vui host` im Haus?"

„Wos?“

„Wia vui Göd Du im Haus host!“

„Nix.“

„Nix, bist deppert. Nix? Gar nix? Koan Schilling?“

„Na. Geh, schleich di jetz. Die Zeiden sind verdamp schlecht. Woast eh.“

„Wos is mit dem Buitl da?“

„Wos soi damit sei? Hob i ois Lohn kriag vom Singer Hans. Hob sei Leitunga geschwaßt. Der hot aba a nix Bares hop. A schas Zeit is des.“

„Ja, nocha, dann gib mia des Buitl und wir san quitt.“

„Naaa, loss mi in Ruha, kriagst no a Schnapsl, dann schleichst di.“

Franz griff mit der einen Hand nach einer halb leeren Flasche Marillenschnaps, die auf dem hölzernen Buffet stand, mit der anderen nach zwei kleinen Gläsern, schenkte die Gläser voll und stellte sie auf den Tisch.

„Gsun`heit.“

Sie tranken den Schnaps in einem Zug. Rudolf schüttelte sich.

„Teifi, so a stoakes Zeig!“

„Hob i söwa brennt“, grinste Franz „Brennt wia die Höll, da kean wia eh hi!“

Er knallte das Glas auf den Tisch.

„Und jetz hau o!“, lallte er und schubste Rudolf kräftig nach hinten.

Rudolf wankte, hielt sich aber an einem der schweren Stühle fest.

„Naaa, du schuidst ma Göd, vadommt. Gib ma jetz

wenigstens des Büd“, sagte er, schubste zurück, trat einen Schritt vor und schlug mit der Faust fest zu. Er traf sein Gegenüber an der Schläfe. Franz wankte ein paar Schritte rückwärts, stolperte über seine eigenen Füße und fiel. Es knallte dumpf, als der Kopf des Mannes gegen die Kante des Ofens prallte. Und noch einmal, als der schwere Körper auf den Steinboden aufschlug.

„Verfluachta Osch“, brummte Rudolf. „Jetz foast du in di Höll!“

Er klemmte sich das Bild unter den Arm, drehte sich um und verließ das Haus.

Es war wieder still. Ein leichter Windstoß fuhr durch den Raum. Die rot karierte Gardine am offenen Fenster wehte langsam auf. Mit einem weiteren Windstoß wehte die Gardine direkt in die Flamme der Kerze, die auf der Fensterbank stand. Der Stoff fing sogleich Feuer. Langsam züngelten die Flammen an der Stoffbahn hinauf. Wenige Minuten später brannte das ganze Haus lichterloh.

Innsbruck 2015

TAG 1

Der weite Himmel stand tief dunkelblau und sternenklar über der zerklüfteten Horizontlinie des Karwendelgebirges. Schnee bedeckte den festen Wettersteinkalk noch bis hinunter zur Baumgrenze und verlieh dem kantigen Bergmassiv einen ganz besonderen Schimmer. Der untere Teil des Massivs hob sich steil und schwer aus dem Tal hinauf in die Höhe. Auf über zweitausend Meter. Oben an der Seegrube und am Hafelekar leuchteten die beiden Bergstationen wie zwei gefallene Sterne im Schnee. Chefermittler Major Alois Landauer stellte seine Einkaufstasche ab und atmete die klare, kühle Abendluft ein. Er roch den Schnee auf den Bergen, sonderbar kühl und frisch. Es war schon April. Tagsüber wurde es angenehm warm, doch abends fiel die Temperatur immer noch rasch, und es wurde recht kühl. Schon seit zwei Wochen hatte es keinen Niederschlag mehr gegeben, und nur noch wenige schmutzige Schneereste lagen in den schattigsten Winkeln der Stadt.

Vor der Finsternis des Bergs erstrahlte, hell erleuchtet, eine der beiden Talstationen der neuen Hungerburgbahn. Der seltsam geschwungene Bau aus Glas erinnerte ihn immer an ein Raumschiff, das zufälligerweise genau vor seiner Haustür gelandet war. Er war bisher noch nicht mit der Bahn gefahren, wusste aber, dass sie bis ganz nach oben auf die Nordkette ging. Der Blick von da oben musste einzigartig sein.

Gedankenverloren griff er in der Sakkotasche nach seinem Haustürschlüssel und seufzte. An diesem Tag war er zu nichts gekommen. Andauernd hatte das Telefon geklingelt, eine Besprechung war der nächsten gefolgt, jeder hatte irgendetwas von ihm gewollt. Wenigstens hatte er die überfälligen Berichte der letzten Wochen abgeschlossen und abgegeben. An diesem Abend wollte er einfach nur noch seine Ruhe haben. Nichts mehr tun. In die Dunkelheit schauen. Kein Fernsehen, keine Musik, in Ruhe entspannen. Das war vielleicht für einen 39-jährigen „jungen Burschen", wie ihn seine alte Nachbarin immer nannte, nicht sehr spannend, aber als ein leitender Ermittler im LKA 1, der Abteilung Leib und Leben Innsbruck, also der Mordkommission, erlebte er genug Spannung jeden Tag.

Er drehte den Schlüssel im Türschloss, als sein Telefon klingelte.

„Landauer."

„Servus Luis, hier Moser Dieter aus der Zentrale. Wir haben eine leblose Person. Wie es aussieht, Fremdeinwirkung."

„Wo?"

„Im Rapoldipark."

„Sind die anderen schon informiert?"

„Ja sicher. Die Kollegen sind schon unterwegs."

„Gut, danke. Bin ich dann auch."

Er nahm noch einen tiefen Atemzug frische Luft.

So viel zum Thema gemütlicher Abend. Extra in den dritten Stock in seine Wohnung hinaufzufahren, erschien ihm momentan viel zu mühsam. Kurzentschlossen ging er stattdessen die Treppe hinunter in den Fahrradkeller, stellte seine Einkäufe in eine Ecke und öffnete das Schloss seines Mountainbikes. Hier unten war es kühl genug für die Lebensmittel, und stehlen würde die Tasche wohl auch niemand. Er schob das Rad durch die Tiefgarage und fuhr über die Auffahrt nach oben ins Freie. Dort bog er in den Rennweg ein.

Es war kurz nach acht. Die abendliche Dämmerung hatte sich mittlerweile über die gesamte Stadt gelegt. Auf dem beleuchteten Radweg fuhr er am Hofgarten vorbei. In dieser kleinen Grünanlage aus der Zeit Maria Theresias waren hier im Sommer für gewöhnlich viele Leute unterwegs. Momentan zeigte sich die Stadt jedoch noch von ihrer ruhigen Seite. Was er sehr schätzte. Am Ende des Parks sah er, dass die bei den Touristen so beliebten Fiaker, die Pferdekutschen, die ihre Stadtbesichtigungsrunden anboten, ihre Schicht beendet hatten. Die Posten am Ende des Parks waren verwaist, die tierischen Hinterlassenschaften zusammengekehrt. Zu seiner Rechten erstrahlte die Innsbrucker Hofburg prächtig und schwerfällig im gelben Licht der Scheinwerfer mit ihren stuckbesetzten Fenstern und den Kuppeltürmen. Doch dafür hatte er gerade überhaupt keinen Sinn. Er schaute noch nicht einmal hinüber.

Im Rapoldipark war eigentlich schon eine ganze Weile nichts mehr passiert, dachte er. Wahrscheinlich ging es wieder um Drogen. Wäre ja nicht das erste Mal.

Er erinnerte sich an die tote Studentin, die sie vor ein paar Jahren dort aufgefunden hatten und an die Verstecke, in denen

Dealer im Park ihre Ware deponierten. Für seine Kollegen von der Abteilung Sucht war es dort reine Sisyphusarbeit. Nach jeder Festnahme eines Dealers erschienen neue Typen auf der Bildfläche oder die alten waren nach ein paar Tagen gleich wieder mit im Geschäft. Mühsam alles. Luis mochte keine Drogen. Jedenfalls solche nicht.
Leise fluchend trat er in die Pedale und zog das Rad quer über die Fahrbahn auf die andere Straßenseite. Dann bog er, ohne abzubremsen, in eine schmale Gasse ein.
Am Ende der Straße bremste er scharf und bog in die kreuzende Museumsstraße ein. Hier pulsierte das Leben. Autos, Busse, Straßenbahnen und Fahrräder teilten sich die Fahrbahn, auf den Gehsteigen tummelten sich zahlreiche Passanten, und die Restaurants waren voller Gäste. In der letzten Zeit hatten hier einige neue Läden eröffnet, die er unbedingt ausprobieren wollte. Er dachte an ein kühles Bier und einen Teller Nudeln. Oder einen Burger. Sein Magen knurrte, aber der Hunger würde ihm sicher gleich vergehen.
Zügig fuhr er weiter die Straße hinunter. Geschäfte und Häuserblocks rauschten an ihm vorbei. Eine rote Ampel brachte ihn an der nächsten Kreuzung zum Stehen. Danach hatte er Glück und konnte ohne weitere Verzögerungen weiterfahren, bis er unter der Eisenbahnbrücke hindurch auf das kleine Einkaufszentrum zusteuerte, das sein Ziel war.
Er wurde langsamer und rollte am seitlichen Flügel des Gebäudekomplexes vorbei. Zwei Einsatzwagen parkten dort, weiter hinten erkannte er schon die polizeiliche Absperrung. Die Kollegen hatten anscheinend den gesamten Park mitsamt

der Brücke, die den einzigen Zugang auf dieser Seite bot, großzügig abgeriegelt. Er stellte sein Rad ab, sicherte es und ging auf die Brücke zu. Ein junger, uniformierter Kollege hielt ihn auf.

„Halt, hier ist heute Abend gesperrt. Ach, du bist`s. Griaß di, Luis."

Der junge Beamte hob das Absperrband an und ließ ihn durch.

„Griaß di. Danke.", antwortete er. Martin? Michel? Er konnte sich nicht mehr erinnern.

„Da vorn rechts."

„Ja, ich seh`s schon. Was haben wir denn?"

„Du, keine Ahnung, ich sicher bloß den Zugang", sagte der junge Uniformierte schulterzuckend.

2

Luis ging langsam über die Fußgängerbrücke und blieb stehen. Er sah auf den dunklen Fluss, der wild und kräftig unter ihm floss. Die Sill lief parallel zum Inn durch die Stadt. Im Sommer führten beide Flüsse nicht viel Wasser, doch jetzt im Frühling rauschte das Tauwasser von den Bergen tosend hinunter in die Stadt. Die Ufer der Sill wurden von mächtigen Bäumen und wucherndem Gebüsch gesäumt. Er beugte sich über das geschwungene Art-déco-Geländer. Eigentlich war es ja hochromantisch hier. Zumindest tagsüber. Wenn man von den Dealern absah.

Jetzt lag der Park wie ein schwarzes Loch vor ihm. Die wenigen Wege wurden durch ein paar Straßenlaternen beleuchtet. Auf einer der Rasenflächen hatten die Kollegen starke Lampen aufgestellt, die einen Teil des Parks hell ausleuchteten. Luis erreichte eine weitere Absperrung. Ein Mann in weißem Schutzanzug stand dort mit zurückgezogener Kapuze am Absperrband und sprach mit einem uniformierten Kollegen, als Luis zu ihnen trat.

„Griaß enk", sagte er.

„Servus, Luis. Schon ´ne Weile nicht gesehen", sagte der Mann im Schutzanzug und rückte seine rote Brille zurecht.

„Griaß di, Andi, stimmt. Wie geht´s denn?"

„Danke, gut, immer viel zu tun. Lass uns doch mal wieder auf ein Glaserl gehen."

„Können wir machen. Was haben wir denn? Wieder a Drogengschicht`, oder?"

„Einen jungen Mann hat es diesmal erwischt. Erstochen, wie es aussieht."

„Warst du bei der Studentin vor ein paar Jahren hier nicht auch mit dabei?"

Andi nickte. „Stimmt. Furchtbar. Habt ihr den Täter eigentlich gefasst?"

„Ja, das war so ein durchgeknallter Typ. Damals war ich noch Chefinspektor."

„Siehst` mal, wie die Zeit vergeht. Apropos: Wir durchsuchen jetzt den ganzen Park, die Mistkübel und den Fluss, jedenfalls hier in diesem Bereich und soweit überhaupt möglich, nach der Tatwaffe. Zudem gibt´s ein paar Kameras, vielleicht ist da was aufgezeichnet. Hier hast du Überzieher und Handschuhe." Er reichte ihm ein Bündel Plastik und hielt das Absperrband hoch. Luis trat darunter hindurch und zog sich den Schutz über die Schuhe.

„Ich melde mich dann morgen mit dem Bericht", sagte Andi. „Meld` du dich, wenn du Zeit und Lust hast."

Luis sah ihm nach, wie er in einem Gebüsch verschwand.

Neben der Parkbank, die hinter einer dritten Absperrung stand, warfen Scheinwerfer helles Licht auf eine am Boden liegende Gestalt. Ein Mann und eine Frau standen direkt davor, eine weitere Person, ebenfalls in einem weißen Schutzanzug, kniete daneben auf dem Boden. Luis stellte sich wortlos dazu.

„Einen wunderschönen guten Abend, Major Landauer", sagte der Mann im Schutzanzug, „wie schön, dass Sie es einrichten konnten und uns mit Ihrer Anwesenheit beehren."

„Griaß di, Claus", sagte Luis. „Ich dachte, du bist im Urlaub."

Rechtsmediziner Dr. Claus Fröhlich stand langsam auf und lächelte breit.

„Bin schon wieder da, Südafrika. Golfspielen. Ein Traum, sag ich dir. Das Wetter war auch super. Warst du mal unten? Kann ich nur empfehlen, es ist wirklich wunderschön. Wenn du magst, schick ich dir den Kontakt von der Lodge."

„Sehr aufmerksam", meinte Luis. „Aber ich spiel ja gar kein Golf. Bin da talentfrei."

„Ach, nur keine falsche Bescheidenheit, das ist reine Übungssache. Ich kann dir ja mal ein paar Stunden geben. Practice creates dominis."

„Danke, ganz lieb, Claus." Luis wandte sich den beiden anderen zu. „Felix, Karo. Was haben wir? Wer hat ihn gefunden?"

„Eine ältere Dame, die mit ihrem Hund Gassi gegangen ist. Wir haben gerade mit ihr gesprochen. Viel gesehen hat sie nicht, sie ist einfach vorbeigekommen, und ihr Hund hat den Mann auf der Bank wie wild angebellt." Inspektorin Karoline Haberer, neuester Zugang in Luis` Team, räusperte sich kurz und holte eilig Luft. „Da er sich nicht gerührt hat, hat sie ihn angesprochen und direkt die Rettung gerufen. Wir haben ihre Adresse. Sie wohnt hier in der Nähe. Wirkt zuverlässig, hat aber niemanden in der Nähe gesehen oder jemanden weglaufen sehen."

Sie holte noch einmal tief Luft. „Die bisher unbekannte Person wurde von unserem Beamten sitzend und leblos auf der Bank vorgefunden. Dr. Fröhlich hat Tod durch Fremdeinwirkung festgestellt, Stichwunden im Oberkörper. Daher habe ich, also wir natürlich, wir haben Oberst Noll von der Spurensicherung sofort instruiert, neben anderen Spuren nach einem messerähnlichen Gegenstand zu suchen. Der Tote hatte keine Ausweispapiere oder Ähnliches bei sich, nur ein gesperrtes Smartphone, ein Schlüsselbund, fünfzig Euro in gemischten Scheinen zu zwei Zwanzigern …"

„Ja, danke. Das reicht wohl erst mal", unterbrach Luis sie barsch.

Karo, wie sie von den Kollegen genannt wurde, war ein ganzes Stück kleiner als er und recht zierlich, hatte ernst schauende braune Augen und trug ihre dunklen, langen Haare stets zu einem strengen Zopf geflochten. Bisher kannte Luis sie nur in schwarzer Lederjacke und dunklen Jeans. Sie war erst vor zwei Wochen von Wien zu ihm ins Team nach Tirol versetzt worden, und ging ihm mit ihrer scharfen Stimme und ihrer schrecklich pedantischen Art schrecklich auf die Nerven.

„Claus, was meinst du dazu?", fragte Luis den Pathologen, der trotz seiner Urlaubsbräune älter aussah als bei ihrem letzten Treffen. Das lag wohl am Job. Oder am Jetlag. Wahrscheinlich an beidem.

„Tja, wie die Kollegin schon andeutete, handelt es sich hier um einen jungen Mann. Saubere Kleidung, gepflegter Körper, jedenfalls soweit ich es hier sehen kann. Rasiertes Gesicht, blass, keine sichtbaren Einstichstellen oder andere Anzeichen von Drogenmissbrauch."

„Vielleicht war er Dealer. Woran ist er denn gestorben?"

„Bisher habe ich drei Stichkanäle im Oberkörper gesehen, die in die Lunge führen. Alle wurden ihm von hinten beigebracht. Die drei Einstiche sind auf der rechten Seite des Opfers eingedrungen. Der junge Mann ist höchstwahrscheinlich durch die Öffnung des Thorax erstickt. Zusammenfall der Lungenflügel, kaum Blutaustritt. Ich muss mir das erst genauer ansehen. Fundort dürfte der Tatort sein. Weit kommt man mit so einer perforierten Lunge nicht."

„Wann ist das passiert? Kannst du das schon sagen?", fragte Luis.

„Schätze mal, das ist noch gar nicht so lange her. Die Leichenstarre hat noch nicht richtig eingesetzt. Wir nehmen ihn jetzt erst einmal mit, den Bericht hast du bis spätestens morgen Mittag. Ah, da sind ja die Kollegen."

Sie traten ein paar Schritte zurück und sahen zu, wie der Leichnam für die Autopsie eingepackt und abtransportiert wurde. Der Boden rund um die Bank und der Weg waren staubtrocken, die Spurensicherung hatte ein paar kleine Markierungen gesetzt. Viel zu sehen gab es nicht. Luis steckte die unbenutzten Handschuhe ein, fuhr sich durch die kurzen Haare und rieb sich gedankenverloren die Bartstoppeln.

„Felix, du bist so still. Sag mal was."

Felix Gruber war schon ein Jahr Inspektor in Luis` Team. Bevor Luis ihn zu sich geholt hatte, war der junge Tiroler in der Abteilung Diebstahl recht erfolgreich gewesen. Karoline holte wieder Luft, aber Luis hob die Hand.

„Ich bin mir gar nicht sicher, ob er gedealt hat. Irgendwie sieht er nicht so aus, oder? Wir haben bis jetzt keine Zeugen gefunden“, antwortete Felix. „Die Kollegen befragen gerade die Besucher im Park, die wir aufhalten konnten, aber viele sind eh nicht mehr da. Die Geschäfte vom Einkaufszentrum haben um sieben geschlossen. Eigentlich müsste jemand was gesehen haben. Vielleicht sollten wir morgen Abend noch mal versuchen, Leute zu befragen, ob sie etwas bemerkt haben.“

„Du meinst, die Leute kommen immer zur selben Zeit durch den Park?“

„Jeder hat ja so seine Tagesroutine. Kann doch sein, dass jemand was beobachtet hat. Die Aufzeichnungen der zwei Überwachungskameras werden wir morgen früh anfordern. Ich denke aber, Raubmord können wir, wie`s aussieht, wohl ausschließen. Irgendwie ist das hier seltsam.“

„Gut“, sagte Luis. „Heute Abend können wir hier eh nichts mehr tun. Die Kollegen sollen hier Streife fahren und die Augen offen halten. Wir sehen uns dann morgen früh im Büro.“

„Alles klar. Soll ich dich mitnehmen, Karo?“, fragte Felix.

„Ach … nein danke. Ich lasse die Umgebung noch etwas auf mich wirken. Ist mein erster Mord. Vielleicht finde ich noch etwas. Meinst du, der Täter kommt zurück?“, meinte sie zu Luis gewandt.

„Das weiß man nie. Keine Ahnung. Aber stör die Kollegen nicht. Morgen früh, acht Uhr“, sagte er, nickte den beiden zu und verließ den Tatort.

Luis ging langsam durch den Park zurück zur Brücke. Er zog eine halb leere Zigarettenpackung aus der Tasche, fischte eine Zigarette heraus und zündete sie an.

Eigentlich könnte der Park eine schöne, grüne Oase in der Stadt sein, wenn alles etwas netter hergerichtet wäre, dachte er. Vielleicht würde das Stadtamt durch einen weiteren Mord endlich etwas aktiver werden, das wäre doch mal was. Die kahlen Bäume und Sträucher wirkten wie ein wildes, störrisches Geflecht, die wenigen Beete waren lieblos und mit ein paar Frühlingsblumen bepflanzt worden. Er sah alte, verwitterte Sitzbänke und einen in die Jahre gekommenen Spielplatz, auf dem wohl nur wenige Kinder spielten. Eine Rutsche mit abgeblätterter Farbe und rostigen Stellen wirkte sicher tagsüber genauso abweisend wie abends, bei einer der zwei Schaukeln war der Sitz aus der Kette gebrochen. Das Image des Drogenparks war wirklich noch nicht abgelegt. Da blieb noch einiges zu tun.
Luis kam an einer schmutzigen Infotafel vorbei und blieb stehen. Sie stand unter einer Laterne, war jedoch mit zahlreichen Graffitis übersät, sodass er einige Mühe hatte, die Schrift zu entziffern. Der Rapoldipark, zweitgrößter Park im Innsbrucker Stadtgebiet nach dem Hofgarten, war schon 1908 zu Ehren von Kaiser Franz Joseph angelegt und während der Kriegszeiten mehrfach für Schrebergärten genutzt worden. Im Zweiten Weltkrieg, so konnte er lesen, wurde sogar Gemüse angebaut. Nach Osten grenzte die Grünfläche an den Stadtteil Pradl, mit der Westseite an die Sill, mit der Stirnseite an das alte, schöne, städtische Hallenbad. Er schaute auf das kleine Foto von dem roten Gebäude, ein Stück denkmalgeschützter Architektur aus dem Jahre 1929. Dessen kantige, sachliche Form gefiel ihm. Bei seinem letzten Besuch dort war er jedoch

nicht zum Schwimmen da gewesen. Damals hatte er gerade bei der Mordkommission angefangen, und ein Fall hatte sie bei den Ermittlungen in die Arztpraxen geführt, die im Bad ihre Arbeitsräume hatten.

Er konnte sich noch gut an die seltsame Atmosphäre in den Ordinationen erinnern, den Chlorgeruch aus dem Schwimmbad, die Therapieplätze, die wie Umkleidekabinen ausgesehen hatten und an das Interieur der Warteräume und der Behandlungszimmer, ein buntes Potpourri aus Möbeln und Geräten der vergangenen Jahrzehnte.

Der gesamte Praxis-Bereich war bei jedem ihrer Besuche voller wartender Patienten aller Altersgruppen, Länder und sozialer Schichten gewesen. Die Schwimmhalle an sich war jedoch wirklich etwas Besonderes. Vielleicht sollte er wieder einmal schwimmen gehen. Wenn dieser Fall abgeschlossen war. Am Rad angekommen, hielt er inne. Sein Magen knurrte wieder.

Er brauchte dringend etwas zu Essen, obwohl er eigentlich keinen großen Appetit hatte. Er setzte sich auf sein Rad und rollte los. Planlos. Hungrig und genervt.

3

In der Altstadt angekommen, fuhr er unerlaubterweise durch die alten, mittlerweile menschenleeren Gassen der Fußgängerzone. Das grobe Kopfsteinpflaster ließ sein Rad holpern und klappern. Die Geschäfte hatten um diese Uhrzeit natürlich schon geschlossen, doch die erleuchteten Schaufenster unter den Rundbögen der uralten Gemäuer gaben den leeren Straßen ein gemütliches Flair. Am Würstlstand, der jeden Abend vor dem goldenen Dachl den Nachtschwärmern Käsekrainer und andere „Spezialitäten" anbot, war an diesem Abend nicht viel los.

„Na, ka Wiarschtl heut", sagte er laut zu sich selbst und fuhr daran vorbei. Er brauchte auch dringend etwas zu trinken. Vielleicht sollte er einfach nur noch trinken gehen und gar nichts mehr essen.

An der Ottoburg fuhr er bei Rot über die Kreuzung und überquerte die Innbrücke. Dann hielt er sich rechts, am Kino und ein paar Bars vorbei.

Luis sah das Gesicht des jungen Mannes aus dem Park vor sich. Er hatte so freundlich und friedlich ausgesehen, fast lieb. Aber das hatte nichts zu sagen. Die ganze Situation im Park war ihm irgendwie unwirklich vorgekommen, wenn man so etwas überhaupt sagen konnte, total untypisch. Tötungsdelikte in dieser Gegend passierten normalerweise im Streit oder im Affekt. In Wohnungen oder vor Bars und Kneipen. Eigentlich ging es in der Nähe der Bogenmeile und im Park fast immer um Drogen. Oder es passierten einfach Unfälle. Natürlich gab es hier in den Bergen auch recht viele Suizide, zu denen sie regelmäßig hinzugezogen wurden. Doch dieses Thema wurde von den Behörden stets mit größter Verschwiegenheit behandelt und unter Verschluss gehalten. Luis war sich nicht sicher, ob das die richtige Art war, mit Suiziden umzugehen. Seiner Meinung nach sollte man lieber öffentlich darüber reden und aufklären und nicht erst, wenn es zu spät war. In den letzten Jahren hatte er mit großem Interesse an einigen Fortbildungen in den Bereichen Psychologie und Kriminalistik in Berlin und Wiesbaden teilgenommen, und, worauf er ein bisschen stolz war, sogar an einer mehrwöchigen Profiler-Schulung des FBI. Eigentlich hatte er vorgehabt, noch ein paar Semester Psychologie zu studieren, hatte jedoch einsehen müssen, dass das neben seiner regulären Arbeit unmöglich war. Doch die Beweggründe herauszufinden, warum Menschen Straftaten begingen, fand er nach wie vor unglaublich spannend. Und was genau dem jungen Mann im Park passiert war.

Er war mehr oder weniger unbewusst in die Weiherburggasse eingebogen und am alten Schloss Büchsenhausen vorbeigefahren. Die Straße ging jetzt steil bergauf. Vor einem gelb getünchten, frei stehenden Wirtshaus hielt er an. In der Gaststube brannte Licht. Auch im angebauten Wintergarten waren noch Gäste zu sehen. Er lehnte das Rad an einen mit Efeu überwucherten Zaun und öffnete die schwere Haustür. Der uralte Holzboden knarzte tief und lang gezogen, als er in die gemütliche Gaststube eintrat.

„Ja, hallo! Wen haben wir denn da! Lange nicht gesehen!

Wie geht`s dir, Bua?“

Ein Mann Anfang sechzig mit Genießerbauch, weißer Kochjacke und roter, fleckiger Schürze stand hinter dem Holztresen. Er hatte die Ärmel hochgekrempelt und sortierte Gläser in ein Regal. Weinflaschen waren bis an die niedrige Zimmerdecke gestapelt, auf dem Tresen stand eine große Schale mit bunten Blumen. Es war sehr warm im Raum und roch wunderbar nach den Essen, die am Abend verzehrt worden waren. In der holzgetäfelten Stube neben der Bar und im Wintergarten waren noch einige Tische besetzt. Die Gäste schienen beim Absacker angekommen zu sein, sie unterhielten sich laut und ausgelassen.

Luis ging auf den Tresen zu und gab dem Wirt die Hand.

„Grias di, Willi, danke. Guat schaust aus.“

„Du bist a bissl blass heut, harter Tag?“

„Ja. Schon. Der Abend war bisher nicht so angenehm.“

„Klingt nicht gut. Bei der Arbeit, oder? Jetzt bist du ja da. Entspann dich einfach. Magst a Schnapserl und a Bier oder lieber Wein?“

Luis setzte sich auf einen der Barhocker und spürte, wie die Wärme langsam in seine ausgekühlten Glieder zog.

„Auf nüchternen Magen vielleicht lieber erst ein Bier. Groß, bitte. Dann gern a Schnapserl. Oder zwei heut.“

„Gute Entscheidung. Hast du Hunger? Stefan hat sicher noch was für dich. Schau, da kommt er.“

Ein junger Mann mit dunklen Locken näherte sich dem Tresen und klopfte Luis kräftig und freundschaftlich auf die Schulter. Er trug schwarze Kochkleidung unter der roten

Schürze. Auch er hatte seine Ärmel hochgekrempelt, sodass man einige seiner zahlreichen Tattoos sehen und weitere erahnen konnte. Von der Hitze in der Küche hatte er rote Wangen, und seine Augen strahlten.

„Hey Mann, Luis. Schön dich zu sehen. Harter Tag? Irgendwie siehst du arg mitgenommen aus."

„Sieht man das?"

„Ja. Egal. Magst was essen?"

„Gern. Was Kleines vielleicht, aber wirklich keine Umstände. Ich bin nicht gerne lästig, weißt eh."

„Jetzt stell dich nicht an, mir san a Gasthaus, hier gibt`s immer was zu essen. Ich hätte noch Gulasch mit `nem Stückerl Brot?"

„Danke, das wäre großartig."

„So gut wie bei Mutter ...", meinte Willi lachend und stellte ein Bier und drei Gläser Schnaps auf den Tresen.

„Na, da hoffe ich doch sehr, dass es hier besser schmeckt als bei meiner, du kennst sie doch", lachte Luis, nickte dem Wirt zum Dank für die Getränke zu und nahm einen großen Schluck Bier.

„Ah. Sehr gut!", sagte er. „Genau das habe ich jetzt gebraucht."

„Siehst, hier findest du immer alles, was du brauchst. Also, ich finde deine Mutter super", meinte Stefan.

„Ja, ist sie ja auch. Na ja, manchmal jedenfalls. Aber kochen kann sie leider überhaupt nicht. Noch nicht mal Pasta. Die ist entweder verkocht oder total al dente. Sie hat es auch mittlerweile aufgegeben, glaube ich."

„Dafür bist du aber ein großer, starker Bua geworden", grinste Willi.

„Ja, dank der Oma. Und jahrelangem, diszipliniertem Training." Luis leerte das Bierglas. „Sport. Das ist dir sicher ganz fremd, oder Willi?"

„Training und Disziplin? Ich kann sehr diszipliniert trinken, mein Freund."

Er schob jedem ein Schnapsglas zu. „Wohlsein. Auf die Mütter und Großmütter, Gott hab meine selig …", sagte er und hob sein Glas.

Sie stießen an.

„Ui, gut, Marille", sagte Stefan und stellte das leere Glas zurück auf den Tresen. „Jedenfalls weiß sie gutes Essen immer zu schätzen. Deine Mutter, meine ich. Ihr solltet mal wieder zusammen herkommen."

„Werd` ich ihr ausrichten. Wenn die Dame Zeit hat, kommen wir sicher mal wieder her."

„Ist sie jetzt schon in Pension?", fragte Willi.

„Nicht wirklich", sagte Luis. „Sie arbeitet noch. Ich glaube, Ärzte arbeiten immer so lange, bis sie die Patschen aufstellen. Wäre ihr auch sonst zu fad."

„Sei doch froh. Ich koch auch, bis ich umfalle. Versprochen", meinte Stefan. "Aber jetzt hol ich dir dein Gulasch."

TAG 2

Als sich Luis am nächsten Morgen im Büro an seinen Schreibtisch setzte und den Rechner startete, zeigte seine Computeruhr Viertel vor acht. Er war am Abend nach einer großen Portion köstlichen Gulaschs, weiteren Schnapserln und ein paar Gläsern Bier gegen Mitternacht völlig erschöpft, aber mit einem angenehmen Rausch vom Wirtshaus Grüneck nach Hause gefahren und war gleich darauf in Tiefschlaf gefallen. Als Morgenmensch hatte er mit dem frühen Aufstehen kein Problem. Ganz im Gegensatz zu seinem Kollegen Felix. Oder seiner Mutter Gitta. Mit beiden konnte man erst am späten Vormittag etwas anfangen, doch sie hatten sich, im Büro und auch privat, damit abgefunden und aufgehört, einander mit dummen Sprüchen zu ärgern. Meistens jedenfalls.

Er war beim Weckerklingeln direkt aufgestanden, hatte wie in Trance seine Laufsachen angezogen und war losgelaufen. Am Innufer entlang, am Löwenhaus vorbei Richtung Kettenbrücke, über die Brücke, wieder zurück über St. Nikolaus und Hötting, sodass er nun frisch geduscht und einigermaßen gut gelaunt seine E-Mails durchsah. Doch noch war nichts Spannendes dabei, nur ein paar interne Neuigkeiten. Eine Kollegin hatte Dienstjubiläum und lud mittags zum Umtrunk in den ersten Stock, und die Weiterbildung „Digitale Kriminalität heute“ stand in ein paar Tagen an.

Er lehnte sich zurück, drehte den Stuhl zum Fenster und beobachtete, wie träge, graue Wolken in Zeitlupe an der verschneiten Bergfront vorbeizogen. Es schien, als blieben

sie an den zerklüfteten Felsspalten hängen. Die Bergkronen waren nicht zu sehen. Es war ein trüber Morgen.
Die Zimmertür ging auf.

„Morgen."

„Morgen, Hans", sagte Luis, ohne sich umzudrehen.

„Schläfst wohl noch?"

Oberst Johann Steiner, Leiter des zweiten Kriminalteams beim LKA, zog seine Jacke aus und hängte sie auf den abgenutzten Metallhaken neben der Tür. Er glitt auf seinen alten Bürostuhl, den er schon seit Jahren der Entsorgung entzog, schaltete seinen Computer ein und tippte auf der Tastatur herum. Steiner war mit seinen fünfundfünfzig Jahren älter und somit auch dienstälter als Luis, hatte jedoch bisher allen Versetzungs- und Beförderungswünschen der Chefetage kein großes Interesse entgegengebracht.

„Ich hab` gehört, du hast an toten Buam im Park, hm? Drogen wieder?", sagte er und schaute Luis an, der immer noch aus dem Fenster sah.

„Na, wohl nicht. Ist a bisserl seltsam alles ...", antwortete Luis und drehte den Stuhl zurück. „Er wurde erstochen. Claus ist noch nicht fertig, aber er meinte, die drei Stiche in den Rücken hat er nicht überlebt. Direkt nach Geschäftsschluss vom Einkaufszentrum. Und keiner hat was gesehen."

„Immer das Gleiche", brummte Steiner. „Nix geseh`n und nix gehört. Vielleicht ging es auch einfach zu schnell. Messer sind hier ja mittlerweile eine echte Plage geworden. Jeder dieser kleinen Arschlöcher hat nachts eins dabei. Gerade da in der Ecke. Man müsste da viel mehr kontrollieren."

„Meldest du dich freiwillig?“

„Kannst dir vorstellen.“, sagte Steiner und lachte kurz auf.

„Eben. Wir haben jedenfalls noch keine Idee, was da gestern am Abend passiert ist. Und bei dir?“

„Papierkramtag heut.“

Er ging die E-Mails durch.

„‘Digitale Kriminalität heute‘? So ein Schwachsinn. Die soll´n mich in Ruhe lassen mit dem Mist. Dafür sind ja wohl die Jungen da.“

„Das ist die Zukunft, Hans. Da muss man sich anpassen“, erwiderte Luis mit einem Augenzwinkern.

„An Schoass muss i. Echte, anständige Polizeiarbeit bringt die Wichser in´ Häfen, nicht dieses Elektrozeug. Du kannst ja hingehen und erzählst mir dann wie`s war.“

„Du machst mich fertig. Magst an Kaffee?“, fragte Luis.

„Naa, hatte schon genug, i hab eh schon wieder Sodbrennen.“

„Versuchs doch mal mit Tee.“

Steiner schaute ihn gequält an.

„Im Ernst. Ich bring dir mal einen mit“, sagte Luis. „Ingwer. Ist richtig gut.“

„Na, servus. Danke vielmals.“ Steiner schüttelte sich. „Jetzt fang du nicht auch noch an mit dem esoterischen Rhabarber.“

Das Telefon klingelte. Luis hob ab.

„Ich komme.“

Luis ging zügig den Gang entlang. Die Büros des LKA 1 lagen im vierten, obersten Stockwerk der Polizeizentrale in der Kaiserjägerstraße. Recht hell und lichtdurchflutet boten sie einen weiten Blick über das Karwendelgebirge, den Stadtteil Saggen, die Hungerburg und die Seegrube oben auf der Nordkette. Das jagdgrüne Polizeigebäude selbst stammte aus den Fünfzigerjahren und stand vor einer dringenden Großrenovierung. Das Land hatte die Kosten angeblich schon bewilligt, Ausschreibungen und Planungen zogen sich jedoch in die Länge und keiner wusste, wann es endlich losgehen sollte.

Er empfand das in die Jahre gekommene Gebäude in gewisser Weise als charmant. Er mochte überhaupt alte Sachen und die Stimmung, die das alte Schaltzentrum der Polizei in Innsbruck ausstrahlte. Das hatte mit esoterischem Rhabarber nichts zu tun, er fühlte sich dort einfach irgendwie wohl. Die Wände waren über die Jahre Zeitzeugen gewesen und hatten viel mitbekommen, steckten voller Geschichten. Einige waren gut ausgegangen, viele aber auch nicht. Manchmal, wenn er morgens die Stufen in den vierten Stock hinaufging, fragte er sich, wie viele Menschen wohl schon über die Jahre auf den ausgetretenen Treppenstufen durch das Haus gelaufen waren. Technisch gesehen befand sich das Gebäude in einem eher rückständigen Zustand, doch solange das Internet und die Telefonleitungen einigermaßen funktionierten, konnte man arbeiten. Fand er zumindest.

Leichten Schrittes bog er in der Mitte des Ganges in die „Teeküche“ ab, ein kleiner Raum, in dem alles Mögliche zu finden war, nur kein Tee. Ein wuchtiger Heißgetränkeautomat stand brummend in der Ecke, dessen Tasten im Dunklen leuchteten. Er schaltete das Deckenlicht an und ging zu den zwei kleineren Kaffeemaschinen, die auf der Anrichte standen. Eine klassische für Pulver und eine Pad-Maschine. Er öffnete die Pad-Dose und fand sie leer. Der Kaffee der Brühmaschine lief noch blubbernd in die Thermoskanne. Er öffnete den Kühlschrank, aus dem ihm ein säuerlicher Geruch entgegenschlug. Neben Bierdosen, einer Flasche Prosecco und ein paar Tupperdosen stand auch eine geöffnete, aber abgelaufene Tüte Milch darin.

Seufzend schloss er die Kühlschranktür, griff in seine Hosentasche, fand ein 1-Euro-Stück, warf es in den Automaten und wählte Großer Brauner mit Milch und Zucker. Das Wechselgeld fiel klappernd ins Ausgabefach, als Felix seinen Kopf durch den Türrahmen steckte.

„Die Müich is am Oarsch, Daniela ist eben neue kaufen“, grinste er. „Kommst du?“

Als die beiden ins Teambüro traten, stand Karo an der großen Magnetwand, befestigte eifrig ein paar Fotos und notierte darunter etwas.

„Morgen“, sagte Luis.

„Guten Morgen, ich habe schon mal angefangen“, sagte Karo.

„Eh klar.“ Felix ließ sich auf seinen Stuhl fallen. Luis setzte sich auf die Kante eines Tisches, auf dem die wenigen Beweismittel vom nächtlichen Tatort in Plastiktüten verpackt und beschriftet lagen, und trank von seinem Kaffee.

„Ok“, sagte er dann, „was haben wir bisher?“

„Darf ich?“, fragte Karo.

Luis nickte ihr zu und nahm noch einen Schluck Kaffee. Sie zeigte mit einem Bleistift nacheinander auf die Fotos an der Wand.

„Wir haben eine leblose Person, männlich, ungefähr Mitte zwanzig. Die Identität ist bisher immer noch unbekannt. Laut Dr. Fröhlich ist der Fundort auch der Tatort. Genauer gesagt ist es also direkt an der Bank im Rapoldipark passiert. Das Opfer trug saubere Kleidung und machte einen gepflegten Eindruck, war also wohl kein Junkie. Auch sonst haben wir keine leeren Tütchen oder so was gefunden. Geld hatte er auch nicht übermäßig viel dabei, aber einen Schlüssel und ein Smartphone haben wir bei ihm gefunden. Bei dem Telefon warten wir auf die Entsperrung. Ich hoffe, Maria meldet sich bald. Ja. Die Berichte sind noch nicht da, die Videoaufnahmen bekommen wir erst später. Das war`s auch schon.“

„Das ist nicht viel. Felix, hast du die Fingerabdrücke schon überprüft?“

„Sicher, er ist aber nicht im System. Hatte wohl bisher keine kriminelle Vergangenheit und ist nicht aktenkundig.“ Er klickte, während er sprach, auf neue E-Mails, die gerade eingingen.

„Taucht er bei den Vermissten auf?“, fragte Karo.

„Für die Vermisstenmeldungen ist es wohl noch zu früh.“, sagte Luis.

„Habe ich aber trotzdem gecheckt, bisher war da kein Treffer dabei. Es sind momentan nur zwei Mädchen und ein

älterer Mann abgängig", meinte Felix.
Sein Festnetztelefon klingelte.

„Hi, Maria. Ich stell dich auf laut."

„Hallo und guten Morgen." Die fröhliche Stimme der IT-Expertin aus dem Erdgeschoss klang laut und hohl aus dem Lautsprecher.

„Morgen Maria", sagte Luis. „Na? Wie geht´s?"

„Danke, gut. Alles klar bei mir. Ich hab` das Telefon schon entsperrt. Ging ganz schnell. Euer Mann heißt Kirchmayer, Hannes. Ihr könnt das Telefon bei mir abholen, ich habe die Daten auch gespeichert."

„Super, Maria", meinte Felix. „Ist auf dem Telefon viel drauf?"

„Naa, eigentlich gar nicht viel, ein paar Fotos, Telefonnummern und Kurznachrichten. Schaut es euch am besten selber an. War es das erst mal?"

„Ja, danke! Pfiati derweil", sagte Felix und legte auf.

„Hoffentlich ist er ordentlich gemeldet."

„Ich schau mal", meinte Karo und tippte den Namen in den Computer.

„Die ganzen Studenten sind hier bestimmt nicht alle ordentlich gemeldet, oder?", fragte Felix.

„Das mag sicher sein. Kirchmayer aber schon. Es gibt auch nur einen in Innsbruck", antwortete Karo. „Kirchmayer, Hannes, Brunecker Straße 2 bei Singer."

„Sehr gut, das ist doch immerhin schon mal ein Anfang", sagte Luis. „Felix, holt euch später von Maria das Telefon und schaut, was ihr findet, Fotos, Nachrichten, E-Mails. Wir fahren erst mal in die Wohnung und sehen uns da ein bisschen um. Vielleicht bringt uns das ja weiter."

Er stand rasch auf und warf den leeren Plastikbecher mit Schwung in den Papierkorb neben der Tür.

5

Sie fuhren durch den morgendlichen Stadtverkehr. Felix saß am Steuer des grauen Dienstwagens und lenkte sie in aller Ruhe durch die Straßen.

„Nicht viel los heute“, meinte er. „Ist irgendwie ein trüber Tag.“

Luis saß auf dem Beifahrersitz, sah aus dem Fenster und schwieg.

„Warst du früher schon mal in Innsbruck? Bevor du hergezogen bist?“, fragte Felix nach hinten in den Fond.

„Bevor ich hier angefangen habe? Nein, eigentlich nicht. Ich habe nur in Salzburg gewohnt. Ab der Ausbildung wegen war ich dann in Wien“, antwortete Karo.

„Und? Wie fandest du es da?“

„Ach, spannend natürlich. War mir aber zu groß. Ich mag es lieber übersichtlich.“

„Wie in Salzburg?“, grinste Felix.

„Ja, oder wie Innsbruck. Die Natur ist hier halt super“, antwortete sie, ohne die Stichelei zu bemerken. Sie fuhren gerade die Bogenmeile hinunter und kamen an diversen Nachtlokalen und Bars vorbei. Ein paar übrig gebliebene Nachtschwärmer torkelten auf dem Gehweg entlang.

„Geht man hier abends aus?“, fragte Karo. „Hier in der Gegend?“

„Ja. Aber eher die Jungen. Ach, obwohl, eigentlich ist es ein gemischtes Publikum. Kommt auf die Läden an“, antwortete Felix. „Die Clubs da sind meist was für den späteren Abend.“

Dann zeigte er auf ein Lokal im Erdgeschoss eines alten Wohnhauses.

„Hier ist eine nette Kneipe, die haben auch früher am Abend offen. Wir können ja mal auf ein Bier gehen, damit du dich gut einlebst“, sagte er und grinste. „Vielleicht haben wir Glück, und unser Major Chefermittler kommt auch mit.“

„Schaun` wir mal“, brummte der vom Beifahrersitz und strich sich über den kurzen, roten Bart.

„Gibt's hier viele Probleme? Ich meine in diesem Viertel?“, fragte Karo.

„Ja, kann man schon sagen. Nachts halt. Pöbeleien und Schlägereien sind an der Tagesordnung. Messerstechereien gibt es mittlerweile auch. Das ist grad a bissl en vogue. Wird langsam zu einem ernsthaften Problem, das sieht man ja bei unserem Fall. Aber es ist hauptsächlich diese Straße hier und vorn am Bahnhof. Die Leute sind angetrunken, und es gibt oft Streit. Eben auch um Drogen. Wir haben hier schon eine Szene. Viel Arbeit für die Kollegen.“

Die Ampel sprang auf Rot. Eine Straßenbahn stoppte vor ihnen und ließ Fahrgäste aus- und einsteigen. Auf dem Gehsteig neben ihnen standen Leute in einer Reihe vor einer geschlossenen Glastür an. Männer hockten auf dem Gehweg, eine Frau sah herüber zu Karo. Sie hatte schlechte Haut, fettige Haare und sah mit leerem Blick durch Karo hindurch.

„Und was ist hier los?“, fragte sie.

„Ach das. Suchtberatungsstelle. Hier hängen sie halt ab“, meinte Felix.

Die Ampel schaltete auf grün.

„Fahr da vorn beim Mon Cherie auf den Hof", meldete sich Luis zu Wort. „Kennst eh die Durchfahrt, oder?"

„Nur vom Vorbeifahren."

Sie bogen in die Brunecker Straße ein. Felix verlangsamte das Tempo.

„Sind wir da? Welches Haus ist Nummer zwei?", fragte Karo.

„Das da", sagte Luis. Er zeigte auf ein gelbes, in die Jahre gekommenes Gründerzeit-Wohnhaus mit vier hohen Stockwerken. Die Farbe blätterte schon ein wenig ab, aber es hatte hübsche Erker, Stuckverzierungen und kleine, geschwungene Balkone zur Straße hin. Im Erdgeschoss befand sich ein Sonnenstudio. Gleich nebenan war in den Siebzigerjahren ein damals todschicker, mittlerweile aber völlig abgewohnter Neubau errichtet worden, in dessen Erdgeschoss sich das stadtbekannte Bordell Mon Cherie befand. Es gab eine schmale Durchfahrt zwischen den Häusern, durch die Felix den Wagen vorsichtig in den Hof lenkte, dessen eisernes Tor offenstand.

„Das ist ein Puff, oder? Cooler Türstopper. Ne Champagnerflasche, tja, das hat Stil!", sagte Karo.

„Ja, die Flasche ist schon so was wie Kult", erwiderte Luis.

Sie stiegen aus.

„Vorne an der Straße ist der offizielle Eingang", erklärte Felix. „Hier im Hof geht es in die VIP-Lounge ..."

„Hallo? Hallo! Hier nix parken, ja? Ist verboten!"

Eine kräftige Stimme klang über den Hof. Aus der offen stehenden Tür eines kleinen Anbaus war eine Frau getreten. Sie trug eine Kiste mit leeren Flaschen zu einem Glascontainer, warf sie nacheinander geräuschvoll durch das Loch, deponierte den leeren Karton neben dem Container und kam auf sie zu.

„Hallo, Frau Otrova! Wie geht`s Ihnen denn? Was machen die Enkel?"

„Herr Kommissar!", rief sie und wischte sich die Hände an ihrer geblümten Kittelschürze ab.
Ihre schwarz gefärbten Haare hatte sie streng hochgesteckt. Ein fehlender Schneidezahn schien sie nicht weiter zu stören, denn sie lachte ihn herzlich an und schüttelte seine Hand.

„Ja so was. Hallo, Herr Kommissar. Danke, gut geht`s! Wie schön, dass Sie uns mal wieder besuchen!"
Sie senkte die Stimme. „Ist wieder was passiert? Bei uns ist alles ruhig, ehrlich!"

„Wir schauen nur im Nachbarhaus mal nach dem Rechten, da dürfen wir hier kurz parken, oder?", fragte Luis.

„Ja, sicher. Ich pass auf, dass da niemand drangeht!" Sie zwinkerte ihm zu.
Er lächelte, drückte noch einmal ihre Hand und gab seinen Kollegen ein Zeichen, ihm zu folgen.

„Wer ist das denn?", flüsterte Karo, als sie durch das Eisentor auf die Haustür im Durchgang zusteuerten.

„Frau Otrova? Sie ist die Hausperle vom Mon Cherie. Sie kümmert sich um die Wäsche und alles, was zu putzen ist. Sie hat dort im Häuschen ihr Refugium. Sieht und hört jede Menge."

„Und woher kennst du sie?"

„Ein alter Fall, ist schon eine Weile her. Eine junge Mitarbeiterin der Bar wurde erst gestalkt und dann ermordet."

„Du liebe Güte", sagte Karo.

„Immer was los in Innsbruck", meinte Felix und drückte auf die Klingel „Singer / Meisl / Frank / Kirchmayer".

Die Tür summte. Felix drückte sie auf.

„Das war ja einfach."

„Hier gibt keiner wirklich Acht, das ist das Problem", sagte Luis und trat ins Treppenhaus. „Am Wochenende herrscht hier ein reges Kommen und Gehen. Hier wohnen viele Studenten und ein paar Mädels aus den Bars, alle bekommen Besuch, da fragt keiner nach einem Namen."

Sie gingen die Stufen hinauf in den dritten Stock. Felix betrachtete die hellen Wandfliesen mit blauen Mustern.

„Hier ist es ja schön", sagte er, „Jugendstil, oder? Schaut doch mal. Und alte Holzstufen gibt es so auch nicht mehr viele."

„Kommst du?" Luis war schon an der Wohnungstür angekommen.

Er klopfte an die blau gestrichene Holztür mit Oberlichtfenster. Eine junge Frau in Jeans, gestreiftem T-Shirt, mit blondem Pony und Pferdeschwanz öffnete und schaute sie fragend an. Luis und Karo zeigten ihre Ausweise und stellten sich vor.

„Griaß di. Wohnt hier ein Hannes Kirchmayer?", fragte Luis freundlich.

Sie nickte. „Ja. Aber der ist nicht da."

„Dürfen wir kurz reinkommen, wir müssten etwas mit Ihnen besprechen."

„Ja, natürlich“, sagte sie und trat ein paar Schritte zurück in den Flur. „Ist etwas passiert?“

„Wie ist denn Ihr Name bitte?“

„Lena Singer, ich bin die Hauptmieterin. Hannes wohnt hier zur Untermiete.“

„Gibt es noch andere Mitbewohner?“, fragte Luis.

„Ja, Michael Frank, der ist wohl gerade in der Uni und Silvia Meisl. Die ist auch nicht da. Was ist denn mit Hannes?“

„Herr Kirchmayer ist leider tot aufgefunden worden, es tut mir sehr leid. Können Sie uns bitte sein Zimmer zeigen?“

„Oh Gott, wie furchtbar.“ Sie schlug sich die Hand vor den Mund und wurde blass. „Wie ist denn das passiert?“

„Dazu können wir Ihnen leider momentan gar nicht viel sagen. Hier lang?“

„Die Jungs haben die Zimmer nach vorne raus, uns ist es da zu laut. Wir haben die beiden Zimmer zum Hof“, lächelte sie verlegen. „Hier, bitte.“

Sie öffnete eine Zimmertür. Hannes hatte im Erker-Zimmer Quartier bezogen.

„Die Türen sind nicht abgeschlossen?“

„Nein, wir haben nichts zu verbergen.“

„Warten Sie bitte kurz in der Küche? Ich würde mich gleich gerne noch ein wenig mit Ihnen unterhalten“, sagte Luis. „Gibt es für dieses Zimmer einen Schlüssel?“

„Sicher. Ich werde ihn raussuchen“, sagte sie traurig und ging den Gang hinunter.

„Felix, sagst du der Spusi Bescheid? Vielleicht finden sie etwas“, sagte Luis, während er das Paar Gummihandschuhe vom vorigen Abend aus seiner Sakkotasche zog und überstreifte.

„Wir schauen jetzt nur kurz drüber, die sollen sich alles genauer ansehen.“

Felix wählte schon die Nummer der Zentrale, während Karo mit Händen in den Taschen langsam durch den hohen Raum mit Stuckverzierungen an der Decke schritt.

„Eine sehr schöne Wohnung“, sagte sie. „Aber hier sieht es aus wie in einem normalen Studentenzimmer. Günstige Möbel, Kleiderstange, Einzelbett. Dafür ist aber alles recht ordentlich und sauber, Bett gemacht, aufgeräumtes Bücherregal, ordentlicher Schreibtisch. Laptop …“

Neben einem linierten Block, losen Papieren, ein paar Münzen und einem alten, in Leder gebundenen Buch lag eine braune Geldbörse auf dem Schreibtisch. Luis nahm sie in die Hand und sah sie durch. Er fand neben ein paar Plastikkarten, die auf den Namen Hannes Kirchmayer ausgestellt waren, einen Personalausweis, einen Studentenausweis und einen Führerschein mit dem Foto des jungen Mannes, den sie im Park aufgefunden hatten. Dann griff er nach dem alten Buch und blätterte darin. Es roch leicht vermodert, die Seiten waren vergilbt. Es sah aus wie ein altes Tagebuch, die Seiten eng beschrieben in einer ordentlichen, akkuraten Handschrift.

„Sie sind zufällig in der Nähe“, sagte Felix, der in das Zimmer trat.

Luis legte das Buch zurück auf den Tisch. „Gut. Dann sprechen wir mal mit Frau Singer.“

Sie gingen durch den Flur der Altbauwohnung, kamen an

einem weiteren aufgeräumten Zimmer vorbei und fanden die Studentin in der Küche. Sie saß mit roten Augen am Esstisch und schnäuzte sich die Nase.

„Geht es?“, frage Karo.

„Ja, danke. Ich kannte ihn ja eigentlich gar nicht so gut.“

„Was können Sie uns denn über ihn erzählen?“, hakte Karo nach und setzte sich auf einen der Stühle.

„Bitte“, sagte Laura zu Luis, „setzen Sie sich doch auch.“

„Danke, passt schon.“ Luis lehnte sich an den Kühlschrank und zog einen alten Notizblock aus dem Jackett. In dieser Beziehung war er altmodisch und benutzte die abgegriffene lederne Notizbuchhülle seines Vaters, bei der man den Block wechseln konnte, wenn er vollgeschrieben war. Obwohl er neuerdings auch immer öfter Fotos mit dem Smartphone machte. Bei Befragungen halfen ihm Block und Stift jedoch, seine Gedanken zu ordnen oder eine entstehende Stille mehr oder weniger elegant zu überwinden. Was momentan nicht notwendig war, denn aus der Studentin sprudelte es regelrecht hinaus.

„Hannes hat hier Kunstgeschichte und Geschichte studiert. Im dritten Semester. Er kommt aus Oberösterreich, wissen Sie. Wie hieß der Ort noch gleich? Ach, ich kann mich grad nicht erinnern, am Land irgendwo. Er wohnt schon über ein Jahr hier und ist total nett. Oh Gott. War, meine ich natürlich. Als Mitbewohner echt super. Ruhig, höflich und sauber. In einer WG ist es wichtig, dass alle sich an die Regeln halten, wissen Sie? Also uns ist das jedenfalls wichtig“, sagte sie schniefend. „Keine Partys, die Küche aufräumen, nicht in der Wohnung

rauchen, so Sachen eben. Wir haben da Regeln."
Sie zog das Gummiband aus ihrem Haar und band sich den Pferdeschwanz neu. Dann nahm sie ein frisches Taschentuch aus einer Packung und schnäuzte sich noch einmal.

„Furchtbar. Seine armen Eltern."

„Kennen Sie sie persönlich?", fragte Luis „Wir bräuchten die Telefonnummer, falls sie die haben."

„Bei seinem Einzug waren sie mit hier. Ich kann Ihnen die Nummer geben."

„Danke. Hätten Sie auch bitte die Namen und Telefonnummern der anderen Mitbewohner für uns?"

„Natürlich."
Felix erschien im Rahmen der Küchentür. An der Haustür hatte es kurz zuvor geklingelt und eine Weile geklappert.

„Hatte er eine Freundin? Kennen Sie nahe Bekannte?", fragte Luis.

„Also, soweit ich weiß, hatte er keine Freundin. Er bekam auch nie Besuch. Aber Hannes war oft den ganzen Tag unterwegs, in der Uni, in der Arbeit…"

„Er hatte einen Nebenjob?", fragte Karo. „Wissen Sie wo?"

„Bei so einer Versteigerungsfirma, glaube ich. Den Namen weiß ich nicht. Bestimmt finden Sie den in seinem Zimmer."

„Gut. Vielen Dank erst mal, Frau Singer", sagte Luis. „Die Kollegen werden nicht lange brauchen. Sie werden das Zimmer dann zusperren."
Sie stand auf und schnäuzte sich noch einmal. „Ja, in Ordnung. Hier ist der Schlüssel. Ich hole eben die Nummer von den Eltern", sagte sie und verließ die Küche.

„Warum wird ein ordentlicher, netter Student in einem Drogendealerpark erstochen?“, fragte Karo leise.

„Tja, interessante Frage“, meinte Luis und steckte den Notizblock zurück in die Sakkotasche.

6

Herbert Herzog drehte den Schlüssel im Schloss der wurmstichigen Holztür seines Antiquariats und schob sie auf. Eine kleine Glocke ertönte hell, als die Tür sie streifte. Er trat in den dunklen Verkaufsraum und tastete nach dem Lichtschalter. Nach kurzem Flackern erhellte Neonlicht den lang gezogenen Raum. An den Wänden hingen jede Menge alte Kunstdrucke und ein paar Ölbilder, dazwischen standen vollgestellte Regale und Glasvitrinen. Skulpturen warteten, auf niedrige Sockel platziert und im Raum verteilt, auf neue Liebhaber. Das Festnetztelefon klingelte.

„Ja“, brummte er.

Es klingelte wieder.

„Ja doch.“

Der Antiquar stellte seine Ledertasche ab und zog sich umständlich den Mantel aus. Nachdem er ihn auf einen altmodischen Kleiderständer gehängt hatte, griff er nach dem Telefonhörer. Das Klingeln verstummte.

„Na, auch egal“, murmelte er.

Er schaltete die Stehlampe neben seinem alten Biedermeier-Sekretär an. Auf der ausgeklappten Schreibfläche, die er eigentlich nur für seine Büroarbeiten nutzte, lagen Dutzende geöffnete Briefe, Papierstapel und Magazine. Eine leere Rotweinflasche und ein halb leeres, schmutziges Glas standen dazwischen.

Er blickte auf. Auf dem wuchtigen Vitrinen-Tisch in der Mitte des Raumes lagen aufgeklappte Bücher, noch mehr leere Weingläser und eine leere Weißweinflasche.

„Du liebe Güte, das sieht hier ja wieder aus“, sagte er laut. Seufzend sammelte er die Flaschen und Gläser ein und trug sie nach hinten in eine kleine Küche. Er stopfte die Gläser in die schon vollgestellte Spülmaschine und schaltete sie ein. Es roch muffig in dem engen Raum. Da fiel ihm ein, dass Lucy, seine Reinigungskraft, die eigentlich jeden Freitag zum Saubermachen kam, letzte Woche Urlaub gehabt hatte. Das Telefon klingelte erneut.

„Ja, was ist denn heute los!“

Dieses Mal meldete er sich rechtzeitig.

„Antiquariat Herzog“, brummte er in den Hörer.

„Hallo. Bin ich da richtig beim Gutachter?“, fragte eine männliche Stimme.

„Ja, ich denke, da sind Sie richtig. Worum geht es denn?“

„Um ein Bild. Ich würde gerne wissen, was es wert ist und es verkaufen.“

„Aha.“ Herzog ließ sich in seinen Louis-Treize-Sessel fallen, der vor dem Sekretär stand. „Ja, dann kommen Sie doch am besten einfach vorbei und zeigen es mir. Was ist es denn für ein Bild?“

„Ein altes, gemaltes.“

„Ein altes, gemaltes Bild, ja so was“, wiederholte er, kniff die Augen zusammen und massierte sich mit seiner freien Hand die Nasenwurzel. „Können Sie vielleicht sehen, wer es signiert hat? Ist da vielleicht ein Name zu sehen?“

„Da steht AWALDE unten drauf oder so ähnlich.“

Herzog lachte kurz auf. Walde. Natürlich. Wie oft hatten sich schon Kunden gemeldet, die auf einem Flohmarkt oder im Internet angebliche Schätze aus dem Nachlass des bekannten Kitzbüheler Malers Alfons Walde erstanden hatten und ihm diese stolz präsentierten. Alle waren es billige Kopien und Nachdrucke ohne Wert gewesen. Echte Drucke waren leicht an den Stempeln des Ateliers und den Seriennummern auf der Rückseite zu erkennen. Doch man bekam dafür, wenn man so einen Druck verkaufen wollte, auch nur ein paar Hundert Euro. Also kein Vermögen. Ölbilder hingegen waren da schon sehr viel interessanter.

Doch die bekannten Werke von Walde hingen alle in Museen oder Privatsammlungen. Auf dem freien Markt war da wenig bis gar nichts zu haben. Und falls jemand wirklich einen echten Walde verkaufen wollte, lief das gewöhnlich über eine Galerie oder die großen Auktionshäuser.

„Hören Sie“, meinte er freundlich, „Ich möchte Ihnen da jetzt nicht zu viel versprechen und sage Ihnen gleich, dass viele billige Kopien im Umlauf sind. Machen Sie sich bitte keine Hoffnungen. Überhaupt keine, um ganz ehrlich zu sein. Es tut mir leid.“

„Man sieht darauf einen großen Berg, einen großen Schatten und unten einen ganz kleinen Mann“, sagte der Anrufer unbeirrt, aber bestimmt.

„Sie meinen, Berge mit Schnee und Kirchen oder Berge mit Schnee und Bäumen? Oder mit Skifahrern?“

„Nein“, sagte der Mann ruhig. „Man sieht nur Schnee, eine große Bergspitze, wie rangezoomt, und unten geht ein ganz kleiner Mann.“

„Wissen Sie was, bringen Sie das Bild doch einfach vorbei. Ich bin den ganzen Tag bis 18 Uhr hier. Passt das?"

„Am Nachmittag kann ich kommen, jetzt bin ich bei der Arbeit."

„Gut. Machen Sie das. Auf Wiederhören."

Herzog legte auf und klopfte mit den Fingern auf den Schreibtisch.

Eine Bergspitze, wie rangezoomt. Er stand auf, ging langsam durch den Raum, blieb vor einem Bücherregal stehen, griff zielsicher in den unteren Bereich und zog ein dickes Exemplar heraus. Alfons Walde, Informationen und Werke.

Langsam setzte er sich wieder in seinen Sessel und schlug das Buch auf. Im hinteren Teil waren Abbildungen zu sehen. Viele waren in Schwarz-Weiß, obwohl die Bilder natürlich im Original farbig waren. Nach einigem Blättern fand er, was er gesucht hatte. Das Foto von einem Gemälde, auf dem eine mächtige Bergspitze mit einem großen Schatten auf der Seite zu sehen war. Wie rangezoomt. Und einem winzig kleinen Männchen unten in der Ecke.

Schneewehe um 1924, Öltempera auf Karton, keine Größenangabe. Nach einem Foto aus dem Nachlass. Konnte das wirklich sein? Die Skifahrerbilder oder die „Kirchgänge" waren bisher immer sehr beliebte Motive zum Kopieren gewesen. Aber dieses hier? So ein Bild fälschte doch keiner. Oder gerade deshalb, weil es unbekannt war? War es gestohlen worden?

Von Zeit zu Zeit ging er die Website der österreichischen und der Tiroler Polizei über gemeldete Kunstdiebstähle durch, um auf dem Laufenden zu bleiben. Das war für ihn selbstverständlich. Schließlich war er ein seriöser Gutachter und Antiquar, und kein Hehler. Dieses Bild hatte er dort jedoch bisher nicht gesehen. Er öffnete die untere Tür des Sekretärs, holte eine Flasche Cognac und ein Glas hervor, schenkte sich ein und prostete sich zu. Vielleicht hatte er ja auf seine alten Tage tatsächlich noch einen Schatz gefunden. Oder besser – ein Schatz hatte ihn gefunden.

7

„Der Laptop liegt jetzt bei Maria. Ich hab` die Daten, E-Mails und Fotos vom Telefon durchgesehen“, sagte Felix. „Kirchmayer hat wohl fleißig studiert und gearbeitet. Wie es aussieht, hatte nur wenige Freunde. Er hat einmal eine unbekannte Mobilnummer angerufen. Sein bester Freund, wenn man das so sagen kann, also der, mit dem er am häufigsten Kontakt hatte, heißt Alessandro Russo.“

Er stand auf und hängte ein ausgedrucktes Foto von einem jungen Mann an die Wand.

„Er arbeitet in einem italienischen Restaurant, dem ‚Da Luciano‘. Der junge Mann ist am Pradler Platz 5 gemeldet. Wahrscheinlich wohnt er dort zusammen mit seiner Freundin Alina.“

Er hängte ein weiteres Foto von einer dunkelhaarigen, jungen Frau an die Wand.

„Zu ihr haben wir sonst keine weiteren Angaben, sie ist aber auf den meisten Fotos mit drauf. Sie waren alle drei im Sommer zusammen an einem See und haben in der Stadt ein paar Fotos zusammen gemacht. Nichts Besonderes, ganz normale Spaßbilder.“

„Pradler Platz? Wisst ihr, dass die Wohnung ganz in der Nähe des Parks liegt?“, warf Luis ein.

„Es gibt noch einen Bekannten aus der Uni, Max Holzer, er wohnt in der Speckbacherstraße 19. Außerdem war er mit zwei Studentinnen ab und zu mal im Kino und zum Lernen verabredet, das letzte Treffen ist aber schon ein paar Wochen her“, sagte Felix und hängte drei weitere Fotos an die Wand.

„Haben wir seine Kontoauszüge? Hast du rausgefunden, wo er gearbeitet hat?“, fragte Luis.

„Kontodaten habe ich noch keine. Aber Kirchmayer hat ab und zu für eine Firma gearbeitet, die Zwangsversteigerungen organisiert. Der Inhaber heißt Haid, Christian Haid, er hat das Büro in der Innsbrucker Innenstadt.“

Er pinne einen Zettel mit dem Firmen-Logo und der Adresse an das Board.

„Zwangsversteigerungen“, meinte Luis, „da kenne ich mich überhaupt nicht aus.“

„Eh klar“, sagte Felix. „Aber als gut dotierter Beamter hast du da wohl auch eher keine Probleme. Außer du frönst dem Luxus und lebst über deine Verhältnisse. Das wissen wir natürlich nicht.“

„Nur kein Neid.“ Luis schaute ihn an und stützte die Hände in die Hüften. „Du musst halt früher aufstehen und länger arbeiten, dann wirst` vielleicht auch mal höherer Beamter. Bei deinem Arbeitstempo wird das so sicher nichts …“

„Äh, ja, da geht es eigentlich hauptsächlich um Firmeninsolvenzen“, mischte sich Karo ein. „Pleite gegangene Firmen und Abverkäufe. So was.“

„Ach so. Sind die Berichte von Claus und Andi schon da?“, fragte Luis.

„Bisher ist noch nichts gekommen.“

„Sollen wir in die Uni fahren?“, fragte Karo. „Man könnte auch mit den Dozenten über Kirchmayer reden.“

„Reden wir zuerst mit den engen Freunden, da haben

wir ja die Kontaktdaten. Karo, wir beide gehen zu diesem Alessandro. Dass er neben dem Park wohnt, ist wirklich interessant. Waren sie an dem Tag verabredet?“

„Sie haben ab und zu telefoniert und auch Kurznachrichten geschrieben. Für Dienstag war da wohl kein Treffen vereinbart. Sie haben aber um 15 Uhr 12 für drei Minuten lang gesprochen. Was ja nichts heißen muss. Sonst hat Kirchmayer an dem Tag nur seine Mutter angerufen. Morgens“, sagte Felix. „Soll ich dann mit Martin Holzer und den Studentinnen reden?“

„Ja, das wäre gut. Schau, dass du sie erreichst. Bis später“, sagte Luis und zog sich sein Sakko an und stand auf.

Dieses Mal fuhr Luis den grauen Dienstwagen selbst.

„Hast du dich schon ein bisschen eingelebt?“, fragte er und drehte das Radio leiser.

„Ja, schon ein bissl. Na ja, zwei Wochen sind ja noch nicht lang. Aber irgendwie mag ich die Stadt. Ist nicht so riesig wie Wien. Und die Natur hier ist so schön.“

„Du hast in Wien die Kriminalausbildung gemacht, oder? Beim Oberst Eisner?“

„Ja. Kennst du den? Streng war er. Aber ich fand es da wahnsinnig spannend.“

„Sicher kenn ich ihn. Ist ein alter Kollege. Haudegen hätte ich fast gesagt.“

Karo musste grinsen.

„Ja, das passt. Er hat wirklich viel Erfahrung. Mit Frauen hat er eher ein bisschen ein Problem. Aber viele waren wir eh nicht im Jahrgang. Nur fünf."

„Und warum wolltest du unbedingt zum Kriminalteam? Ist ja nicht gerade was für schwache Nerven."

„Gute Frage. Ich wollte einfach Menschen helfen. Etwas Sinnvolles tun."

„Hm, dann hättest du auch Krankenschwester werden können. Lehrerin, Pflegerin, was in der Art."

„Jaa, sicher. Aber ich hab so `nen Gerechtigkeitswahn. Und ich brauche ab und zu etwas Action. Ich war Jahrgangsbeste im Schießen."

„Aha. Action. Na, mal sehen, ob wir dir hier in Tirol genug Action bieten können."

„Und warum bist du Polizist geworden?"

„Ich?"

„Ja. Was waren deine Beweggründe. Oder ist die Frage zu persönlich."

Luis schwieg und strich sich über den Bart.

„Mein Vater war Polizist. Auch Kriminalbeamter."

„Ehrlich? Ist er in Pension?"

„Nein. Er ist schon gestorben."

„Oh, das tut mir sehr leid. Im Dienst?", fragte sie neugierig.

„Hm? Na, am Berg. Er war neben der Arbeit Bergretter. Bei einem Einsatz hat sich ein Schneebrett gelöst und ihn, zusammen mit einem Kollegen, verschüttet. Man hat die beiden erst nach Tagen gefunden. Er war auch so ein Actionfan."

„Oh Gott, das tut mir echt so leid."

„Egal, ist schon Jahre her. Wolltest du unbedingt nach Tirol oder war das eher Zufall?“, wechselte er das Thema.

„Ach, ich hab´ mich einfach auf die erste freie Stelle beworben, und da bin ich.“

„Ja, so schnell kann es gehen …“, seufzte Luis. „Kennst denn schon jemanden? Außer uns meine ich.“

„Ja, klar“, antwortete Karo leise. „Naja. Ach, eigentlich nicht. Ich gehe abends viel Laufen. Oder zum Sport.“

„Sport ist auf jeden Fall immer gut. Da lernt man ja auch neue Leute kennen. Ma, heut ist wieder ganz schön was los auf der Straße.“

Er bog von der Amraser Straße über die Straßenbahnspur nach links ab. Neben ihnen wurde es grün.

„Ist das jetzt schon der Rapoldipark?“

„Ja. Hier kommen wir von der anderen Seite, schau, diese Straße führt direkt am Park vorbei. Pradl heißt der Stadtteil“, sagte Luis, fuhr langsamer und bog in eine schmale Straße ein.

„Hier ist es schon. Pradler Platz“, meinte er und hielt auf einem Parkplatz direkt vor einem zinnoberrot gestrichenen, vierstöckigen Wohnhaus. Neben der Haustür war ein Schild mit der Nummer fünf angebracht. Weit und breit war niemand zu sehen. Es war eine Einbahnstraße. Ein paar Autos parkten direkt vor den Häusern auf der bewohnten Straßenseite, gegenüber erhob sich eine große, wuchtige Kirche. Sie stiegen aus.

„Was ist das für eine Kirche? Ist ganz schön groß. Katholisch, oder?“

„Alle Kirchen hier sind katholisch. Ich glaube, in Innsbruck gibt es nur eine einzige evangelische. Und ein paar freie, keine Ahnung. Das ist jedenfalls die Pfarrkirche von Pradl. Ist gar nicht so alt, wie sie aussieht, aber ich bin kein großer Kirchgänger."

„Ich auch nicht."

Eine niedrige Buchshecke umgab den Garten des Kirchengeländes, hohe üppig grüne Bäume säumten das Grundstück dahinter. Ein paar Sonnenstrahlen kämpften sich langsam durch das Grau der Wolken.

„Hübsch ist es hier. Und so ruhig. Ah, jetzt scheint die Sonne ein bisschen. Wird langsam Zeit, dass der Frühling kommt", sagte Karo, während sie bei Russo klingelte. Nichts regte sich. Sie klingelte noch einmal und schaute auf.

„Den Klingelknöpfen nach wohnen sie wohl im zweiten Stock. Da, die Fenster sind zu, nichts Auffälliges zu sehen."

„Wahrscheinlich ist er arbeiten", meinte Luis. Er wählte Alessandros Telefonnummer. Die Mailbox sprang an.

„Guten Tag, Herr Russo, hier Major Landauer von der Polizei Innsbruck. Wir würden gerne mit Ihnen sprechen, rufen Sie mich doch bitte so bald wie möglich unter dieser Nummer zurück. Vielen Dank".

„Na, ob der sich meldet", meinte Karo, während sie zum Auto zurückgingen.

Da öffnete sich mit einem Klappern langsam die Haustür. Eine ältere Dame zwängte ihren Rollator mit einer Hand durch den offenen Spalt, während sie mit der anderen versuchte, die Tür weiter aufzudrücken. Luis war mit wenigen großen Schritten bei ihr und hielt die Tür auf.

„Ohh, vielen Dank, junger Mann“, keuchte sie. „Es geht schon. Wissen`s, diese Tür ist für eine alte Schachtel wie mich scho schwer zu heben. Aber ich mag nicht ins Heim gehen, ich wohne schon seit siebenundfünfzig Jahren hier.“

„Wirklich? Ja, das kann ich gut verstehen“, sagte Luis freundlich und lächelte sie an. „Wohnen Sie im Parterre?“

„Bitte? Ja, im Parterre, zum Glück“, sagte sie lächelnd.

„Kennen Sie die jungen Leute aus dem zweiten Stock?“

„Sie müssen etwas lauter sprechen, ich höre nicht mehr so gut. Nein, ich habe keinen Stock, das Ding hier geht ganz gut, damit kann man ein paar Schritte laufen, ohne dass man stürzt“, antwortete sie.

„Die jungen Leute aus dem zweiten Stock, ein junges Paar, kennen Sie die?“, fragte Luis nun ziemlich laut, obwohl ihm das in dieser stillen Straße unangenehm war. Er zog zwei Fotos aus seiner Brusttasche und zeigte sie ihr.

„Ja, ja, sicher. Nette Leut“, nickte sie eifrig. „Das Dirndl geht manchmal für mich einkaufen. A ganz a Nette is des.“

„Wissen Sie, ob die beiden zu Hause sind?“

„Naaa, wenn niemand aufmacht, ist keiner da“, meinte sie. „Warum wollen Sie denn das wissen?“

Luis zeigte seinen Ausweis.

„Ohh“, sagte sie mit großen Augen. „Polizei? Das sind gute junge Leute! Anständige.“

„Natürlich. Wir wollen sie nur etwas fragen. Wissen Sie, wo Alina arbeitet?“

„Ja, sicher. In einem Friseurgeschäft arbeitet sie. Aber wo genau, weiß ich nicht.“

„Haben Sie von Alina eine Telefonnummer?“, fragte Karo. „Wegen der Einkäufe.“

„Naaa. Sie fragt immer montags, ob ich etwas brauch. Vorgestern hat sie eingekauft.“

„Haben Sie vielen Dank. Wo müssen Sie denn hin?“

„Nur kurz vor zur Trafik. I hol mir die NEUE WOCHE.“

„Kommen Sie zurecht?“

Sie lachte und tätschelte seinen Arm.

„Natürlich komme ich zurecht.“

Sie sahen der alten Dame nach, wie sie langsam mit ihrem Rollator die Straße hinunterging und stiegen wieder ins Auto.

„Und jetzt?“, fragte Karo.

Luis schaute sie von der Seite an und startete den Motor.

„Pizza?“, fragte er.

Sie blickte ihn für einen Moment erstaunt an.

„Ach, wir fahren zu Da Luigi?“

„Da Luciano. Auch das ist hier ganz in der Nähe. Alles im Umkreis von ein paar Hundert Metern, was für ein Zufall. Mal sehen, ob Alessandro zur Arbeit erschienen ist.“

Er bog auf die Pradler Straße ab, folgte ihr bis zum Ende und überquerte die Dreiheiligenbrücke, die den Verkehr über die Sill führte. Kurz darauf hielt er vor einem mehrstöckigen Haus an. Sie parkten direkt vor dem italienischen Lokal. Luis legte ein ‚Polizei im Einsatz‘-Schild an die Scheibe.

„Muss man hier überall Parkgebühren zahlen?“, frage Karo.

„Ja, eigentlich in der ganzen Stadt. Ist ziemlich lästig.“

Das Restaurant hatte eine lange Fensterfront, deren große Scheiben von halb durchsichtigen Gardinen verdeckt wurden.

Über der Tür hing ein großes Schild, auf dem in roten, weißen und grünen Buchstaben der Name DA LUCIANO gedruckt war. Luis hielt Karo die Tür auf und ließ sie vorangehen. Der Duft von Oregano und Basilikum schlug ihnen entgegen. Es war Mittagszeit und das Lokal gut besucht. Die meisten Gäste schienen Pensionisten zu sein, die allein an Einzeltischen saßen.

Die Tische waren klassisch mit rot karierten Tischdecken und weißen Papiertischtüchern darüber eingedeckt. Aus den Musikboxen an der Decke klang Eros Ramazzotti.

„Gemütlich“, sagte Luis trocken.

„Fast wie in Italien“, schwärmte Karo. „Nett. Sollen wir uns hinsetzen?“

„Wir fragen erst mal nach Alessandro“, sagte Luis und blieb vor der holzgetäfelten Bar stehen. Der einzige Kellner des Restaurants schien schon etwas in die Jahre gekommen zu sein. Er wirkte verlebt und hatte graue Schläfen. Schweißflecken zeichneten sich unter den Armen auf dem weißen Hemd ab. Als er sie sah, wirkte er plötzlich angespannt. Seine braunen Augen funkelten.

„Buon giorno Signori, was kann ich für Sie tun? Möchten Sie etwas essen?“, fragte er.

„Ja, möchten wir tatsächlich“, antwortete Luis. „Ist Alessandro heute da?“

„Si, certo. Hat er was ausgefressen? Sie sind von der Polizia, oder? Ich sehe das. So was merke ich sofort“, zwinkerte er Karo zu. „Und was macht so eine hübsche Signorina bei der Polizia?“

„Arbeiten“, antwortete sie kühl.

„Dürfen wir kurz mit ihm sprechen?“, fragte Luis. „Wir wollen ihm nur ein paar Fragen stellen. Reine Routine.“

„Madonna, gerade jetzt ist Mittagszeit, er hat zu tun, er macht die Pizza!“

„Wir brauchen nicht lange, nur ein paar Minuten. Sollen wir kurz zu ihm in die Küche gehen?“, fragte Luis, „dann kann er während des Gesprächs weitermachen.“

„No, no, Sie haben kein Gesundheitsschein. Sie dürfen nicht in die Küche gehen, wegen Hygiene, alles klar? Ich schicke ihn raus. Was wollen Sie essen?“

Sie bestellten Pizzen und Salate zum Mitnehmen, bezahlten und setzten sich an einen kleinen Tisch direkt am Eingang. Nach einigen Minuten kam ein schlanker, junger Mann in karierter Kochhose und weißem T-Shirt aus der Küche, die dunklen Haare klebten ihm an der verschwitzten Stirn. Luis und Karo standen auf und gaben ihm nacheinander die Hand, bevor sich alle drei an den Tisch setzten.

„Alessandro Russo?“, fragte Luis.

„Ja. Wollen Sie meinen Ausweis sehen? Was ist denn los?“, sagte er schüchtern.

„Ja, bitte“, meinte Karo und zückte ihr Smartphone, um Fotos von den Papieren zu machen.

„Kennen Sie einen Hannes Kirchmayer?“, fragte Luis.

„Si. Certo. Warum?“

„Wann haben Sie ihn denn zuletzt gesehen?“

„Weiß nicht. Am Sonntag“, stammelte er und wischte sich mit einer Stoffserviette die Stirn, nachdem er seinen Ausweis wieder eingesteckt hatte.

„Gestern haben Sie sich nicht getroffen?“

„Nein. Er hatte keine Zeit.“

„Haben sie ihn gesprochen?“

„Äh, weiß nicht. Ja, ich habe mit ihm telefoniert. Er hat gesagt, er wäre verabredet.“

„Hat er gesagt, mit wem und wann?“

„Nein. Eigentlich nicht.“

„Ok. Darf ich Sie fragen, wo sie gestern Abend waren?“

„Was ist denn passiert? Ich war mit meiner Freundin zu Hause.“

Der junge Italiener wischte sich wieder die Stirn.

„Den ganzen Abend?“

„Ja, wir haben einen Film geschaut.“

„Kirchmayer ist gestern tot aufgefunden worden.“

Alessandro wurde blass. Seine Hände fingen an, zu zittern.

„Oh, no. Madonna, no. Was ist passiert?”

Tränen traten ihm in die Augen.

„Das wissen wir noch nicht. Ist Ihnen irgendetwas an ihm aufgefallen? War er anders als sonst? Oder nervös?“

„Nein. Wie meinen Sie anders?“

„Hatte er Streit mit jemandem?“

„Streit? Hannes? Nein. Nie.“

Er stand auf, nahm sich ein paar frische Papierservietten aus einem Serviceregal, schnäuzte sich, wischte sich noch einmal den Schweiß von der Stirn und trat wieder zu ihnen an den kleinen Tisch.

„Er ist immer nett zu allen.“

„Wie heißt denn Ihre Freundin?“, fragte Karo. „Mit ihr müssten wir auch reden.“

„Alina.“

„Alina … und weiter?“

„Alina Jasari. Sie arbeitet als Kosmetikerin.“

Luis hatte seinen kleinen Block gezückt und machte sich Notizen.

„Wo arbeitet sie denn?“, fragte er.

„Beautyworld. Reichenauer Straße.“

Der Kellner kam an ihren Tisch und legte Pizzakartons und eine Tüte mit Salatboxen auf den Tisch.

„Er muss jetzt wieder arbeiten. Genug. Basta! Alessandro, neue Bestellung. Due Pizze funghi. Pronto!“, schimpfte er und ging zum Nebentisch kassieren.

„Bitte verlassen Sie in den nächsten Tagen nicht die Stadt. Wir müssen vielleicht noch einmal mit Ihnen reden“, sagte Luis. Sie standen auf.

„Kein Problem.“ Alessandro sprach leise und gab ihnen wieder die Hand.

Karo drehte sich an der Tür noch einmal um.

„Welcher Film?“

„Was?“

„Welchen Film habt ihr geschaut? Gestern.“

Er verdrehte die Servietten mit beiden Händen und dachte nach. Dann schaute er auf.

„Tribute von Panem. Alina mag so was.“

8

Karo kaute an einem Stück Pizza Salami Diavola, als Felix zur Tür hineinkam.

„Hmmm. Riecht ja super!“, sagte er. „Ist da was für mich dabei?“

„Sicher. Bedien` dich. Hat der Chef spendiert.“

Felix warf seine Jacke über den Stuhl und griff in einen der offenen Kartons.

„Und? Habt ihr was erreicht? Wie ich sehe, wart ihr bei dem Italiener.“

„Wir haben mit Alessandro Russo gesprochen“, antwortete Luis. Er saß mit übereinander geschlagenen Beinen auf einem Stuhl vor der Magnetwand und trank den Rest seines Kaffees. Dann warf er den Becher in einem hohen Bogen in den Papierkorb neben der Tür.

„Stell dir vor“, sagte Felix kauend, „und was hat er gesagt?“

„Er wirkte sehr nervös. Angeblich hat er gestern mit seiner Freundin ferngesehen. Felix, checkst du den Kosmetikladen Beautyworld in der Reichenauer Straße? Da arbeitet diese Freundin. Alina …“, er kramte seinen Block hervor, „Jasari. Laut der Nachbarin aus dem Parterre sind die beiden herzensgute junge Leute. Prüf bitte auch gleich, ob unsere Kollegen was über Russo haben. Irgendwie trau ich dem nicht über den Weg. Nur so ein Gefühl. Hast du bei den anderen etwas herausgefunden, Felix?“

Der junge Inspektor schüttelte langsam den Kopf, schluckte in Ruhe ein Stück Pizza hinunter und spülte mit etwas Cola nach.

„Ich weiß ja nicht. Dieser Maximilian Holzer ist ein total glatter Typ, studiert BWL. Er war schon freundlich, aber auch irgendwie kalt. Er hat angeblich seit zwei Wochen nichts mehr von Kirchmayer gehört. Was mit den Anrufen auf dem Telefon übereinstimmt. Die beiden Kommilitoninnen waren jetzt über die Ostertage nicht in Innsbruck. Sie hatten auch keinen sehr engen Kontakt zu ihm. Sie wussten noch nicht einmal, wo er gewohnt hat. Irgendwie scheinen alle Studenten über die Ferien gerne abzureisen."

„Nur Kirchmayer nicht", meinte Karo. „Und wenn er zur falschen Zeit am falschen Ort war?"

Luis rieb sich die roten Bartstoppeln und dachte nach. Dann fuhr er sich durch die Haare und verschränkte die Arme vor der Brust.

„Was ist jetzt mit seinen Finanzen?"

„Nichts. Jedenfalls nichts Ungewöhnliches. Die Eltern haben monatlich einen kleinen Betrag überwiesen. Davon zahlte er die Miete. Es gab keine großen Abbuchungen, keine teuren Einkäufe mit Kreditkarte, keine Urlaube. Von der Firma, bei der er ausgeholfen hat, bekommt er monatlich um die vierhundert Euro. Plus, minus. Also auch nicht viel. Er scheint eher der bescheidene Typ gewesen zu sein."

„Wir müssen uns bei der Firma erkundigen, was Kirchmayer dort genau gearbeitet hat. Wir haben noch kein Motiv, keinen Verdacht, wir haben gar nichts."

„Na ja. Wir haben den Obduktionsbericht", sagte Felix. „Hat der gute Dr. Fröhlich eben geschickt. Moment."

Während er das Dokument öffnete und las, nahm sich Karo

noch ein Stück Pizza.

„Mann, die ist richtig gut“, sagte sie, bevor sie herzhaft abbiss.

Felix sah von seinem Bildschirm auf.

„Hannes Kirchmayer ist durch einen Kollaps der Lungen infolge der drei Einstiche in den Rücken gestorben. Die Einstichkanäle weisen auf einen messerähnlichen Gegenstand mit einer zirka zwölf Zentimeter langen, einschneidigen Klinge hin, wie etwa bei einem Klappmesser. Die Einstiche erfolgten in den rechten Brustkorb. Dr. Fröhlich schreibt, dass es sich also wahrscheinlich um einen Rechtshänder gehandelt haben könnte.“

„Haben wir schon den Bericht der Spurensicherung?“

„Ja, ist auch gekommen. Die Tatwaffe wurde im Park nicht gefunden. Nur ewig viele Spuren, die nicht zuzuordnen sind.“

„Mit anderen Worten?“, fragte Luis.

„Nada“, antwortete Felix und griff auch noch einmal in den geöffneten Karton.

Irgendwo klingelte es leise. Luis ging zu seinem Sakko und nahm sein Telefon heraus.

„Ja … Nein … Ja … Ja. Ich weiß. Bin am Weg.“

Er hielt kurz inne und zog sich die Jacke an.

„Schaut euch nochmal den Laptop an. Vielleicht findet ihr da irgendwas. Irgendwo muss es doch einen Hinweis geben.“

Luis ging den langen Gang hinunter und sah den Kollegen Steiner im Türrahmen seines Büros stehen.

„Na? Läuft`s?“, fragte der.

„Naa, nix läuft. Ich weiß auch nicht, irgendwie ist der Fall ganz seltsam. Wir haben überhaupt keinen Anhaltspunkt, an dem man einhaken könnte."

„Keine Suchtgiftvergehen?"

„Na. Nichts, das ist ja das Seltsame. Der Bua war ein netter, ordentlicher Student."

„Vielleicht hat er gedealt? Die nehmen ja selber oft nix. Die G`scheiten sind da ja die Geschäftstüchtigsten. Nicht die dämlichen Fixer."

„Kann ich mir ehrlich gesagt bei ihm gar nicht vorstellen. Er hatte auch nicht massig Geld rumliegen. Keine Pillen, Sackerln oder Gras, nix."

„Vielleicht hat er ja ein Offshore-Konto und ein Schließfach. Was ist mit `ner Freundin? Verbrechen aus Leidenschaft?"

„Auch da nix bisher."

„Na, da bist` ja ausnahmsweise mal richtig gefordert", grinste Steiner und klopfte Luis auf die Schulter. „Magst nacha was trinken gehen? Birgit hat heute Mädelsabend oder so was."

Luis schüttelte den Kopf. „Heut geht`s nicht, bin schon verplant. Ich muss jetzt zum Strasser, er klang nicht gut am Telefon."

„Wann tut er das schon. Sag ihm liebe Grüße und Bussi."

„Sehr witzig."

Luis ging geistesabwesend an ein paar Büros vorbei, durchquerte das Treppenhaus und stand am Ende eines weiteren langen Ganges vor dem großen Eckbüro seines Chefs. Er klopfte kurz und trat ein.

„Luis. Griaß di. Setz` dich, ein Platz ist noch frei."

Der Leiter des LKA, Oberst Jörg Strasser saß lässig zurückgelehnt hinter seinem Schreibtisch. Er spielte mit einem goldenen Kugelschreiber und wies auf den leeren Stuhl vor sich. Seine grauen Haare waren akkurat frisiert, das dunkelblaue Sakko geöffnet, die bordeauxfarbene Krawatte ordentlich gebunden. Auf dem anderen Besucherstuhl saß eine Frau.

„Hallo Luis. Griaß di", sagte sie lächelnd. Sie strich sich eine blonde Haarsträhne aus dem Gesicht und gab ihm die Hand.

„Frau Staatsanwältin. Lange nicht gesehen." Luis musste grinsen und setzte sich.

„Griaß di", nickte er in Richtung seines Chefs.

„Du kennst Frau Leonhard, oder?"

„Sicher. Anna und ich hatten schon miteinander zu tun."

„Sehr gut. Wir haben bisher noch keinen Bericht bekommen, Luis, was ist da bei dir los?", fragte Strasser ernst.

„Dafür war noch keine Zeit", antwortete Luis, „tut mir leid."

„Ein kurzer Anruf hätte genügt. Dafür muss immer Zeit sein, ich muss direkt informiert werden, Luis. Gerade bei solchen Fällen, das muss ich dir ja nicht dauernd runterbeten, oder? Also, was ist nun passiert?"

„Kurz gesagt, wir haben einen erstochenen Studenten im Rapoldipark, keine Spuren, keine Tatwaffe, keine Verdächtigen, keine Hinweise. Wie es aussieht, sind keine Suchtgifte im Spiel."

„Aha. Aber Ausländer, oder?“, fragte Strasser.

„Nein, Einheimischer. Bei dem Opfer handelt es sich um einen ordentlichen, freundlichen jungen Mann aus Oberösterreich. Ein Vorzeigestudent, der sein Geschirr abwäscht und immer brav lernt.“

„Gibt`s denn so was überhaupt? Einen ordentlichen Studenten?“, fragte Strasser und zog die Augenbrauen hoch.

„Natürlich“, sagte die Staatsanwältin. „Nicht alle Studenten sind wilde Partylöwen, Jörg.“

„Ach. Sprichst du da aus Erfahrung?“, fragte Strasser und grinste sie schief an.

Sie lächelte nur und zog das Revers ihres olivfarbenen Blazers glatt.

„Sind die Eltern schon benachrichtigt, Luis?“, wollte sie wissen.

„Ja, sie sind heute Vormittag informiert worden und schon auf dem Weg hierher. Sie wollen sich in der Pension Traxl einquartieren. Ich werde heute noch mit ihnen sprechen.“

„Gut“, meinte Strasser. „Kümmer` dich um sie. Frag sie aus. Wir wissen ja, dass stille Wasser tief sind und auch mitunter starke Strömungen haben können. Der Junge hat ganz sicher was zu verbergen. Sieh zu, dass ihr rasch was findet. Zum Glück war er kein Piefke. Oder noch schlimmer, Tourist. Tote Touristen sind nicht gut für´s Geschäft, wisst ihr ja.“

„Du bist immer so herzlich und mitfühlend“, bemerkte Anna Leonhard genervt.

„Ich bin nur Realist. Und derjenige, der sich vor allen verantworten muss“, erwiderte Strasser schroff. „Wie tust du jetzt konkret weiter, Luis?“

„Zuerst schaue ich bei der Firma Haid vorbei, für die er gearbeitet hat.“

„Was ist das für eine Firma?“, fragte die Staatsanwältin.

„Die organisieren Versteigerungen und Zwangsversteigerungen.“

„Ah, von denen habe ich schon gehört. Die arbeiten mit unseren Konkursrichtern zusammen. Alles sehr seriös“, sagte sie.

Strasser legte den Kugelschreiber auf den Tisch und faltete seine Hände über seinem Bauch.

„Gut, gut. Und wie geht es mit der neuen Kollegin? Hat sie sich schon eingearbeitet?“

„Frau Haberer? Ja, kein Problem. Sie ist … recht engagiert“, seufzte Luis.

„Na, sehr gut, dann passt das ja. Nimm sie mit zu den Eltern. Das ist sicher gut, von wegen weiblicher Charme und so. Halt uns auf dem Laufenden. Und den Bericht bitte nicht vergessen.“

„Sicher“, sagte Luis und stand auf. „Ich ruf dich an, Anna“ sagte er und gab ihr noch einmal die Hand.

„Immer gerne und jederzeit, weißt du ja“, lächelte sie.

9

Die Firma Haid befand sich in einem alten Gebäude in einem Hinterhof in der Andreas-Hofer-Straße. Neben einer offen stehenden Doppeltür aus Metall stand ein Kleinlaster mit unauffälliger Beschriftung. Ansonsten war kein Firmenschild zu sehen. Luis und Karo traten in eine kleine Halle, die mit allerlei Dingen vollgestellt war. Bei den abgestellten Gegenständen schien es sich um den Abverkauf eines Sportgeschäfts zu handeln. Neben Crosstrainern und anderen Fitnessgeräten hingen zahlreiche Winterjacken und Skianzüge auf diversen Kleiderständern, Rennräder standen nebeneinander in einer Reihe, Skier lehnten an der Wand, Kettleballs und kleine Hanteln lagen herum.

„Falls du für die nächste Saison noch Skiausrüstung brauchst, bist du hier genau richtig, das sieht nach Schnäppchen aus“, sagte Luis.

„Danke, ich bin skimäßig schon voll ausgerüstet. Aber die Hanteln da finde ich gut. Für so einen Crosstrainer ist meine Wohnung leider zu klein.“

„Hallo. Kann ich Ihnen helfen?“ Eine junge Frau kam über eine Freitreppe zu ihnen hinunter in den Verkaufsraum.

„Suchen Sie etwas Bestimmtes?“, fragte sie freundlich.

„Major Landauer, LKA Innsbruck, das ist meine Kollegin Haberer. Sind wir hier richtig bei der Firma Haid?“ Er zeigte ihr seinen Ausweis.

„Ja, da sind Sie richtig.“

„Draußen häng gar kein Schild von Ihrer Firma.“

„Wir haben hier immer viele Objekte zwischengelagert, da wollen wir nicht viel Aufhebens um die Location machen. Die Halle ist alt, da kann man leicht einbrechen. Aber deshalb sind Sie sicher nicht da, oder?“

„Stimmt. Es geht um einen Ihrer Mitarbeiter. Wir würden gerne mit Ihnen über Hannes Kirchmayer sprechen.“

„Hannes? Der ist heute nicht gekommen. Ist was passiert?“

„Sind sie alleine hier?“

„Naa, der Chef ist oben im Büro, bitte kommen`s doch einfach mit.“

Sie folgten ihr die Treppe hinauf in den ersten Stock, wo drei Arbeitsplätze eingerichtet waren. Das Ende des lang gestreckten Raums war durch Glaswände abgetrennt. Ein dunkelblonder Mann Mitte vierzig saß dort an seinem Schreibtisch und blickte auf, als sie den Raum betraten.

„Christian, schau, die beiden sind von der Polizei. Wegen Hannes“, sagte sie ehrfürchtig.

Luis stellte sich und seine Kollegin noch einmal vor und gab Haid die Hand.

„Bitte, setzten Sie sich doch“, sagte der Inhaber freundlich und wies auf die Stühle vor sich. „Mein Name ist Christian Haid, das ist meine Firma. Worum geht`s denn?“

„Wir würden gerne mit Ihnen über Ihren Mitarbeiter Hannes Kirchmayer sprechen“, sagte Luis.

„Der hätte heute Morgen eigentlich zum Arbeiten herkommen sollen, hat sich aber nicht blicken lassen. Erreicht haben wir ihn auch nicht. Sehr seltsame Geschichte. Er ist sonst total zuverlässig, müssen Sie wissen. Bine hat sich schon Sorgen gemacht …“, sagte er mit einem Blick zu seiner Mitarbeiterin.

„Wir müssen Ihnen leider mitteilen, dass Ihr Mitarbeiter tot aufgefunden wurde. Es tut mir sehr leid.“

„Was? Nein! Das gibt´s doch nicht. Sind Sie sicher?“, sagte die junge Frau mit weit aufgerissenen Augen.

„Du liebe Güte, was ist denn passiert? Ein Unfall?“, fragte ihr Chef.

„Das versuchen wir gerade herauszufinden. Vielleicht können Sie uns weiterhelfen.“

„Oh Gott, wie furchtbar“, flüsterte die junge Frau, fing leise an zu schluchzen und fummelte ein Taschentuch aus ihrer Kapuzenjacke.

„Dürfen wir Ihnen ein paar Fragen stellen?“

„Natürlich, schießen sie los. Ich kann das gar nicht glauben.“

„Wie lange hat er denn schon für Sie gearbeitet?“

„Schon eine Weile. Fast ein Jahr, oder Bine?“

Sie nickte.

„Könnten Sie kurz beschreiben, was er hier genau gearbeitet hat, was seine Aufgaben waren?“

„Sicher. Wir bekommen die meisten unserer Objekte aus offiziellen Konkursverfahren zugeteilt. Das sind kleine und große Firmen, zum Beispiel Büros oder Hotels, manchmal machen wir auch Lagerräumungen und so weiter. Um die Objekte in einem Konkursverfahren aufzunehmen, fahren wir zunächst vor Ort und katalogisieren zusammen mit dem zuständigen Richter ganz genau alle Dinge, die zur Insolvenzmasse gehören. Jedes Objekt wird einzeln fotografiert, genau bezeichnet und später in Tabellen gelistet. Dann stellen wir für die Auktion alles zusammen auf unsere Website. So eine Auktion läuft automatisch online ab. Wenn alle Käufer bezahlt haben, so nach zwei bis drei Tagen, werden die Objekte vor Ort von den Käufern abgeholt. Bei Lagerabverkäufen bringen wir manchmal auch alles hier in die Halle, da läuft der Verkauf dann länger und stationär." Er hielt kurz inne.

„Für die Aufnahme der einzelnen Gegenstände braucht man Mitarbeiter, die genau und zuverlässig arbeiten. Kirchmayer hat vor Ort Fotos gemacht, die Informationen katalogisiert und die Objekte in unsere Datenbank eingegeben. Er hat immer sehr genau gearbeitet, auf ihn konnte man sich da hundertprozentig verlassen. Ein ruhiger, netter Mensch."
Bine schluchzte leise.

„Waren Sie näher mit ihm bekannt?", fragte Karo.

„Ich? Nein, eigentlich nicht", murmelte Bine. „Ich mochte ihn einfach sehr gerne. Sonst war da nichts."

„Hatte er denn eine Freundin? Oder vielleicht einen Freund?", hakte Karo nach.

„ Hm, ich weiß von keiner Freundin. Und ob er … schwul war?" Sie schaute auf. „Weiß nicht. Ich … könnte das gar nicht sagen. Er hat mir mal erzählt, er wäre Romantiker und würde sich gern mal so richtig verlieben. Ich habe das natürlich auf Frauen bezogen. Echt, keine Ahnung", sagte sie trotzig.

„Hat er denn viel gearbeitet?", fragte Luis und zückte seinen kleinen Block.

„Kam immer darauf an, wie viel los war. In letzter Zeit war er nur bei zwei Insolvenzen dabei. Ein kleines Hotel in Hall und ein Hof in Kitzbühel, ein alter Bauernhof. Eigentlich war da nichts Auffälliges oder Besonderes. Er war auch wie immer, freundlich und entspannt. Es kam mir nicht so vor, als hätte er Probleme gehabt oder so etwas."

„Hatten Sie mal den Eindruck, dass er Drogen nimmt? Oder Umgang mit Personen aus diesem Milieu hatte?"

„Drogen? Hannes? Naa, niemals! Er war überhaupt nicht der Typ für so was. Was ist denn bloß passiert?", fragte Haid.

„Hannes hat ganz sicher keine Drogen genommen", schluchzte Bine. „Er hat noch nicht mal getrunken. Auf unserer Weihnachtsfeier hatte er ein einziges Bier. Oder Christian?"

„Ja, das stimmt. Drogen und Alkohol haben ihn nicht interessiert. So sind die jungen Leute heutzutage halt." Er zuckte mit den Schultern. „Ich verstehe das alles nicht. Also war es kein Unfall?"

„Nein, wie es aussieht, nicht. Falls Ihnen noch irgendetwas einfallen sollte, rufen Sie mich bitte an." Luis gab ihnen jeweils eine seiner Karten. „Oder schreiben eine Nachricht. Alles könnte wichtig sein, auch wenn es Ihnen nicht so vorkommt."

„Das klingt wie im Tatort", sagte Bine.

„Tja, ist aber leider die Wirklichkeit", entgegnete Karo.

„Vielen Dank, bitte melden Sie sich gerne jederzeit", sagte Luis und stand auf.

Draußen auf dem Parkplatz blieben sie vor dem Wagen stehen.

„Meinst du, er stand auf Männer?“, fragte Karo.

Luis griff wortlos zu seinem Telefon und stieg ein. „Felix, gibt es schon was Neues?“

„Na, ned wirklich.“

„Nimm dir den Computer vor. Gibt es Fotos? Könnte es sein, dass er homosexuell war? Schau doch mal. Und prüf auch die besuchten Webseiten, ja? Wenn du Hilfe brauchst, meld` dich doch einfach bei Maria. Wir fahren jetzt zu den Eltern.“

Die wenigen Parkplätze vor der Pension waren alle besetzt, daher fuhr Luis noch einmal durch das Geflecht der Einbahnstraßen, bis er in einer Nebenstraße eine freie Lücke fand. Wieder legte er sein Polizeischild in die Windschutzscheibe. Die Pension Traxl war ein zweistöckiges, frei stehendes altes Haus, in einem matten Terracottarot gestrichen, die Fenster in einem Beigeton eingefasst.

„Sieht aus wie in Italien“, meinte Karo. „Hübsch. Ist schon alt, oder?“

„Ich glaube schon“, antwortete Luis, „Bekannte von mir haben hier mal gewohnt, die Zimmer sind zwar schlicht, aber hell und groß. Ganz angenehm.“

Eine blonde Frau mit Sommersprossen trat im Eingangsbereich auf sie zu.

„Griaß enk. Ihr seid von der Polizei, oder? Das Ehepaar Kirchmayer hat mir gesagt, dass ihr vorbeikommen würdet.

Ma, so a traurige G`schicht. Ich bin hier die Besitzerin. Die Eltern tun mir so leid."

„Dürfen wir zu ihnen aufs Zimmer?"

„Natürlich, folgt mir doch bitte. Sie sind im ersten Stock, Zimmer 4. Hier lang."

Sie ging die Treppe hinauf und zeigte ihnen die Tür.

„Falls ihr etwas benötigt, sagt es einfach, ich bin unten. Ein Haustelefon haben wir leider nicht."

„Danke, das passt schon", sagte Karo und klopfte an.

Frau Kirchmayer öffnete ihnen die Tür.

„Grüß Gott, Frau Kirchmayer, ich bin Major Landauer, das ist meine Kollegin Haberer. Wir sind von der Kriminalpolizei."

„Ja, natürlich. Bitte kommen Sie doch herein", sagte sie und hielt ihnen die Tür auf. Sie richtete mit einer kurzen Bewegung den Kragen Ihrer Bluse, die blassrosa unter einem viel getragenen Cardigan hervorschaute. Luis sah ein paar graue Strähnen in ihrem Haar. Sie wirkte traurig und entsetzlich müde.

„Bitte, setzen Sie sich doch", sagte sie und wies auf zwei schlichte Holzstühle. Sie selbst nahm auf dem Bettende Platz. In einer Ecke des Raumes saß ihr Mann in einem Sessel. Ihm schien es deutlich schlechter zu gehen als seiner Frau. Er schaute sie aus roten, verweinten Augen an. Sein Haar war nicht gekämmt, aber er war einigermaßen ordentlich angezogen. Ein kleines Radio stand neben zwei leeren Teetassen und einer Taschentücherbox auf dem Holztisch am Fenster und spielte leise Musik.

„Unser herzlichstes Beileid", sagte Luis. „Wie geht es

Ihnen denn?“

„Es geht schon“, antwortete die Frau. „Die Wirtin hat uns Tee aufs Zimmer gebracht. Eine sehr freundliche Person. Möchten Sie auch etwas? Viel anbieten können wir Ihnen leider nicht.“

„Nein, vielen Dank“, sagte Luis.

„Wann können wir ihn sehen? Was ist denn passiert? Ein Unfall? Müssen wir ihn nicht identifizieren? Wann können wir ihn mitnehmen?“ Sie sah ihn mit fragendem Blick an.

„Marion, jetzt lass die Leute doch erst mal reden“, sagte ihr Mann mit tiefer, trauriger Stimme.

„Wir haben die Identifikation anhand von Fotos durchgeführt, das müssen Sie nicht machen“, sagte Luis ruhig. „Aber wenn Sie ihn gerne sehen möchten, geht das natürlich. Was genau passiert ist, können wir noch nicht sagen, er wurde durch Fremdeinwirkung tödlich verletzt.“

“Du liebe Güte. Ermordet?“

Der Vater hielt sich mit einer Hand die Augen zu. Tränen rannen ihm über die Wangen.

„Es tut mir sehr leid. Möchten Sie mit einer unserer Seelsorgerinnen sprechen? Vielleicht wäre das eine Hilfe für Sie? Ich brauche nur Bescheid zu sagen.“

„Ach, nein. Es geht schon. Nur keine Umstände. Wir kommen zurecht. Wirklich“, sagte Frau Kirchmayer mit zitternder Stimme.

Luis wartete einen Moment.

„Darf ich Ihnen ein paar Fragen stellen?“

Sie hatte aus dem Fenster auf die Berge geblickt und gar nicht richtig zugehört.

„Ermordet“, stammelte sie. „Wer macht denn so was? Er war ein guter Junge. So intelligent und aufmerksam, lieb und aufrichtig. Man musste sich nie Sorgen um ihn machen.“
Sie stand auf, nahm sich zwei Papiertaschentücher aus der Box und setzte sich wieder auf die Bettkante. Dann schnäuzte sie sich leise. Karo blickte betreten auf ihre Hände und schwieg.

„Wie lange hat Ihr Sohn denn hier studiert?“, fragte Luis in die Stille hinein.

„Er war im dritten Semester, immer so fleißig. Er musste nebenbei arbeiten gehen, weil wir ihm monatlich nicht so viel Geld geben konnten. Mein Mann arbeitet bei einer Holzverarbeitungsfirma, und ich bin Sekretärin. Aber die Arbeit bei dem Haid hat ihm viel Freude gemacht. Er meinte, er würde dort so viel fürs Leben lernen.“

„Er hat Ihnen davon erzählt?“

„Ja, ab und zu. Kleine Insolvenzen gingen ihm immer nah. Bei den großen Firmen ist es nicht so persönlich.“

„War in letzter Zeit etwas Besonderes? Hatte er sich irgendwie verändert?“

„Nein, überhaupt nicht“, sagte die Mutter. „Alles war normal. Wir telefonieren ja oft.“

„Wissen Sie von einer festen Freundin?“, fragte Luis vorsichtig.

„Ach, erzählt hat er nichts. Er meinte immer, ′Mama, irgendwann kommt die richtige daher, dann funkt es.′“

„Wann haben Sie denn das letzte Mal mit ihm gesprochen?“

Frau Kirchmayer dachte nach.

„Gestern Morgen hatte er ja noch angerufen. Wir haben erst übers Wetter geredet, dass es hier in den Bergen im April abends noch so kalt ist und auf den Bergen immer noch Schnee liegt. Dann meinte er, er habe nächste Woche eine Prüfung. Und er hat von einem Hof erzählt, wo eine Versteigerung war, die fand er sehr traurig. Zum Schluss meinte er, ´Macht euch keine Sorgen, wir werden niemals in eine solche Lage kommen´. Ich dachte, er meinte, dass er später mal einen guten Job haben werde, aber er sagte so was wie … Butzi, was hat er nochmal gesagt?“

Ihr Mann blickte auf und schüttelte den Kopf.

„So was wie `Ich habe da eine Überraschung zu deinem Geburtstag`. Ich habe im Mai, wissen Sie.“

Karo blickte auf. „Eine Überraschung? Hatten Sie sich denn etwas Besonderes gewünscht?“

„Nein, überhaupt nicht, wir haben ja alles. Und wir brauchen auch nicht viel. Das habe ich ihm am Telefon auch gesagt. Da meinte er, wir könnten ja auch einmal richtig in den Urlaub fahren. Ob das nicht toll wäre. Die Pyramiden ansehen oder eine Kreuzfahrt. Du liebe Güte, sagte ich da lachend, ja schön wäre das! Aber das kostet ja ein Vermögen. Und wir waren mit dem Urlaub in der Steiermark bisher immer sehr zufrieden. Es ist wirklich schön dort. Südsteiermark, kennen Sie das?“

„Marion!“, brummte ihr Mann aus der Ecke.

Luis hatte unterdessen sein Büchlein gezückt.

„Hat er angesprochen, woher er das Geld für die Reise

nehmen wollte?“

„Nein. Ich habe nur gelacht. Das war das letzte Mal, dass ich mit ihm gesprochen habe.“

Nun liefen auch ihr Tränen über die Wangen.

„Wenn Sie möchten, kann ich für morgen früh einen Termin in der Rechtsmedizin für Sie ausmachen.“

„In Ordnung“, sagte sie leise.

“Vielleicht sehen Sie sich heute Abend ein wenig die Stadt an, schnappen etwas frische Luft“, schlug Luis vor. „Gehen Sie eine Kleinigkeit essen, das wird Ihnen guttun.“

Frau Kirchmayer nickte langsam. Luis stand auf, steckte sein Notizbuch in die Sakkotasche und legte eine Visitenkarte auf den Tisch.

„Haben Sie vielen Dank. Falls noch irgendetwas sein sollte, Sie etwas brauchen oder Ihnen noch etwas einfällt, rufen Sie mich bitte jederzeit an. Wirklich jederzeit.“

Er gab ihr die Hand und wandte sich ihrem Mann zu, der nur die Hand zum Gruß hob.

Draußen steckte sich Luis eine Zigarette an.

„Auch eine?“

Karo schüttelte den Kopf.

„Furchtbar. Gewöhnt man sich an so was?“

„Nein. Willkommen bei der Mordkommission.“

„Toll. Fahren wir ins Büro?“

Luis nickte und blies langsam Rauch aus.

„Ich würde gerne noch einmal alles mit Felix zusammen durchgehen. Das war jetzt vielleicht wichtig.“

„Das mit dem Geld?“

„Genau. Folge dem Geld. Immer eine gute Idee.“

10

Herbert Herzog hatte den ganzen Tag im Antiquariat verbracht und nachgedacht. Mittags war er kurz ins Rössl Mittagessen gegangen, eines seiner Lieblingsgasthäuser. Er hatte sich für die Kaspressknödel mit Salat entschieden, die ihm dort immer besonders gut schmeckten. Ausnahmsweise hatte er auch nur ein „Viertelchen" Weißen dazu getrunken, denn er hatte sich vorgenommen, an diesem Tag klar im Kopf zu bleiben. Einen Walde in Öl. Was wäre der wohl wert, wenn er echt wäre? Der Anrufer schien wirklich überhaupt keine Ahnung vom Geschäft zu haben. Das wäre tatsächlich eine mehrfache Sensation. Erstens einmal das Bild überhaupt. Dann zweitens ein Idiot, der keine Ahnung hatte und der drittens ausgerechnet ihn um Rat bat. Wo er das Bild wohl herhatte? Er würde ihm auf jeden Fall auf den Zahn fühlen, ob es sich um Diebesgut handelte. Da konnte ihm niemand etwas erzählen, das würde er gleich herausfinden. Die Schneewehe war im Atelier von Alfons Walde fotografiert worden und dann irgendwann „verschwunden". Beziehungsweise nicht mehr aufgetaucht. Vielleicht im Krieg zerstört, aber vielleicht auch eben nicht. Sehr spannend. Er war regelrecht aufgeregt und hatte sich dann irgendwann doch ein Gläschen Cognac eingeschenkt. Nun war es schon Viertel vor fünf. Wo er bloß blieb?

Er stand hinter dem Vitrinentisch und sortierte geistesabwesend alte Kataloge, als die schwere Tür knarzte und das Glöckchen klingelte. Ein Mann in dunklen Hosen und Jeansjacke trat auf ihn zu. Er hatte nichts in der Hand. Kein Bild, keine Tasche, keine Mappe.

Na, jetzt bin ich gespannt, dachte Herzog und sagte freundlich:

„Grüß Gott, kann ich Ihnen helfen?"

„Sind Sie der Gutachter?"

„Genau der bin ich, junger Mann. Haben Sie das Bild dabei?"

"Nein."

Herzog legte die Kataloge auf die Seite.

„Tja, dann kann ich es mir gar nicht ansehen."

„Doch. Ich habe Fotos gemacht."

Der Mann zog ein Smartphone aus der Jackentasche.

„Sehen sie", sagte er und legte das Telefon auf den Tisch.

„Sie können mit dem Finger wischen, dann sieht man alle Aufnahmen."

Herzog blätterte die Fotos durch. Und wieder zurück.

„Und? Ist das echt? Was ist es wert? Man kann das vergrößern."

Der Mann zog eine der Aufnahmen größer.

Das gibt es doch nicht, dachte Herzog.

Es schien tatsächlich ein echtes Ölbild von Alfons Walde zu sein. Er spürte, wie brennende Freude in ihm aufkam.

Ruhig bleiben, dachte er. Lass dir bloß nichts anmerken.

Er schob das Telefon zurück.

„Man kann das so wirklich nicht sagen. Ich muss das Original sehen. Und prüfen. Wo haben Sie das her?"

„Ist nicht geklaut, wenn Sie das meinen. Mehr brauchen Sie nicht wissen."

„Nun ja, für die genaue Analyse müsste man das natürlich schon wissen. Aber gut“, sagte Herzog.
Er tat so, als überlege er und trank einen Schluck Cognac.
Er wollte dieses Bild besitzen. Unbedingt. Er musste es sehen.
In seinen Händen halten.

„Was halten Sie davon: Sie bringen mir das gute Stück morgen vorbei. Ich schaue mir an, ob es echt ist. Wenn es echt sein sollte, was ich wirklich nicht glaube, dann gebe Ihnen eine Anzahlung, sagen wir …“, er machte eine Pause, „gut, sagen wir fünftausend Euro. Ich werde das Bild hierbehalten, es genau analysieren lassen und, wenn tatsächlich alles passen sollte, den Verkauf organisieren. Sie brauchen sich um nichts zu kümmern und bekommen den Rest des Verkaufsbetrags minus dreißig Prozent. Das wäre mein Anteil.“

„Fünfzehn.“

„Na, na. Ich habe doch die ganze Arbeit. Und ohne mich könnten Sie das Bild ja nicht mal eben so mir nichts, dir nichts verkaufen. Fünfundzwanzig“.

„Meinetwegen zwanzig.“

Herzog schaute gequält. „Also gut. Abgemacht.“
Sie gaben sich die Hand. Herzog bückte sich nach der Cognacflasche und hörte die Türklingel.
Der Mann war verschwunden. Das Telefon auch. Er schenkte sich noch einmal nach und prostete sich zu.

„Cheers, mein Guter, das wird das Geschäft deines Lebens!“

Die Tür knarzte erneut. Herzog erschrak, entspannte sich aber, als er den Mann erkannte, der nun eintrat.

„Hallo Herbert. Was war denn das für ein Jüngling? Für so

was bist du doch wirklich zu alt, oder nicht?"

„Unverschämt wie immer, mein lieber Richard."

„Was feiern wir denn da? Ist es für Cognac nicht noch zu früh, selbst für dich?"

„Man muss die Gelegenheiten feiern, wie sie kommen."
Er ging zum Sekretär, holte ein zweites Glas hervor und schenkte ein. Sie stießen kurz an.

„Nun red` schon."
Richard kramte eine Packung Zigarillos hervor und steckte sich eine an. Süßlicher Tabakgeruch zog durch den Raum.

„Na, auch das noch. Aber nur ausnahmsweise."
Herzog ging noch einmal zum Sekretär, kramte aus einer Schublade einen Aschenbecher hervor und stellte ihn vor seinem rauchenden Besucher auf den Tisch.

„Ah, sehr schönes Stück. Jugendstil. Wiener Werkstätte. Du hast da wirklich viele kleine Schätze versteckt. Also, was ist hier los?"
Herzog senkte verschwörerisch die Stimme. „Stell dir vor, ein verschollener Walde würde einfach so wieder auftauchen."

„Unwahrscheinlich."

„Doch, im Ernst, wie es aussieht, hat der Mann, den du da eben gesehen hast, ein Bild, das als verschollen oder zerstört gilt."

„Gefälscht. Du weißt, dass ich mich mit so was auskenne."

„Ja, und da brauchst du wirklich nicht stolz drauf sein", funkelte er ihn mit seinen alten, aber scharfen blauen Augen an. „Du hast mehr geklaute und gefälschte Dinge verkauft als …"

„Jetzt werd` du nicht unverschämt!“, zischte Richard. „Ich habe nie behauptet, diese Bilder wären echt gewesen. Was die Käufer denken, ist mir egal. Und das mit dem Diebesgut ist zudem eine Frechheit.“

Er stellte sich in seiner ganzen Größe auf.

„Findest du!“

Sie starrten sich an. Herzog konnte Hehlerei und Fälschungen nicht ausstehen. Und Richard Dellarosa im Grunde genommen auch nicht. Mit seiner furchtbar arroganten Art. Ein runtergekommener Galerist war er, mehr nicht. Er persönlich mochte alt sein und manchmal etwas vergesslich bezüglich der Meldung von Verkäufen an das Finanzamt, aber im Großen und Ganzen war er rechtschaffen und immer fair gewesen. Gut, bei dem jungen Mann plante er nun zum ersten Mal, eine kleine Ausnahme zu machen.

„Es sieht ziemlich echt aus.“

„Hast du es gesehen?“

„Nur Fotos. Er bringt morgen das Original. Aber ich sage dir“, er schenkte noch einmal nach, „ich sage dir, die Schneewehe fälscht doch keiner.“

„Die Schneewehe? Kenn ich nicht.“

„Eben. Warte, ich zeig es dir.“ Er holte das dicke Buch hervor und blätterte die richtige Seite auf. „Schau.“

Dellarosa drehte das Buch zu sich. „Das Bild hat er dir gezeigt?“

11

Wieder im Büro setzte sich Karo langsam auf ihren Stuhl und rieb sich die Augen. Luis hockte sich wieder auf eine Tischkante.

„Also, das Gespräch mit den Eltern fand ich ganz furchtbar“, sagte sie.

„Kannst dich schon mal dran gewöhnen. Du bist doch eigentlich gar nicht so sensibel“, sagte Luis.

„Das war jetzt nicht witzig“, brummte sie.

„Und? Sonst?“, fragte Felix.

„Bei der Firma gab es keine interessanten Neuigkeiten“, meinte sie, „nur, dass er nicht zur Arbeit erschienen ist und sie sich darüber gewundert haben. Er hat immer sehr zuverlässig und gewissenhaft die Objekte aufgenommen. Aber die Mutter hat erzählt, dass Kirchmayer von Geld gesprochen hat.“

„Geld? Was für Geld?“, fragte Felix.

„Er hat von Reisen gesprochen, die sie in Zukunft machen könnten.“

„Und woher sollte das Geld kommen?“

„Keine Ahnung, hat er ihr nicht erzählt“, sagte Karo und goss sich ein großes Glas Wasser ein.

„Felix, organisierst du bitte einen Termin für die Eltern bei Dr. Fröhlich, sie möchten ihren Sohn gerne sehen. Wenn möglich morgen früh“, sagte Luis.

„Klar. Was hat die Mutter genau über Geld gesagt?“, antwortete er und biss in ein belegtes Baguette.

„Tja, Kirchmayer meinte wohl in einem Telefonat, dass sie

sich in Zukunft um Geld keine Sorgen mehr machen sollte. Er hat ihr auch von einer Versteigerung erzählt, an der er kürzlich mitgearbeitet hat. Felix, habt ihr was im Computer gefunden? Oder auf dem Telefon? Was ist mit den Fotos? Sag mal, musst du eigentlich immer essen?“

Felix kaute weiter und wies entschuldigend auf Karo.

„Er ist unterzuckert.“

Luis verdrehte die Augen. „Soll ich Maria anrufen, oder wird es irgendwann gehen?“

Felix schluckte den Bissen runter und sagte: „Also im Computer haben wir nichts Spannendes gefunden. Soweit wir sehen konnten, war er auf keiner schmuddeligen Webseite unterwegs, auch auf keiner Dating-Plattform, weder für Männer noch für Frauen. Nichts Derartiges. Bei den Fotos war auch nicht viel. Er hatte private Fotos von den Eltern, schätze ich mal, dass das seine Eltern waren, wahrscheinlich von einem Urlaub. Er hat in der Bibliothek ein paar Buchtitel aufgenommen, da war noch ein Foto von den zwei Kommilitoninnen, und es gab noch mehr Fotos von Russo, seiner Freundin und Kirchmayer im Schwimmbad, im Kino und so weiter, das hatten wir ja schon. Dann scheint er ein paar Locations fotografiert zu haben, wo Versteigerungen stattgefunden haben. Falls ihr schauen möchtet. Die offiziellen Fotos hat er aber wohl mit der firmeneigenen Kamera gemacht.“

Er hatte ein paar Fotos auf seinem Monitor geöffnet. Sie gruppierten sich hinter seinem Stuhl und sahen ihm zu, wie er durch die Bilder klickte.

„Hier, diesen runtergekommenen Hof hat er fotografiert. Das alte Haus, den Stall, verwilderter Garten, ein paar alte Sachen, ein kaputter Audi, Sperrmüll und Gerümpel. Und noch mehr Gerümpel und alter Plunder. Nichts Wertvolles."

„Das ist doch alles seltsam", brummte Luis. Er kratzte sich am Kopf, danach strich er über seine Bartstoppeln. Dann ging er langsam zum Fenster.

„Gibt`s denn das. Bis auf den Hinweis der Mutter haben wir überhaupt keinen einzigen Anhaltspunkt."

Er sah einem Wolkenband zu, wie es langsam über die Nordkette zog.

„Irgendetwas haben wir übersehen", murmelte er leise. Irgendetwas irritierte ihn.

Etwas, dass er im Laufe des Tages gehört oder gesehen hatte, beschäftigte ihn. Er kam nur nicht darauf, was es war. Er sah auf die Uhr.

„Gut. Schluss für heute. Wir sehen uns morgen früh. Vielleicht habt ihr ja über Nacht eine Eingebung. Denkt dran, wo viel Licht ist, ist viel Schatten, wie unser werter Chef immer sagt."

Apropos Chef. Er hatte sich wieder einmal weder bei der Staatsanwältin noch bei Strasser gemeldet. Und es war schon zwanzig vor sieben. Er musste sich beeilen, seine Mutter Gitta hatte ihn an diesem Abend zum Essen eingeladen. Mindestens einmal im Monat hielt sie es für sinnvoll, ihr einziges Kind zum Essen auszuführen, damit er „etwas Ordentliches" aß und nicht immer nur Fast Food, wie es in seinem Job üblich war. Obwohl er mit seinen neununddreißig Jahren mehr als alt genug war, sich selbst um sich zu kümmern, versuchte sie, ihn immer wieder davon zu überzeugen, dass gesunde Ernährung wichtig war.

Er wusste das zwar auch längst selbst, schaffte es im Alltag jedoch nie, sich daranzuhalten. Allerdings kochte seine Mutter bei diesen Treffen nie selbst für ihn, sondern suchte grundsätzlich Restaurants aus, die sie gerade interessierten. Oder sie fand private, kochbegabte Bekannte und Freunde, die die beiden Landauers gerne bewirteten.

An diesem Abend hatte sie in einem Restaurant am Rande der Altstadt reserviert, in der Nähe der Hofburg. Nicht weit weg vom Präsidium. Er setzte sich eilig an seinen Computer, schrieb einen kurzen Bericht über den Tag und schickte ihn per E-Mail an Staatsanwältin Anna Leonhard und an seinen Chef Jörg Strasser. Dann griff er nach seinem Sakko und verließ rasch das Büro. Wie immer über die Stufen hinunter ins Erdgeschoss.

Luis hasste Aufzüge. Einmal war er als Kind in einem stecken geblieben. Die ganze Aktion hatte an sich nicht lange gedauert und war auch nicht weiter tragisch gewesen. Es hatte nur eine kurze Störung gegeben, doch seitdem bekam er jedes Mal ein komisches Gefühl, wenn er in einem so engen Raum war.

Er lief auf den Hof des Präsidiums, wo er am Morgen sein Fahrrad abgestellt hatte. Das Telefon läutete in seiner Sakkotasche.

„Landauer."

„Ja, hier Jörg. Ich habe deinen Bericht gelesen. Wir müssen morgen dringend der Presse was geben, der Fund war am

Dienstag, morgen ist schon Donnerstag. Luis, manchmal denke ich, dass du überhaupt nicht mitdenkst. Sprich dich bitte mit Michel von der Pressestelle ab!“

„Ja. Aber heute nicht mehr, ich bin auf dem Weg zu einem Termin.“

„Hm. Na gut. Meinetwegen, dann sag ich ihm Bescheid, dass du dich morgen früh direkt bei ihm meldest.“

„Super, Jörg. Dank dir.“

Was für ein Tag. Er setzte sich auf sein Rad und atmete die frische Abendluft ein und wieder aus. Wieder sah er das tote Gesicht des Studenten vor sich. Die Mutter. Haid. Bine. Hörte ihre Stimmen in seinem Kopf. Er war immer so ein anständiger Junge. Er hat sich immer an die Regeln gehalten. Er war hundertprozentig zuverlässig. Man muss sich da auf seine Leute verlassen können. So zuverlässig. So zuverlässig. Er richtete sich auf, griff noch einmal in die Tasche und holte das Telefon hervor.

„Felix, bist du schon weg?“

„Naa, aber gleich.“

„Tust du mir den Gefallen und bringst mir den Schlüssel von Kirchmayers` Zimmer runter? Ich würde mir da gerne noch was ansehen. Bin unten am Parkplatz im Hof. Haben wir von dem Madl in der WG a Telefonnummer?“

„Du meinst Frau Singer? Sicher.“

12

„Hallo Luis, mein lieber Junge."

„Jetzt werd` nicht kitschig, Gitta. Steht dir nicht. Tut mir leid, dass ich zu spät bin."

Luis beugte sich zu ihr hinunter und küsste sie auf die Wange. Brigitta Landauer saß im hinteren Bereich des eleganten italienischen Restaurants an einem mit weißen Tischdecken und Servietten gedeckten Tisch. Eine lederne Speisekarte lag aufgeschlagen neben ihr.

„Macht ja nichts", lächelte sie in an. „Entschuldige, manchmal geht es mit mir durch, sentimental moment. Ich werd` eben auch nicht jünger. Magst Du einen Prosecco? Du siehst wirklich sehr angespannt aus."

„Warum eigentlich nicht", antwortete er, während er sich ihr gegenüber auf den Stuhl setzte und seufzte. Sie gab dem Kellner ein Zeichen.

„Oh je, so schlimm?"

„Ziemlich. Kommt morgen in die Presse. Toter Student", sagte er so leise, dass ihn weder der Kellner noch die Gäste am Nebentisch hören konnten.

„Wie furchtbar. Sollen wir über etwas anderes reden?"

„Ja, bitte."

„Hast du was von Julia gehört?"

„Ach, danke. Das Thema ist jetzt auch nicht besser. Nein, eigentlich nicht. Ich habe mich auch nicht bei ihr gemeldet."

„Warum denn nicht? Wie lange ist sie jetzt schon weg?"

Der Kellner kam mit zwei Gläsern Prosecco an den Tisch.

„Prego, Signori.“

„Danke. Und danke für die Einladung“, sagte Luis und nahm einen großen Schluck. Er hatte schon ewig keinen Prosecco mehr getrunken und ließ ihn genüsslich nachklingen.

„Hm, gut. Ich weiß nicht, so vier, fünf Wochen. Sie ist in London so glücklich, da möchte ich ihr nicht im Weg stehen.“

„Wo arbeitet sie da jetzt nochmal, bei Sotheby`s?“

„Bei Christie`s. Ist ein super Job und eine tolle Chance. Ich habe hier eh immer so viel zu tun, da ist es wohl besser, wenn wir uns gleich ganz trennen“, sagte er und nahm einen so großen Schluck, dass sein Glas fast leer war. „Klare Verhältnisse schaffen.“

Gitta schaute ihn an.

„Lass` uns einfach bestellen“, sagte er müde. „Suchst du heute das Essen aus? Ich mag alles.“

Kurz darauf brachte der Kellner eine Flasche Weißwein sowie eine Karaffe Mineralwasser und schenkte ihnen ein. Seine Mutter bestellte für sie beide Vorspeise und Hauptgang.

„Danke“, sagte Luis und lehnte sich zurück. „Wir hätten auf Dauer sowieso nicht zusammengepasst, die Adlige und der Bulle“, sagte er in einem leicht abfälligen Ton.

„Ich finde solches Denken nicht richtig, und das weißt du.“

„Ja, aber die Welt ist nun einmal, wie sie ist. Gerade in diesen Kreisen.“

„In diesen Kreisen, so ein Blödsinn. Wenn man sich liebt, dann ist alles andere egal“, sagte sie ernst.

„Aber nur theoretisch. Im Buch oder im Film. Ich passe da nicht ins Bild. Und ich passe nun mal nicht zu einer Freifrau.

Wirklich nicht. Wir sind nicht bei Rosamunde Pilcher. Auch wenn du dir das gerne so vorstellst. Du kennst doch genug Leute und weißt genau, wie es da zugeht."

„Du unterschätzt mich mal wieder. Und ich denke, du unterschätzt Julia. Sie mag vielleicht keine traditionelle Beziehung …"

„Sicher. Am Ende schon. Spaß haben ist immer die eine Sache, heiraten eine andere."

„Ach, du bist immer so streng, Luis."

„Ist das so schlimm? Wie läuft es denn eigentlich in deinem Dorf in Sierra Leone? Ist die neue Schule schon fertig?"

Nun lehnte sich Gitta zurück, lächelte ihn an und nahm einen Schluck Weißwein.

„Eleganter Themenwechsel."

„Attenzione", rief der Kellner, während er eine große Vorspeisenplatte auf den Tisch stellte.

„Primo Piatto, Antipasti misti caldi e freddi per due. Bon appetito."

Luis sog den Duft von frischen italienischen Kräutern, angemachtem lauwarmen Oktopussalat, Scampi und marinierten Gemüsen ein. Ein Brotkorb mit Ciabatta wurde dazu gereicht.

„Das riecht ja fantastisch. Bist du schon mal hier gewesen?", fragte er seine Mutter.

„Ich komme ab und zu mit ein paar alten Kollegen her, bisher war es immer sehr gut. Lass es dir schmecken."

„Danke, guten Appetit."

Während er aß, registrierte er dezente Jazzmusik im

Hintergrund, die anderen Gäste unterhielten sich in gedämpften Ton, das Ambiente war gediegen. Luis dachte an das Gespräch mit Alessandro Russo im Da Luciano. Wie unterschiedlich italienische Restaurants in ein und derselben Stadt doch sein konnten. Verschiedene Welten.

„Tutto bene?“, fragte der Kellner, als er nach einer ganzen Weile die Teller abräumte.

„Sehr, sehr gut, vielen Dank“, sagte Luis und faltete die große weiße Serviette auf seinem Schoß zusammen. Allmählich entspannte er sich.

„Ich hatte die Frage ernst gemeint“, nahm Luis den Gesprächsfaden wieder auf.

„Ja, ich weiß. Die neue Schule in Hangha ist fast fertig. Es ist so schön zu sehen, dass dort mal etwas weitergeht. Hangha ist übrigens eine kleine Stadt und kein Dorf, obwohl es dort sehr ländlich ist. Ich fliege erst im Herbst wieder runter, momentan bin ich für das Krankenhaus auch nicht eingeteilt. Ach, ich soll dich schön von Bineta und Malick grüßen, sie haben mich gestern besucht. Die Kinder sind so süß, du musst da wirklich mal wieder vorbeischauen.“

„Wie geht`s ihnen denn? Wie geht`s mit dem Laden?“ Er hatte lange direkt neben dem Afro-Shop der beiden gewohnt, bevor er in die Wohnung am Rennweg gezogen war. Zunächst hatte er dort nur ab und zu ein paar Lebensmittel eingekauft, sich aber im Lauf der Jahre mit dem afrikanischen Pärchen angefreundet.

„Gut geht es ihnen. Schau doch mal wieder bei ihnen vorbei.“

„Ja, werd` ich machen. Momentan ist halt wirklich viel zu tun.“

Er dachte wieder an Hannes Kirchmayer. Und dass er noch in der WG vorbeifahren wollte.

„E adesso …“, sagte der Kellner, während er einen Extratisch heranrollte, „Branzino in crosta di sale.“

Sie schauten zu, wie er den im Salz gegarten Fisch filetierte und auf zwei vorgewärmten Tellern anrichtete. Dann schenkte er Wein nach. Eine junge Frau brachte gegrilltes Gemüse dazu.

„Das Essen ist hier wirklich sehr gut.“

„Freut mich, wenn es dir schmeckt. Worüber ich eigentlich noch mit dir reden wollte: In einer Woche hat dein Großvater Geburtstag. Ich dachte, wir gehen vielleicht mit ihm und Onkel Ludwig irgendwo aus. Was meinst du?“

„Gute Idee. Soll ich das mit beiden besprechen?“

„Wenn das ginge? Zu Ludwig hast du ja immer guten Kontakt und ich dachte einfach, du meldest dich bei Opa Josef mal wieder. Er freut sich sicher.“

„Er macht aber nie den Eindruck, als wenn er sich freut, er schimpft eigentlich nur. Keine Ahnung, wie Magda das mit ihm aushält. Na ja, sie wird ja auch dafür bezahlt.“

„Jetzt sei nicht ungerecht“, sagte Gitta. „Sie haben sich gut arrangiert. Und sie hat ihn ganz gut im Griff. Er wird achtundachtzig, da sieht das Leben eben anders aus als mit vierzig“, sagte sie und zwinkerte ihm zu.

„Neununddreißig.“

„Natürlich, Herr Chefermittler.“

„Vielen Dank, das hat mich heute Abend wirklich ein bisschen auf andere Gedanken gebracht.“

„Dolce?“

Der Kellner stand wieder hinter ihnen und räumte die Teller ab.

Nur Kaffee für mich, bitte“, sagte Luis.

„Für mich einen Kaffee und einen Grappa. Vielen Dank.“, sagte seine Mutter.

„Musst du heute noch arbeiten?“, fragte Gitta.

„Noch kurz etwas erledigen, dann zu Hause nachdenken. Mir ist da vorhin ein Gedanke gekommen. Vielleicht kommen wir in die Richtung weiter. Bisher haben wir überhaupt keinen Anhaltspunkt.“

Mit den Worten „Due Café e un Grappa“ stellte der Kellner zwei kleine Tassen und ein Likörglas auf den Tisch.

„Möchtest du probieren? Vielleicht kannst du dann besser denken.“

Nachdem Luis seine Mutter verabschiedet hatte, öffnete er ein neues Päckchen Zigaretten. Er zündete sich eine an, inhalierte den Rauch und schaute ihr nach. Es war noch nicht spät, erst kurz nach neun. Die Dunkelheit hatte sich, wie jeden Abend, in einem tiefen Blau über die Stadt gelegt. Erst vierundzwanzig Stunden zuvor hatten sie den Studenten im Park gefunden, doch der vergangene Tag kam ihm vor wie eine ganze Woche.

Er fröstelte. Mit der freien Hand zog er das Telefon aus der Tasche und meldete sich bei Lena Singer an.

13

„Haben Sie schon etwas herausgefunden?“, fragte die Studentin, als sie ihm die Tür öffnete.

„Ich darf leider über laufende Ermittlungen nicht sprechen. Ist Ihnen noch irgendetwas eingefallen? Oder aufgefallen? Oder Ihren Mitbewohnern?“

„Nein. Aber Silvia und Martin sind zu Hause. Sie können sie selber fragen.“

„Passt. Darf ich durchgehen?“, fragte Luis und trat zu ihr in den Flur.

„Sicher. Silvia hat ihr Zimmer links, Martin wohnt in dem neben Hannes. Möchten Sie etwas trinken? Ein Bier?“ Sie lächelte schüchtern.

„Nein, vielen Dank.“

Luis trat in den Türrahmen eines kleinen, spärlich möblierten Raumes und klopfte obligatorisch an die offene Tür. Eine junge Frau mit kurzen, dunklen Haaren saß am Schreibtisch und drehte sich zu ihm um.

„Hallo, Luis Landauer, ich bin von der Polizei. Darf ich Ihnen ein paar Fragen stellen?“

„Es geht um Hannes, ja?“, fragte sie.

Luis nickte.

„Wie kann ich Ihnen denn helfen?“

„Kannten Sie ihren Mitbewohner gut? Was hatten Sie denn für einen Eindruck von ihm?“

„Ach, wir waren einfach Mitbewohner. Er war immer supernett und freundlich. Hilfsbereit. Er hatte auch immer gute Laune und war eigentlich nie schlecht drauf.“

„War er in den letzten Tagen irgendwie anders? Verändert? Hatte er Sorgen?“, fragte Luis nach.

„Gar nicht. Ganz im Gegenteil. Es kam mir vor, als ginge es ihm richtig gut.“

„Hatte er vielleicht jemanden kennengelernt?“

„Ach, das weiß ich nicht. Gesagt hat er nichts.“

„Können Sie sich vorstellen, dass ihm jemand etwas antun wollte?“

„Nein, eben überhaupt nicht!“, antwortete sie entrüstet. „Der Überfall kam für uns völlig überraschend!“

„Sie meinen, er war einfach zur falschen Zeit am falschen Ort?“, fragte Luis.

„Ja, ganz genau! Anders kann ich mir das nicht erklären. Es ist so schlimm“, sagte sie. Tränen stiegen ihr in die Augen.

„Vielen Dank, Frau Meisl. Wenn Ihnen doch noch etwas einfallen sollte …“, er reichte ihr eine seiner Karten und nickte ihr zu. Dann trat er zurück in den Flur und klopfte an die geschlossene Tür gegenüber.

„Ja?“, hörte er eine Stimme sagen. Er öffnete und schaute in ein sehr aufgeräumtes, großes Zimmer. Ein junger Mann zog sich gerade eine Jacke an.

„Herr Martin Frank? Luis Landauer, LKA. Können wir uns kurz unterhalten?“

„Sicher. Ich muss aber gleich weg.“

„Kein Problem, es dauert nicht lange. Warten Sie eben auch mich? Ich bin sofort bei Ihnen, ich hole nur etwas von nebenan.“

Er trat in Kirchmayers` Zimmer, schloss die Tür hinter sich und machte Licht. Dafür, dass der Student schon seit eineinhalb Jahren hier gewohnt hatte, hatten sich erstaunlich wenige Dinge angesammelt. Da war das gemachte Einzelbett, seine Kleidung, die ordentlich auf einer langen Kleiderstange aufgehängt war, und zwei große, gerahmte Poster hingen an der Wand: über dem Bett ein Kunstdruck der Secession in Wien, über dem Schreibtisch das Poster einer Klimt-Ausstellung vom Musée d´Orsay in Paris. Beide gefielen Luis recht gut. Vielleicht sollte er bei sich auch endlich mal ein paar Bilder aufhängen.
Ein LED-Fernseher stand auf einer niedrigen Kommode. Das gut gefüllte Bücherregal bot ihm die Möglichkeit, etwas mehr über den jungen Mann zu erfahren. Luis sah penibel beschriftete Ordner, viele Kunstbücher, Lehrbücher, Taschenbücher, ein paar Philosophen, etwas Belletristik. Nichts Besonderes. Ein Modellauto zierte ein Regalfach. Ein silberner Mercedes 300 SL mit Flügeltüren. Luis hob das auf einem Holz befestigte Auto an, es war ganz schön schwer. Ein Sammlerauto, nichts für Kinder. Die Schubladen des Schreibtisches waren mit den üblichen Utensilien gefüllt. Stifte, Papiere, beschriebene Blöcke. Er fand Unterlagen von der Uni, Texte, Hausarbeiten und ein paar Rechnungen. Der eigentliche Grund seines abendlichen Besuchs lag immer noch auf der Arbeitsfläche. Behutsam nahm er das alte Tagebuch in die Hand und blätterte es auf. Wieder schlug ihm modriger Geruch entgegen. Mit feiner Handschrift stand auf dem Vorblatt „Rudolf Pircher 1930, Kitzbühel“ geschrieben.

„Du sollst nicht stehlen, Hannes“, dachte Luis. „Das hast du von dem Hof mitgehen lassen. Schauen wir mal, ob da drin die Lösung zu deinem Ableben zu finden ist.“

Er zog eine Plastiktüte aus der Jackentasche, steckte das Buch hinein, verließ das Zimmer und verriegelte die Tür hinter sich. Martin Frank stand schon im Flur.

„Sollen wir runtergehen?“

„Klar“, meinte Luis. „Warum nicht.“

Lena Singer saß am Küchentisch und blätterte in einem Magazin.

„Danke, Frau Singer, das war es schon.“

„Ach, darf ich Sie noch was fragen?“

„Natürlich.“

„Äh, also … wann dürfen wir denn das Zimmer wieder vermieten? Die Mieten sind hier in der Stadt krass hoch, wissen Sie. Das soll jetzt nicht pietätlos klingen, aber … na ja“, stammelte sie schüchtern.

„Wir werden das Zimmer wahrscheinlich schon morgen freigeben, dann können seine Eltern seine persönlichen Dinge mitnehmen. Danach können Sie sich einen neuen Mieter suchen. Passt das?“

Der Student sah Luis erstaunt von der Seite an.

„Okay, alles klar. Wiedersehen“, sagte sie und lächelte, bevor die beiden Männer die Wohnung verließen.

Vor der Haustür blieben sie stehen. Das Mon Cheri leuchtete bunt in der allabendlichen Festbeleuchtung.

„Ihr Rad?“, fragte der Student.

„Ja“, meinte Luis. „Wo müssen Sie hin?“

„Um die Ecke ins Kino. Ich geh zu Fuß. Ist nicht weit.“

„Sie studieren?“, fragte Luis.

„Medizin“, sagte Frank. „Aber noch nicht so lange, hab` letztes Jahr angefangen.“

„Sind Sie aus Deutschland, richtig?“

„Ja, hört man nicht wahr? Aus der Nähe von Kaiserslautern.“

„Gut, dann legen Sie mal los“, sagte Luis.

„Was meinen Sie?“ Der junge Mann trat von einem Fuß auf den anderen.

„Sie wollten mir doch etwas sagen, ohne dass Ihre Mitbewohnerinnen es mitanhören, oder?“

„Ach, naja. Das ist eigentlich nicht so spannend. Die Frauen fahren übers Wochenende viel nach Hause und sind nicht da.“

„Und Sie haben dann mit Hannes wilde Partys veranstaltet?“

„Nein, überhaupt nicht“, lachte er. „Leider. Hannes hat ab und zu in seinem Zimmer geraucht, wir haben Bier getrunken und mal einen Whisky, nicht aufgeräumt, so was in der Richtung.“

„Hat er Drogen genommen?“

„Nein, nie.“

„Hatte er viel Besuch?“, fragte Luis.

„Nee, eigentlich nicht. Ab und zu war am Wochenende sein Bekannter mit Freundin da.“

„Warum haben Sie so überrascht geschaut, als ich das Zimmer freigeben wollte?“

Der junge Mann schwieg.

Ein schwarzer Mercedes rollte an ihnen vorbei in den Hof des

Mon Cherie und sie traten zur Seite.

„Ich weiß ja nicht, ob das wichtig ist."

„Das sag ich Ihnen dann gleich", meinte Luis.

„Okay. Also wie formuliere ich das am besten … Hannes hat geklaut. Glaube ich zumindest."

„Wie meinen Sie geklaut?"

„Haben Sie sich in seinem Zimmer richtig umgesehen?"

„Da ist uns nichts Besonderes aufgefallen."

„Die Klamotten? Er hatte immer die besten Trekking-Sachen, Outdoorjacken, Sneaker und so was. Nagelneu. Das kostet alles ein Vermögen."

Luis dachte an den toten Studenten im Park. Die Kleidung, die er trug, war zwar getragen, jedoch tatsächlich von guter Qualität und recht neuwertig gewesen.

„Aber solche Sachen tragen hier die meisten Leute, würde ich meinen, oder? Outdoorkleidung ist in der Gegend ja nichts Exklusives."

„Ja, man kauft eine Jacke und die hält dann ewig. Aber Hannes hatte dauernd andere Modelle und Marken an. Daher bin ich ja draufgekommen."

„Sie meinen, er hat sie aus Geschäften mitgehen lassen?", fragte Luis. „Aber in seinem Zimmer haben wir nicht auffallend viele Kleidungsstücke gefunden. Also auf den ersten Blick."

„Eben", nickte Frank.

„Sie meinen, er hat die Sachen weiterverkauft? Haben Sie ihn mal drauf angesprochen?"

„Nee. Jeder muss selber sehen, wie er zurechtkommt. Als

Student ist das Leben hier nicht so einfach, wie viele meinen. Sein Job bei der Insolvenzfirma hat ihm auch nicht viel eingebracht. Ich glaube, es hat ihm einfach Spaß gemacht, in fremden Sachen zu stöbern. Und seine Eltern haben es auch nicht dicke, wenn sie verstehen. Meine übrigens auch nicht."

„Was arbeiten Sie nebenbei?", fragte Luis.

„Nachtportier. Da kann man während der Arbeit lernen und es ist gut bezahlt. Und Nachhilfe gebe ich noch."

„Was, meinen Sie, hat er mit dem Geld gemacht?"

„Ich glaube, er hat es einfach ausgegeben. Neuer Fernseher, Laptop, Smartphone. Er hat nie gekocht, wissen Sie? Bei mir gibt`s oft Nudeln, weil ich sparen muss, aber er ist immer essen gegangen. Sushi mochte er gern, Burger und Chinesisch. Und wenn wir zusammen was trinken gegangen sind, hat er jedes Mal bezahlt. Er war da wirklich großzügig."

Ein Telefon klingelte dumpf.

„Mist, jetzt habe ich die Zeit übersehen!", schimpfte Frank, griff in seine Jackentasche und schaute auf das Display eines alten Nokia-Modells. „Ich muss echt los."

„Kein Problem", sagte Luis. „Und, ja, es war wichtig. Vielen Dank."

14

In seiner Wohnung am Rennweg angekommen, warf Luis mit der einen Hand seine Brieftasche auf die Anrichte im Flur, legte mit der anderen sein Handy und das Buch daneben und zog die Füße nacheinander aus den Schuhen. Er zog das Jackett aus und warf es locker über einen Haken seiner Garderobe. Eigentlich war er auch ein eher ordentlicher Mensch, dachte er. Dann schaute er auf die Jacke, die schief über dem Haken hing. Er versuchte, sie glatt zu streichen. Dann nahm er das Jackett wieder ab, und hängte es ordentlich auf einen Bügel. Nicht so penibel wie der junge Hannes Kirchmayer, aber immerhin. Gut, sein Bett war nie gemacht, außer die Putzfrau war da gewesen. Diesen Luxus gönnte er sich zweimal im Monat, was er aber vor seinen Freunden nie zugegeben hätte. Er wurde sowieso immer als Snob belächelt und von allen aufgezogen, aber zum Putzen hatte er wirklich überhaupt keinen Nerv.

Von der Straße fiel genug Licht in das Zimmer, um im Dunklen etwas zu sehen. Bücher und Papiere lagen herum, auf dem Sofa und den Beistelltischchen neben seinem Lesesessel. Ein Pullover hing halb über einem der Stühle, auf dem Esstisch standen zwei schmutzige Kaffeebecher, ein Aschenbecher und ein benutztes Weinglas, das er vor Tagen dort neben einem Stapel Akten stehen gelassen hatte. Vielleicht war er doch nicht so ordentlich, wie er dachte.

Seufzend trat er an die Küchenzeile und schaltete das kleine Licht über der Spüle an. Im Schrank unter dem Kühlschrank, wo eigentlich Platz für Töpfe und Pfanne vorgesehen war, hatte er im Jahr zuvor den kleinen Weinkühlschrank eingebaut, den seine Mutter ihm zum Geburtstag geschenkt hatte. Sie gab sich wirklich sehr viel Mühe, ihn zu einem kultivierten Menschen zu erziehen, was ihr auch teilweise gelungen war. Aber eben nur teilweise. Natürlich war sie von seiner Beziehung zu Julia von Walden und deren adeliger Familie in Bayern von Anfang an begeistert gewesen. Leider würde er sie in diesem Punkt enttäuschen müssen. Morgen würde er Julia anrufen und alles beenden. Ihre Beziehung hatte ja so keinen Sinn.

Ohne auf das Etikett zu schauen, griff er nach einer Flasche Rotwein. Kein besonderer Grand Cru oder sonst etwas Extravagantes. So kultiviert war er nun auch wieder nicht, sondern ein einfacher Wein aus dem kleinen Supermarkt im Erdgeschoss seines Wohnhauses. Er öffnete die Flasche, goss sich ein Glas ein und setzte sich mit dem Tagebuch in seinen Lesesessel, der vor einer bodentiefen Fensterfront stand. Dann legte er die Füße auf das Fußteil und schaute hinaus. Sein Blick versank in der Dunkelheit des Bergs.

Er entspannte sich sofort. Diese Wohnung hatte für ihn etwas Besonderes. Sie war seine uneinnehmbare Burg in seiner Welt aus Polizeiarbeit, toten Menschen und anderen Grausamkeiten, die unten vor diesen großen Fenstern lag. Vom dritten und obersten Stock des Mehrparteienhauses aus hatte er freie Sicht auf die Nordkette des Karwendelgebirges, das sich nun dunkel und mächtig vor ihm auftürmte. Das Bergmassiv war der Hauptgrund gewesen, warum er sich

für diese Wohnung entschieden hatte. Morgens leuchteten die Gipfelspitzen im ersten Sonnenlicht oft goldfarben, manchmal rosa oder einfach grau. Manchmal waren sie von dunklen oder hellen Wolken verhangen oder in dichten Nebel gehüllt. Oft waren sie von Schnee bedeckt, sodass sie bei Sonnenschein glitzerten.
Es kam vor, dass er stundenlang nach draußen schaute und nachdachte. Oder auch einfach an nichts dachte; wenn es draußen kalt war, von seinem Sessel aus, wenn der warme Föhn-Wind über das Inntal ging, saß er gern und viel auf dem Balkon.
Luis schaltete die Stehlampe ein, die neben dem Sessel stand. Dann nahm er einen Schluck Wein und schlug das alte Tagebuch auf. Die Seiten waren, wie er schon bei der ersten Sichtung von Kirchmayers` Zimmer bemerkt hatte, in einer gleichmäßigen und sauberen Handschrift eng beschrieben. Zunächst war es mühsam, die Buchstaben zu entziffern, doch nach ein paar Seiten hatte er sich daran gewöhnt. Allerdings wurden seine Augenlider immer schwerer …
Als er hochschreckte, saß er immer noch in seinem Sessel, das Tagebuch lag aufgeklappt auf seinem Schoß und das Weinglas immer noch fast voll. Draußen war es stockfinster.
„Mist“, sagte er laut, klappte das Buch zu, streckte sich ausgiebig und ging schlafen.

TAG 3

Bevor die Besprechung am nächsten Morgen startete, hatte Luis nur kurz etwas gefrühstückt. An sportlichen Aktivitäten hatte er ausnahmsweise kein Interesse gehabt. Er nahm die drei Stufen zum Hintereingang des Polizeipräsidiums mit leichten Schritten, grüßte den wachhabenden Beamten hinter der Scheibe und bog in den langen Gang zu den Räumen der KPU, IT und Beweissicherung ein. Mit seiner ID-Karte öffnete er die Sicherheitstür und trat in den hellen, neonlichtbeleuchteten Flur. An einem der Räume klopfte er an die offen stehende Tür.

„Hey! Morgen, Luis“, sagte eine junge Frau mit kurzen, strubbeligen weißblonden Haaren, Sommersprossen und braunen Augen. „Na, wenn das keine Überraschung ist, da geht der Tag ja gut los.“

Sie trug ein ausgewaschenes Metallica T-Shirt unter einer pinkfarbenen Strickjacke und saß vor drei riesigen Monitoren.

„Morgen, Maria. Na, wie geht`s?“

„Sehr gut“, sagte sie grinsend. „Gestern war ich aus. Aber keine Sorge, nicht schlimm. Bin total fit.“

„Ich war ewig nicht richtig aus.“

„Na, dann komm doch mal mit. Wir ziehen zusammen durch ein paar Bögen …“

„Ein paar Bögen? Ich glaub, dafür bin ich wohl zu alt“, sagte Luis lachend. „Die spielen da ja nur Krachmusik.“

„BLÖDSINN. Außerdem hält ausgehen jung, und du wirst langsam ganz schön spießig. Aber sag, was willst du in dieser frühen Morgenstund` von deiner allwissenden Beraterin für alle Lebenslagen?“

Luis musste grinsen.

“Gut, allwissende Beraterin, ich habe hier tatsächlich was Spezielles. Vielleicht könnt ihr mir da helfen.“

Er zog das Tagebuch hervor, das er wieder in die Plastiktüte gewickelt hatte und legte es auf ihren Tisch.

„Ich wollte es gestern lesen, bin aber eingeschlafen. Meinst du, jemand kann das abtippen, damit man das schneller digital durchsehen kann? Eine Sekretärin oder so?“

Er lächelte, da er ahnte, dass das niemand gerne machen würde. Sie blätterte das Buch durch und lachte laut.

„Luis, Bussibär, du bist echt so putzig. Hör mal, man tippt doch nicht mehr ab. Wir digitalisieren die Seiten, und ein Programm transferiert dann den handgeschriebenen Text. Abtippen, da braucht man ja ewig!“

„Perfekt, da fällt mir ja ein Stein vom Herzen. Ich brauche das nämlich so schnell wie möglich.“

„Eh klar, ich habe nichts anderes erwartet. Ich sehe mal, was wir da machen können. Gehört das deinem Studenten?“

„Ja, das gehört zum Kirchmayer-Fall.“

„Alles klar, Bussibär. Brauchst du sonst noch was?“

„Haben die Kameras am Park etwas aufgezeichnet?“

„Hat sich Felix schon angesehen, da war wohl nichts Auffälliges dabei. Man konnte den Studenten auch gar nicht sehen. Falscher Winkel. Sonst noch etwas?“

„Sonst momentan nichts. Dank dir. Bis später …“

Sein Telefon klingelte.

„Ja, Landauer."

„Morgen Luis, hier Michel. Du, ich muss dringend bis mittags eine Pressemitteilung rausgeben. Was haben wir da jetzt bei dem Studenten?"

„Tja, das ist das Problem. Überhaupt nichts."

„Dann schreibe ich das Übliche. War er Ausländer?"

„Nein, er war aus Oberösterreich."

„Ah, sehr gut. Einheimischer. Das ist doch schon mal was. Drogen?"

„Wie es aussieht, keine Drogen und auch kein Raub."

„Brauchst du Hinweise von unserer hilfsbereiten Bevölkerung?"

„Momentan lieber nicht."

„Alles klar. Soll ich dir den Text vorher schicken?"

„Bitte, Danke. Ciao Michel."

Im vierten Stock des Präsidiums angekommen, schaltete er seinen Computer ein und las die neu eingegangenen E-Mails. Steiner kam herein, warf wie immer seine Lederjacke über den Haken und ließ sich, auch wie immer, in seinen Stuhl fallen.

„Morgen", brummte er, während der Computer startete.

„Morgen, Hans. Geht`s?"

„Joo, geht scho. Und? Bist` weitergekommen?"

„Naa, noch nicht wirklich. Aber unser Opfer war wohl doch nicht so sauber, wie alle dachten. Laut seinem Mitbewohner hat er angeblich geklaut. Hochwertige Outdoorsachen, Sneaker und so was. Und bei einer Zwangsversteigerung, auf der er die Gegenstände katalogisieren sollte, hat er wenigstens ein altes, handgeschriebenes Tagebuch des Besitzers mitgehen lassen. Ich wollte es mir gestern genauer ansehen, bin aber beim Lesen eingeschlafen. War mühsam zu lesen."

„Kann das nicht jemand für dich abtippen? Irgendeine Sekretärin?"

Luis lächelte und lehnte sich zurück.

„So was wird heutzutage doch nicht mehr abgetippt, sondern digitalisiert und von einem Programm transferiert. Maria ist schon dran", sagte er.

Steiner schaute von seinem Bildschirm auf.

„Aha. Siehst, da ist die moderne Technik doch glatt mal für was gut."

Sie grinsten sich an. Luis klopfte mit seinen Fingern auf der Tischplatte herum und stand auf.

„Gut, auf zur Gruppe", murmelte er.

„Nachher Mittagessen? Heut ist Donnerstag."

„Stimmt", antwortete Luis. „Sicher. Wenn nichts dazwischenkommt."

Auf dem Weg ins Teambüro machte er einen kurzen Halt in der kleinen Küche.

„Jetzt hab` ich wieder den Tee vergessen", sagte er laut zu sich selbst.

„Du trinkst Tee?"

Daniela Nabert, die Kollegin aus dem Steiner-Team, kniete vor dem kleinen Kühlschrank und kramte darin herum. Sie stand auf und stellte eine Plastikdose in die Spüle.

„So ein grausiger Kühlschrank."

„Morgen, Daniela. Haben dir die Reste da einen guten Tag gewünscht?

„Ha, ha. Sehr witzig. Ihr könntet da auch mal ausräumen. Nicht immer nur ich.“

„Ich werde es ausrichten.“

„`N bestimmten Tee? Sag einfach Bescheid, dann bestell ich mal welchen mit.“

„Danke, Ingwertee wäre gut. Ist der schon fertig?“ Er deutete auf die blubbernde Kaffeemaschine.

„Naa, läuft noch.“

Er fand einen Euro in der Hosentasche, warf ihn in den leuchtenden Automaten und wartete, bis sich der Plastikbecher mit Kaffee gefüllt hatte.

Felix war noch nicht da, als Luis mit seinem Kaffee in der Hand den Raum betrat. Karo tippte still auf ihrer Tastatur herum. Er grüßte kurz, setze sich auf den freien Stuhl am Mitteltisch, schlug die Beine übereinander und nahm einen Schluck.

„Ich war gestern noch mal in Kirchmayers` Zimmer“, sagte er in die Stille hinein. Karo sah ihn an.

„Wieso das?“

„Mich hat die ganze Zeit etwas beschäftigt, ich wusste aber nicht genau, was. Daher bin ich nochmal hingefahren.“

„Und?“

„Das alte Buch.“

„Das alte Tagebuch?“

„Genau.“

„Die beiden Mitbewohner, die wir noch nicht gesprochen hatten, waren auch da."

Die Tür ging auf und Felix trabte verschlafen ins Büro.

„Habe ich was verpasst?", sagte er und stellte vorsichtig einen sehr vollen Kaffeebecher ab.

„Fast", meinte Luis. „Wir haben extra gewartet, bis du dich auch mal her bequemst."

„Ach, sehr freundlich von euch."

„Ich war gestern Abend noch mal in seinem Zimmer", sagte Luis.

„Warum?", fragte Felix.

„Das alte Tagebuch kam ihm seltsam vor", antwortete Karo für Luis.

„Was für ein altes Tagebuch?"

„Es lag auf dem Schreibtisch", sagte Luis. „Es war alt. Und roch auch so. Innen stand: Rudolf Pircher, 1933, Kitzbühel." Er nahm noch einen Schluck Kaffee.

„Aha. Der Hof von der letzten Versteigerung gehörte einem Pircher. Und ich dachte, Kirchmayer wäre immer so korrekt gewesen", sagte Felix.

„Das hat mich gestern die ganze Zeit gestört. Herr Haid und diese junge Frau von der Firma haben beteuert, dass man von Auktionsplätzen unter gar keinen Umständen Sachen mitnehmen darf. Und dass Kirchmayer hundert Prozent zuverlässig war und so etwas nie gemacht hätte. Seine Mutter meinte auch, dass er nie negativ aufgefallen wäre und ein perfekter, lieber Junge gewesen sei. Mir ist aber das Buch auf dem Schreibtisch eingefallen, dass überhaupt nicht zur

Büchersammlung eines jungen, ordentlichen Studenten passt. Zumal das Buch eindeutig von dem Hof stammt. Daher habe ich es mir gestern Abend aus der WG geholt."

„Ja, aber ein altes Buch …", meinte Karo. „Ist ja nicht wertvoll, oder? Das sollte man vielleicht nicht überbewerten."

„Wo fängt Diebstahl dann für dich an? Und wo hört er auf?", meinte Felix ernst. „Nichts mitnehmen heißt gar nichts mitnehmen. Den Wert können wir ja so gar nicht beurteilen."

„Bei diesem Tagebuch handelt es sich um die handschriftlichen Aufzeichnungen eines gewissen Rudolf Pirchers, der den Hof, der jetzt versteigert wurde, wohl in der Zeit vor und nach dem Krieg besessen hat. Also der Großvater unseres pleitegegangenen heutigen Besitzers. Oder besser Ex-Besitzers. Ich habe gestern leider nicht mehr geschafft, es zu lesen und es heute Maria gegeben. Sie digitalisieren es gerade. Ist wohl auch praktischer, als es so durchzulesen, war in einer alten Handschrift."

„Auf jeden Fall", meinte Felix. „Warten wir ab. Was können wir denn jetzt sonst noch machen?"

„Es gibt noch mehr Neuigkeiten", sagte Luis.

„Ach so?", er sah Luis gespannt an. „Mach`s nicht so spannend."

„Ich hatte gestern Abend auch die Möglichkeit, mit Frau Meisl und Herrn Frank zu sprechen."

„Die anderen Mitbewohner", kombinierte Felix.

„Richtig. Die Studentin hat mir dieselbe Geschichte erzählt wie alle anderen, dass Kirchmayer der freundlichste und zuverlässigste Mensch der Welt wäre und so weiter."

„Und der Typ? Martin Frank war der Name, oder?“
Luis lächelte.

„Ach. Haben wir eine neue Spur?“ Felix lehnte sich in seinem Stuhl zurück und verschränkte die Arme.

„Kirchmayer hat wohl noch mehr mitgehen lassen.“

„Bei anderen Versteigerungen?“, fragte Karo.
Luis schüttelte den Kopf.

„Was dann?“

„Laut Mitbewohner Michael Frank trug Kirchmayer auffällig viel neuwertige Outdoorbekleidung in wechselnden Modellen. Jacken, Schuhe, Taschen …“

„Outdoorbekleidung. Ist das hier in der Gegend so was Besonderes?“, fragte Karo. „Würde ich jetzt nicht sagen. Andererseits, auffällig viele Kleidungsstücke haben wir in dem Zimmer gar nicht gesehen. Oder?“

„Solche Sachen sind im Laden richtig teuer“, meinte Felix. „Ob er die Teile verkauft hat?“

„Bei Ebay meinst du?“, fragte Karo. „Das hätten wir in den E-Mails gesehen. Da war ganz sicher nichts. Es wäre den anderen in der Wohnung sicher auch aufgefallen, wenn Kirchmayer jeden zweiten Tag Pakete gepackt und zur Post gebracht hätte.“

„Der Student hat leider nie konkret mit Kirchmayer darüber gesprochen, aber er war sich sicher, dass einiges an Waren gestohlen und verkauft wurde, um so seine täglichen Ausgaben zu finanzieren“, sagte Luis. „Neuer Fernseher, Laptop, essen gehen, die anderen auf Getränke einladen, Kino und so Sachen.“

„Wir müssen das Zimmer noch einmal genauer anschauen!“, sagte Karo. „Und auch nochmal mit dem Mitbewohner reden. Sollen wir gleich los?“

„Moment“, sagte Luis ernst. „Wir besprechen den Fall erst einmal fertig. Was haben die Überwachungskameras aufgenommen? Felix?“

Der Kollege blickte abwesend aus dem Fenster.

„Erde an Felix“, sagte Luis und stand auf.

„Die Kameraaufzeichnungen haben nicht viel ergeben“, sagte Felix langsam. „Die Bank und der Weg dahin liegen in einem Winkel, den man nicht einsehen kann. Die Hundehalterin, die ihn gefunden hat, konnte man sehen, direkt vorher eine Frau mit vollen Einkaufstaschen, eine telefonierende Mutter mit Kinderwagen und ein Pärchen.“

„Ein Pärchen? Jung oder alt?“, fragte Karo.

„Tja, man sieht nicht viel, sie gehen schemenhaft hinten durchs Bild. Die Qualität ist nicht gut.“

„Wozu hat man die Kameras dann?“, fragte Karo genervt.

„Um abzuschrecken und ein Gefühl der Sicherheit zu vermitteln. Aber nicht weitersagen“, meinte Felix. „Die Daten werden auch alle 48 Stunden überschrieben und es wird nicht überall aufgezeichnet. Viel zu aufwendig.“

„Na toll.“ Karo verschränkte die Arme vor der Brust.

„Wir sollten uns auch die Abwicklung der Versteigerung des Hofs näher ansehen“, sagte Luis. „Ich werde noch einmal mit Herrn Haid reden, er soll uns die Listen der verkauften Dinge und die Namen der Käufer schicken.“

„Soll ich wieder mitkommen?“, fragte Karo.

„Ich rufe ihn einfach kurz an. Dann ist Kirchmayers Zimmer nochmal an der Reihe. Felix? Du bist nicht mehr bei uns, oder?“, fragte Luis.
Felix schaute auf.

„Der andere Kommilitone. Der Bekannte, mit dem ich gesprochen habe.“

„Der unsympathische BWLer?“, fragte Karo.

„Ja. Der hatte auch so eine nagelneue Jacke. Und die Sneaker, die er anhatte …“, er drehte sich zu seinem Computer und gab ein paar Worte in die Suchmaschine ein. „Sie hatten so eine abgefahrene Form. Ich dachte, er hätte einfach reiche Eltern. Da haben wir sie schon! Modell „MAXFLY men special edition“ in Rot-Schwarz-Metallic, 389,- Euro. Mann, die kann ich mir jedenfalls nicht mal eben so leisten.“

„Dann müssen wir den Typen auch gleich befragen!“, sagte Karo aufgeregt. „Vielleicht haben die beiden im Team gearbeitet! Dann haben sie sich gestritten …“

„Langsam“, meinte Luis ruhig. „Vielleicht hat er einfach nur reiche Eltern oder kann sich das eben leisten. Ein Paar teure Turnschuhe bedeuten überhaupt nichts. Wir sammeln weiter Beweise. Wir haben noch gar nichts, wenn ich euch da kurz erinnern darf. Es gibt keinen Telefonnachweis für Kontakte oder Treffen der beiden in den letzten Tagen und auch keine offiziellen Geldeingänge für verkaufte Waren auf dem Konto.“

„Aber die nicht registrierte Nummer, die er angerufen hat? Die passt doch da voll ins Bild!“, sagte Karo.

„Eigentlich hat Maria die Telefonnummer auf dem Schirm.

Wenn der Apparat eingeschaltet wird, bekommen wir Nachricht."

„Wir gehen trotzdem kurz runter und reden mit ihr", meinte Felix.

„Gut. Ich spreche mit Haid, dann treffen wir uns unten am Wagen. Halbe Stunde."

Luis drehte sich um, ging Richtung Tür und ließ seinen leeren Kaffeebecher im Vorbeigehen elegant in den Papierkorb fallen.

Nach dem Telefonat mit dem Konkursverwalter versuchte Luis Frau Singer zu erreichen, doch sie hob nicht ab. Christian Haid hatte versprochen, die Listen der katalogisierten Stücke und der Käufer von der Versteigerung des Hofes bei Kitzbühel so schnell wie möglich zu schicken.

Er ging kurz die neuen E-Mails durch. Der Text aus der Pressestelle war gekommen. Michel hatte mit sehr professionellen Worten ausgedrückt, dass sie eigentlich keine Ahnung hatten, was mit dem Studenten im Park passiert war, aber stetig und bemüht an der Lösung des Falles arbeiteten.

Also diesen Job könnte er wirklich nicht machen, dachte er und gab die Meldung frei.

Er versuchte noch einmal Frau Singer zu erreichen. Nichts.

Luis zog sich das Jackett über und nahm die Treppe in den ersten Stock. Schon im Gang, der zu Marias heiligem Technikreich führte, hallten Gelächter und Stimmen. Er stellte sich in den Türrahmen und hörte seinen jungen Kollegen unbemerkt zu.

„… wir müssen den Typen unbedingt beschatten. Luis ist echt so lahm. So alt ist er doch noch gar nicht …“, sagte Karo.

„Luis weiß schon, was er tut“, sagte Maria, „da mach dir mal keinen Kopf.“

„Halt, die Nummer hat hinten 78 nicht 87“, sagte Felix zu Maria, die etwas in ihren Computer eingab.

„Da, da ist er! Da, am Einkaufscenter an der Sill. Schau an, dahinter liegt der Park … wieder der Park!“, flüsterte Karo verschwörerisch.

„Nicht genehmigte Handyortung?“, sagte Luis streng.

Maria, Karo und Felix fuhren zusammen. Sie hatten gebannt auf einen der Monitore geschaut und Luis nicht gesehen.

„Hey Luis, du, wir wollten … einfach kurz mal schauen … wo er ist“, stammelte Felix. Sein Gesicht war rot angelaufen.

„Stehst du schon lang da?“

„Lange genug.“

„Sorry. Das geht auf meine Kappe“, sagte Maria.

„Mann, Luis, der Typ hat doch Dreck am Stecken. Der war`s! Lass ihn uns einfach beschatten …“, fing Karo an.

„Ich weiß ja nicht, was sie dir in Wien beigebracht haben, aber wir arbeiten hier ordentlich und nach Lehrbuch. Wir können inoffiziell in Erfahrung gebrachte Erkenntnisse in einem Prozess nicht verwenden. Und wenn er tatsächlich der Täter sein sollte und sie uns draufkommen, platzt am Ende das ganze Verfahren wegen Formfehler. Geile Sache, oder? Ein Mörder kommt frei und wir sind am Arsch.“

„Wir wollten doch nur kurz …“, fing Felix an.

„Von dir hätte ich mir da wirklich mehr erwartet. Du machst

den Job doch nicht erst seit gestern.“

„Ist ja nichts passiert, Leute!“, sagte Maria und hob entspannt die Hände. „Hab` das Programm geschlossen. Kein Max mehr auf dem Bildschirm.“

„Toll. Und jetzt?“, schmollte Karo.

„Jetzt machen wir es so, wie es sich gehört. Felix, da du die Nummer von Herrn Holzer eh schon in der Hand hast, ruf ihn bitte an und sag ihm, dass wir uns noch einmal mit ihm treffen möchten. Zeitnah.“

„Okay“, sagte Felix.

„Geht schon mal zum Auto, ich komme sofort.“

„Aber …“, sagte Karo.

„Komm, gehen wir telefonieren“, meinte Felix und schob sie vor sich her.

Luis schloss die Tür hinter ihnen und seufzte.

„Was sollte das denn jetzt?“, fragte Maria entgeistert. „Du bist doch sonst nicht so. Dienst nach Lehrbuch?“

„Unerlaubte Handyortung machen wir nur, wenn es eng wird. Und gegen diesen Max Holzer haben wir überhaupt nichts in der Hand. Nur weil er teure Turnschuhe trägt …“

„Ziemlich abgefahrene und seltene Sneaker. Du warst jetzt aber echt bös.“

„Ist nicht gut, wenn sie denken, dass sie machen können, was sie wollen. Ich glaube, Karo muss man einfach ein wenig einbremsen. Und Verfahrensfehler sind das Letzte, was wir brauchen, das weißt du ja selber.“

„Sicher, bin ich ganz bei dir. Aber du hättest auch etwas netter sein können.“

„Jetzt geh du mir nicht auch auf den Zeiger, allwissende Beraterin. Was ist mit dem Tagebuch?“

„Dauert doch.“

„Und die unbekannte Nummer?“

„Die ist die ganze Zeit ausgeschaltet. Vielleicht wurde die Karte auch schon entsorgt.“

„Alles klar. Dann bis später.“

16

„Er hat gesagt, er sei jetzt noch in dem Fast-Food-Restaurant im Einkaufszentrum, muss aber dann bald zur Arbeit. Daher sollen wir uns a bissl beeilen“, sagte Felix.

„Du hast ihm gesagt, dass wir ihn auch ins Präsidium bestellen können?“, fragte Luis.

„Sicher. Aber er war ausgesprochen freundlich am Telefon und meinte, er wartet gerne auf uns. Also, wenn wir nicht ewig brauchen.“

„Die Freundlichkeit ist sicher nur Show“, sagte Karo.

„Wir ermitteln unvoreingenommen, Frau Haberer“, mahnte Luis die Kollegin.

Felix fuhr den grauen Dienstwagen zügig die Museumsstraße entlang, als Luis` Telefon klingelte.

„Ja, Frau Singer“, nahm Luis das Gespräch an.

„Sie hatten angerufen?“

„Genau. Wir müssen doch noch einmal in das Zimmer. Ist in der nächsten Stunde jemand da?“

„Ja, Silvia ist zu Hause, glaube ich. Die Eltern sind übrigens wieder nach Oberösterreich gefahren, ihnen ging es wirklich nicht gut. Wir haben uns angeboten, Hannes Sachen zu verpacken, sodass sie dann von einem Transportunternehmen abgeholt werden können. Also natürlich erst, wenn Sie da fertig sind.“

„Das ist sehr freundlich von Ihnen“, sagte Luis. „Ich gebe Ihnen Bescheid.“

„Die taten mir so leid. Wahnsinnig nette Leute“, sagte sie traurig.

Der Wagen bog langsam in die Einfahrt der Tiefgarage des Einkaufszentrums ein.

„Danke, Frau Singer. Die Leitung hat gleich keinen Empfang mehr, ich melde mich bei Ihnen, ja?“, sagte Luis und hörte noch ein „Okay …“, bevor die Verbindung abriss.

„Und? Ist jemand da?“, fragte Felix.

„Ja. Kein Problem.“

Sie parkten, stiegen aus und steuerten auf das gläserne Treppenhaus zu.

„Wo ist jetzt dieses Restaurant?“, fragte Luis.

„Erdgeschoß. Gleich am Eingang“, sagte Karo und trat als Erste auf die Rolltreppe.

„Karo, du hältst dich jetzt bitte zurück, okay?“, meinte Luis. „Immer unvoreingenommen ermitteln.“

Sie drehte sich um und holte Luft, um etwas zu antworten, nickte dann aber und schwieg.

Der Student saß direkt am offenen Eingang des Fast-Food-Bereiches. Als er Felix zwischen den Besuchern erkannte, stand er auf.

„Max Holzer?“, fragte Luis und gab ihm die Hand.

„Maximilian, um genau zu sein.“

„Ich bin Major Landauer vom LKA, das ist Frau Haberer. Herrn Gruber kennen Sie ja schon. Vielen Dank, dass Sie sich die Zeit nehmen.“

„Sehr gerne, kein Problem. Wie kann ich ihnen

weiterhelfen?“, fragte er höflich.
Luis musterte ihn kurz. Der junge Mann war groß und schlank, trug ein weißes Shirt unter einem dunkelgrauen Sakko, dazu eine dunkle Jeans und Mokassins. Völlig unauffällig, wie er fand.

„Gehen wir ein paar Schritte nach draußen“, schlug Luis vor. „Hier ist es doch recht voll.“
Die kleine Gruppe trat durch die Drehtür und fand unter ein paar großen Bäumen einen ruhigen Platz zum Reden.

„Ich möchte mit allen Freunden und Bekannten sprechen, die Hannes gut gekannt hat. Um ihn besser kennenzulernen und um herauszufinden, was passiert ist“, fing Luis an. „Kommen Sie öfter zum Essen her? Oder kaufen Sie hier ein?“
Holzer schaute ihn irritiert an. „Einkaufen? Hier? Nein. Zum Essen ab und zu. Ich wollte mir einen Kaffee holen. Den hab` ich jetzt schon getrunken, logisch. Da drüben ist die Firma, bei der ich in Teilzeit arbeite. Im Marketing“, sagte er und zeigte auf die Gründerzeithäuser im Stadtteil Dreiheiligen. „Schlimme Sache, das mit Hannes.“

„Wann haben Sie ihn denn das letzte Mal gesehen?“

„Hatte ich Ihrem Kollegen bereits gesagt, schon eine Weile nicht mehr. Ich war unterwegs.“

„Aha. Und wo waren Sie so unterwegs?“, fragte Luis betont gelangweilt.

„Hier und da. Hab` Freunde besucht, Eltern. Wien, Kitzbühel, München … Da gehe ich übrigens dann auch shoppen“, sagte er.

„Ist hier in Tirol nichts Spannendes für Sie dabei? So einkaufstechnisch?“, meldete sich Felix zu Wort.

„Naa! Ich bitte Sie“, meinte Holzer abfällig. Er stand ruhig und fest auf beiden Beinen vor ihnen und hatte die Hände lässig in die Hosentaschen gesteckt. Er wirkte nun fast amüsiert. „Wirklich nicht.“

„Sie studieren?“, fragte Luis.

„BWL.“

„In Innsbruck? Warum nicht in München? Oder in den Staaten? London?“

Der Student schwieg.

„Bin am MCI, das ist ganz ok. Mein Vater hatte letztes Jahr einen Infarkt. Ich wollte nicht so weit weg sein. Kennen Sie die Firma Munitec?“

„Ja, klar, kenne ich, das ist ein Zulieferer für Audi und BMW, oder? Ziemlich große Firma“, sagte Karo erstaunt.

„Gehört meiner Family. Ich steig` da dann auch irgendwann mit ein.“

„Und woher kannten Sie Kirchmayer? Er hat ja an der normalen Uni studiert“, warf Felix ein, „und war jetzt auch nicht so Ihr Umgang, würde ich meinen, oder?“

„Was soll das denn jetzt wieder heißen!“, schimpfte Holzer. „Hannes war ein echt netter Typ. Wir haben uns mal in irgendeiner Bar kennengelernt. Seitdem sind wir ab und zu ausgegangen. Innsbruck ist halt nicht München.“

Er zog sein Telefon aus der Tasche und schaute auf die Uhrzeit. „Sorry, ich glaube, ich muss jetzt los. Die Arbeit ruft. Time is money.“

„Wann haben Sie das letzte Mal mit ihm gesprochen?“, fragte Luis.

„Sie meinen telefoniert?“

Luis nickte.

„Keine Ahnung, aber Sie werden es mir sicher gleich sagen. Verbindungsnachweis ist da das Stichwort, oder?“

„Reine Routinefrage. Aber wenn Sie sich nicht erinnern können … Den Nebenjob brauchen Sie eigentlich nicht wirklich, oder“, fragte Luis weiter.

„Sie meinen wegen des Geldes? Naa, sicher nicht“, meinte Holzer genervt. „Manchmal arbeiten Menschen einfach, weil es ihnen Spaß macht. Weiß nicht, ob Ihnen Ihr Job Spaß macht. Scheint grad` nicht so. Ich muss jetzt wirklich los. Kann ich gehen?“

„Sicher. Lassen Sie sich nicht aufhalten“, sagte Luis und gab ihm seine Karte.

„Falls mir noch etwas einfallen sollte. Schon klar.“

Max Holzer nickte kurz, bog auf den Fußweg und entfernte sich rasch.

„Er hatte gar keine Rolex“, sagte Felix in die entstandene Stille.

„Vielleicht will er hier in der Stadt nicht so angeben“, meinte Karo.

Luis sah sie an.

„Ich hab` nichts gesagt! Fast jedenfalls.“

„Ja, kaum zu fassen. Also, ich sehe da keine organisierte Bandenkriminalität. Kind reicher Eltern, so what. Scheint auch ganz nett zu sein.“

„Nett? So ein arroganter Schnösel. Der hat sicher noch ein Telefon mit der Prepaid-SIM-Karte, darum war er so cool. Das war alles nur Show. Als du ihn auf den Anruf angesprochen hast, ist er nervös geworden.“

„Felix, was sagst du dazu?“, fragte Luis.

Felix kratzte sich am Kopf.

„Tja, nervös? Ich weiß nicht. Warum sollte er sich das alles antun? Geklaute Sachen verticken. Der braucht sich für den Rest seines Lebens um Geld und Jobs wahrscheinlich keine Sorgen mehr machen. Es gibt da überhaupt kein Motiv.“

„Gut, dann sind wir uns wenigstens da einig und fahren jetzt in die Wohnung.“

„Ob er wohl dazugehören wollte?“, fragte Felix.

„Was meinst du?“

„Kirchmayer. Er ist doch mit Max Holzer ausgegangen. Der hat ihm sicher von seinen Freunden und Partys erzählt, München, Kitzbühel. Vielleicht hat ihm das gefallen und er hat Blut geleckt.“

„Du meinst, er brauchte Geld zum Ausgehen und für schicke Sachen?“, fragte Karo. „Dafür schien er gar nicht so der Typ zu sein.“

„Karo, du hast Hannes Kirchmayer nie persönlich kennengelernt, woher willst du das wissen“, sagte Luis.

„Stimmt auch wieder.“

17

Luis schloss die Zimmertür des Studenten auf.

„Vielleicht finden wir irgendetwas, was auf Diebstähle hindeutet. Ich nehme mir den Schreibtisch vor. Den Laptop haben wir eh noch im Büro."

Felix stand schon bei der gut bestückten Kleiderstange und ging langsam die Teile durch.

„Okay, dann nehm` ich mir halt den Rest vor", meinte Karo und begann systematisch das Zimmer abzusuchen. Sie trat ans Bett, schüttelte Kopfkissen und Decke auf und schaute unter die Matratze.

„Wäre ja der Klassiker … na, da ist nichts."

Dann öffnete sie die Nachttischschublade, fand jedoch nur ein paar Kopfschmerz- und Vitamintabletten.

„Die Sachen sind schon alle recht neu und hochwertig", meinte Felix langsam, „Richtige Luxusmarken sind aber keine dabei. Die Jackentaschen sind alle leer. Schuhe hat er aber gute. Vier Paar Sneaker und zwei Paar Lederschuhe. Nicht schlecht, Herr Specht."

Karo untersuchte gewissenhaft das Bücherregal.

„Hilfst du mir bei den Büchern? Vielleicht ist da was versteckt", sagte sie und fing an, die Seiten durchzublättern.

Luis war bei der untersten Schublade des Schreibtisches angekommen.

„Er war tatsächlich sehr ordentlich. Hier gibt es überhaupt keine Belege oder Quittungen, die Blätter sind penibel nach Thema sortiert. Hier liegt ein MP3-Player."

„Zeig", sagte Felix. „Ja, der war nicht billig, glaube ich. Und die Kopfhörer, die da am Fernseher klemmen, auch nicht."

„Ha! Hier ist Geld!", rief Karo. Sie nahm ein Bündel Euroscheine aus einer Blechdose. „Stand im untersten Fach. Eine alte Keksdose vom Flohmarkt. Okay, richtig viel ist es nicht. Zweihundertfünfzig Euro."

„Da ist noch eine alte Dose", sagte Felix und öffnete sie. „Ein Handy mit Ladegerät!"

Er nahm es aus der Dose und schaltete es ein.

„Das ist sicher gesperrt", sagte Luis.

„Es ist ein altes Modell, Luis, da braucht man zum Entsperren keinen Code!", sagte Karo aufgeregt.

„Schaut. Er hat nur eine einzige Nummer angerufen. Ist aber eine andere als die, die wir auf seinem richtigen Telefon gefunden haben."

„Du hast dir die Nummer gemerkt?", fragte sie.

„Hab eben ein fotografisches Gedächtnis", grinste Felix. „Nee, quatsch. Die war recht einfach zu merken, am Ende hatte sie 5567."

„Mist", sagte Karo.

„Welche Nummer hat die Karte, die da drin` steckt?", fragte Luis und lehnte sich im Schreibtischstuhl zurück.

Felix sah ihn an. Dann drückte er kurz auf dem Handy herum.

„Tja, Kollegin, da sieht man mal wieder, wer hier der Boss ist. Mr. Mastermind, immer schlauer als wir beide zusammen", grinste er.

„Warum ruft er sich selber an?", fragte Karo.

„Suchst du nie dein Telefon?“

„Hab` nur eins. Da kann man sich schlecht selbst anrufen.“

„Sind Anrufe eingegangen?“, fragte Luis und stand auf.

„Ja. Immer dieselbe Nummer. Hinten die 5567. Mann!“, sagte Felix.

„Gut, Maria soll das Telefon prüfen. Vielleicht findet sie ja noch irgendwas. Wo klaut man denn solche Sachen eigentlich?

„Hm, in den Einkaufszentren gibt es hier gute Sportfachgeschäfte. Aber vielleicht geht man da nicht immer in dasselbe, sonst fällt es auf. Sollen wir die Läden raussuchen, die infrage kommen würden?“

„Das wäre doch eine schöne Aufgabe für den Nachmittag. Viele wird es da auch nicht geben. Fahrt hin, vielleicht erinnert sich jemand an unseren sauberen Studenten.“

Luis strich sich langsam über die Bartstoppeln. Dann griff er nach seinem Telefon und rief bei Andi Noll an, um den Abtransport der Kleidung zu organisieren.

Wieder im Büro öffnete er die Post. Sein Magen knurrte. Er überlegte, was er essen sollte und dachte an den guten Oktopussalat vom Vorabend. Das Gespräch mit seiner Mutter fiel ihm wieder ein. Er stand auf und sah aus dem Fenster. Die Kanten und Furchen im Berg zeichneten sich an diesem Tag besonders klar ab. Der Schnee zog sich jeden Tag weiter zurück. Er zog sein Telefon aus der Tasche. Dann überlegte er es sich anders und steckte es wieder ein.

Die Bürotür öffnete sich und Steiner kam mit einem Stapel

Akten im Arm ins Büro, legte ihn mit Schwung auf seinen vollen Schreibtisch und setzte sich. Er schaute recht mürrisch drein.

„Was ist das?“, fragte Luis.

„Ungeklärte Fälle“, brummte Steiner. „Momentan ist es erstaunlich ruhig.“

Sein Magen knurrte laut.

„Gehen wir essen? Vielleicht hebt das die Stimmung“, sagte Steiner.

„Gern. Ich hab` auch Hunger.“

„Zu Cha Cha?“

Cha Cha hieß eigentlich Suree Tran und kam aus Südthailand. Sie hatte dort viele Jahre zuvor einen urlaubenden Tiroler kennengelernt. Es war die klassische Geschichte gewesen. Er hatte sich in sie verliebt, sie mehrfach besucht und war dann für ein paar Jahre dortgeblieben. Kurz bevor ihre Tochter zur Welt kam, hatten sie sich dazu entschieden, nach Österreich zu ziehen und zu heiraten. Ihre Tochter Juna, ihr ganzer Stolz, war mittlerweile dreiundzwanzig Jahre alt und studierte in Wien Jura. Seit Juna aus dem Gröbsten heraus war, betrieb Cha Cha das kleine Thai-Restaurant, das direkt neben dem Unigelände an der Kaiserjägerstraße lag und nicht nur bei Studenten, sondern auch bei den Polizeibeamten des Präsidiums sehr beliebt war. Es trug den Namen Ma Prao, was ins Deutsche übersetzt Kokosnuss hieß. Da die Curry-Gerichte zu den besten in Innsbruck zählten, war der Name wohl passend gewählt.

Luis und Johann Steiner betraten das Lokal und wurden sofort vom süßlich-scharfen und intensiven Geruch asiatischer Küche und dudelnder asiatischer Musik empfangen. Es war noch recht früh am Mittag und sie waren die ersten Gäste.

„Sawadee ka!“, rief Cha Cha aus der Küche.

Sie kam an den Tresen und wischte sich die Hände ab.

„Hallo Cha Cha“, sagte Steiner. „Na, wie geht's dir heute?“

„Gut, gut und bei dir? Du siehst heute wieder aus wie ein hungriger Elefant. Wie immer? Khao Pad Sapparot und Mineral?“

„Ja, bitte“, sagte Steiner.

„Und Luis, was magst du heute?“

„Auch wie immer, Grünes Curry Goong und eine Cola bitte.“

„Okay. Setzt euch doch.“

Sie hockten sich auf die Hochstühle an der Fensterfront. Steiner verteilte Servietten und Besteck. Cha Cha kam mit den Getränken.

„Super. Ist immer wie Urlaub hier“, sagte Steiner.

„Stimmt. Aber du warst noch nie richtig im Urlaub, also kannst du nicht wissen, wie es da ist“, sagte Luis. „Und in Thailand warst du ja schon mal überhaupt noch nie.“

„Naaa, stimmt eh. Brauch ich auch nicht, ist hier auch schön, oder? Birgit hat mir jetzt eine Thai-Massage geschenkt. Ernsthaft. Mir! Sie war mal mit ihrer Freundin dort. Also in dem Massagesalon. Jetzt denkt sie, sie kann mich mit so was rumkriegen, wegzufliegen.“

Luis musste grinsen, als er sich seinen Kollegen in einem

thailändischen Massagesalon vorstellte. Oder am Hotelstrand auf einer Liege.

„Sag mir, wie es war, dann gehe ich vielleicht auch mal hin. Wie geht es deiner Frau eigentlich?“

„Besser. Das neue Knie passt gut, jetzt muss sie halt viel trainieren. Sie will so schnell wie möglich wieder arbeiten, ihr ist langweilig zu Hause. Und in der Klinik brauchen sie ja jede Schwester, die sie haben. Ach, sie meinte übrigens, ich soll dich mal zum Essen einladen. Ist hiermit geschehen.“

„Danke, sag ihr, ich freue mich sehr. Wenn der Fall vorbei ist, komme ich gerne vorbei.“

Cha Cha brachte das Essen.

„So, bitteschön, die Herren von der Polizei, gebratener Reis mit Ananas und grünes Curry Shrimp.“

Dann sagte sie etwas auf Thailändisch.

„Und was bedeutet das jetzt wieder?“, fragte Steiner mit der Gabel in der Hand.

„Guten Appetit!“, sagte sie und lachte.

Als Nachspeise spendierte Luis Steiner eine Zigarette. Rauchend standen sie vor der Tür und beobachteten, wie sich das Lokal mit einer Gruppe Studenten füllte.

„Ich muss noch kurz raus nach Pradl, soll ich dich am Präsidium absetzen?“, fragte Luis.

„Na, komm. Die paar Meter schaff` ich auch zu Fuß. `N kleiner Verdauungsspaziergang und a bissl frische Luft tun mir vor den alten Akten eh gut.“

„Alles klar. Bis dann“, sagte Luis und stieg in den grauen Dienstwagen, mit dem sie hergefahren waren.

18

Luis fädelte sich in den mittäglichen Verkehr ein und fuhr durch die Stadt. Am Tivoli Stadion bog er in das angrenzende Wohngebiet ab und folgte der Straße am Friedhof vorbei. Es war eine beliebte, nette alte Wohngegend mit kleinen Einfamilienhäusern und gepflegten Gärten. Langsam wurden aber auch hier und da die alten Häuser durch moderne Mehrfamilienblöcke ersetzt. Luis mochte diesen Teil von Innsbruck eigentlich sehr gern. Er hatte dort im Haus seiner Großeltern als Kind viel Zeit verbracht. Sein Großvater, obwohl damals schon brummig und einsilbig, hatte trotzdem immer ein großes Herz für seinen Enkel gezeigt. Von seiner Großmutter Christine wurde der kleine Alois sehr liebevoll und umsorgt, wenn sein Vater, Alois Senior, der bis zu seinem tödlichen Unfall als Polizist und Bergretter gearbeitet hatte, unterwegs war und seine Mutter in ihrer Praxis und in der Klinik zu tun hatte. Da ihr Beruf wirklich eine Berufung war, hatte Alois Junior als Kind viel Zeit mit sich selbst, seinen Freunden und seinen Großeltern verbracht.

Luis parkte den Wagen direkt vor dem alten, kleinen Haus mit grünen Fensterläden und wildromantischem Blumengarten. Das niedrige Gartentor quietschte, als er es öffnete. Sein Großvater stand im hinteren Teil des Gartens und beschnitt einen Rosenstrauch.

„Griaß di, Opa“, sagte Luis.

Der alte Mann drehte sich um und rückte seine Brille zurecht.

„Oha. Stell dir vor, der werte Enkel schaut auch mal wieder

vorbei“, brummte er und legte die Gartenschere zur Seite. Luis ging auf ihn zu und umarmte ihn vorsichtig.

„Kannst ruhig richtig zuadrücken, Bua, dein Opa ist nicht aus Glas.“ Er klopfte Luis fest auf die Schulter. „Auch wenn es so aussieht. Kimm eina, magst an Kaffee?“

„Gern.“

Sie gingen in das kleine Haus, in dem sich in den letzten dreißig Jahren eigentlich nichts verändert hatte. Die Holzpaneele an der Decke waren über die Jahre noch dunkler geworden, im Flur sah Luis, wie sich die dunkelgrün gemusterte Tapete langsam an den Kanten löste. An der Garderobe hingen, wie eh und je, die beiden Jagdhüte seines Großvaters. Das braune Modell mit breiter Krempe und grünem Kordelband und der grüne, schlichte, mit dem Luis als Junge manchmal heimlich gespielt hatte. Es roch nach Kindheit.

„Hock di nieder, Bua.“

Luis rückte einen Holzstuhl vom Tisch und setzte sich.

Josef stellte einen alten Wasserkessel auf eine der vier Herdplatten und löffelte Kaffeepulver in eine Filtertüte, die er umständlich in einen Aufsatz gesteckt hatte, der wiederum auf einer alten Porzellankanne stand. Er wartete, bis das Wasser heiß war und schüttete es vorsichtig nach und nach über den Kaffee.

„Und? Was treibt dich her? Mitten am Tag, ist was passiert?“, fragte er, „musst du nicht arbeiten?“

„Naa, Opa. Alles in Ordnung. Ich hab` noch Mittagspause und wollte nur mal nach dir schauen“, sagte er. Sein Telefon klingelte in der Sakkotasche, aber Luis schaltete es ab, ohne nachzusehen, wer dran war. Josef stellte zwei Kaffeetassen mit Untertassen auf den Küchentisch und schenkte Kaffee ein.

„Müich? Zucker?"

„Na, danke, schwarz passt. Hab gerade gegessen,"

„Joa, des rieacht man."

Luis lächelte und roch an seinem Hemd.

„Stimmt. Thailändisch."

„Hm, scharf is des, oder?"

„Ja, aber gut. Grünes Curry mit Garnelen."

„Na, pfui Servus, des ist nix für mi. Die Magda kocht mir a guates Gulasch oder mal a Sauerkraut. Ihre Knödl sind auch nicht schlecht. Also für a Zuagroaste. Sicher waren die von der Oma viel besser, aber man nimmt halt, was man kriegen kann."

„Opa, Magda wohnt schon seit über dreißig Jahren hier in Tirol …"

„Ja, weisch eh, a Daige is a Daige. Magst a Schnapserl?"

„Na, danke, bin im Dienst."

„Des war deinem Vater früher wurscht."

„Opa, die Zeiten haben sich da wirklich geändert."

„Wenn du meinst."

Er stand auf, ging zum Küchenschrank, schenkte sich ein kleines Glas ein und setzte sich wieder an den Tisch.

„Wohlsein", sagte Luis.

„Dei Mutter is ja auch so a Zuagroaste. Aber dei Vater hat sie mögen, da konnte man nix machen", sagte er ernst. „Die Oma, die hat sie gleich gemocht. Na, a Daitsche auch noch.

Aber fesch ist sie gewesen, fesch. Verstanden hat man sie halt nich. Na, eh manchmal besser. Nu geht's ja einigermaßen", sagte er und zwinkerte seinem Enkel zu.

„Mann, Opa echt, du bist manchmal wirklich so bös."

„Naa, ich mach ja nur Spaß. Ich mog dei Mutter sehr, weisch eh."

„Und wie geht's dir sonst? Was sagt der Arzt?"

„Ach, nix. Dei Mutter sieht jetzt ab und zu nach mir. Zum Huber geh i nimmer, der is in Pension. Alles alte Leut. Naa, passt alles, Bua, ich beklag mich nich. Weist, wenn man älter wird, geht halt alles langsamer, Hauptsache man wird hier", er tippte sich an die Stirn, „nicht ganz plemplem. Also sag, was willst du hier?"

Luis lächelte.

„Wir dachten, wir gehen alle zusammen an deinem Geburtstag essen. Kannst dir aussuchen, wo."

„Ach, macht euch doch kei Umständ ..."

„Sonst suchen wir was aus. Achtundachtzig wird man nur einmal im Leben."

„Witzbold. Werd i schon achtundachzig? Na, furchtbar. Ins Wirtshaus würd i vielleicht doch gern a mol wieder gehen. So richtig, in a scheenes. Such du eins aus, ich kenn mich da nimmer aus."

„Gut, ich such ein schönes aus. Danke für den Kaffee, ich muss wieder los."

„Pause vorbei?"

„Ja, wir haben einen Mordfall, hoffentlich geht da am Nachmittag was weiter."

„War schön, dass du da warst, Bua. Vielleicht kommst mal wieder auf an Kaffee vorbei.“

„Ja, mach ich. Wir sehen uns eh dann zum Geburtstag.“
Josef begleitete Luis noch zum Tor.

„Pfiati.“

„Pfiati, Opa.“
Luis, stieg in den Wagen, winkte kurz und fuhr langsam los. An der ersten roten Ampel schaltete er sein Telefon wieder ein. Ein paar Nachrichten schienen auf. Und zwei Anrufe in Abwesenheit. Es wurde grün, er fuhr weiter. Bei der nächsten roten Ampel sah er, dass die Anrufe von Felix und Anna Leonhard, der Staatsanwältin, waren. Im Hof des Präsidiums angekommen, parkte er und ging langsam die Treppen hoch zum Büro. Der Kaffee war doch recht stark gewesen, dachte er. Kein Wunder, dass sein Opa so fit war, bei so einem Koffeinschub.

19

Das Büro war leer. Steiners Cold Case Akten lagen noch genauso da wie zuvor. Über Luis` Gesicht huschte ein Lächeln. Alte Fälle waren wohl in keiner Abteilung sehr beliebt. Er checkte wieder seine E-Mails. Maria hatte das digitalisierte Tagebuch geschickt. Eine weitere Mitteilung kam von Christian Haid. Er hatte die Listen der Käufer und der verkauften Gegenstände des Hofs in Kitzbühel gemailt. Da Felix in CC gesetzt war, stand er auf und ging ins Teambüro.

„Luis, Mann, wo warst du denn“, sagte Felix, „ich habe versucht, dich zu erreichen.“

„Hab´ ich gesehen. Musste kurz was Privates erledigen. Was ist los?“

„Wir haben uns schon Sorgen gemacht“, sagte Karo. Sie hatte ganz rote Wangen und schien ziemlich aufgeregt zu sein. Luis richtete sich auf und verschränkte die Arme vor der Brust.

„Ihr braucht euch um mich niemals Sorgen machen, das nur mal so zur Info. Also, was ist hier los?“

„Warst` beim Thai, oder?“, grinste Felix.

„Nächstes Mal lass ich das Sakko zum Essen wirklich im Wagen. Jetzt sagt schon, was los ist. Habt ihr die Geschäfte rausgesucht? Ich habe gesehen, dass Maria das Buch und der Haid die Listen geschickt hat.“

„Ja, die Listen …“, fing Felix an, „wir sind alles genau durchgegangen. Bei den Gegenständen war wirklich überhaupt nichts Spannendes dabei, lauter altes Zeug.“

„Aber die Käuferliste“, sagte Karo, „die ist interessant. Jemand, den wir kennen, hat tatsächlich einen Posten ersteigert.“

„Und darf ich nun höflich fragen, wer das war, oder muss ich mit euch Ratespielchen machen?“, antwortete Luis genervt.

„Immer langsam“, meinte Felix grinsend „Nun verdirb uns doch nicht den Spaß. Kombinieren Sie, Mister FBI-Profiler Special Agent.“

„Keine Ahnung.“ Luis hatte die Hände in die Hüften gestützt. Er dachte nach. Viele Personen hatten sie nicht gesprochen. Die Mitbewohnerin hatte keine Ahnung. Die junge Frau aus der Versteigerungsfirma? Nein, dann hätte es Kirchmayer selbst kaufen können. Die Eltern auch nicht, blieb nur Russo. Oder dessen Freundin.

„Russo.“, sagte er.

„Bingo“, rief Felix.

„Alessandro Russo ist der Käufer des Postens 073 zum Preis von fünfzehn Euro zuzüglich Steuern und Vermittlungsprovision“, sagte Karo und klebte ein neues Zettelchen an das Board.

„Und was hat er gekauft?“, fragte Luis, immer noch genervt von der albernen Raterei.

„Das Bild.“

„Das Bild? Was für ein Bild?“

„Das Ölbild im Rahmen mit dem Baum und der Wiese, das Kirchmayer mit seinem privaten Telefon fotografiert hat“, platzte es nun aus Felix heraus.

„Er hat ein altes, schiaches Bild für fünfzehn Euro gekauft?“

„Plus Nebenkosten“, ergänzte Karo.

„Ja, genau. Ich habe dich angerufen“, sagte Felix, „aber du warst ja nicht zu erreichen. Daher habe ich beim Haid nachgefragt, ob er irgendwelche weiteren Informationen zu dem Bild hat.“

„Und?“

„Nichts. Es war einfach ein altes, staubiges, schlecht gemaltes Bild. Keine richtige Signatur, hinten alles zugeklebt. Wir haben auch ein Foto von der Rückseite. Seltsam, oder?“

„Die Mutter von Kirchmayer meinte doch, er würde bald viel Geld haben“, sagte Karo. „Aber das Bild ist ja noch nicht mal die fünfzehn Euro wert, die er bezahlt hat. Also die Russo bezahlt hat.“

Luis strich sich über seine Bartstoppeln. „Habt ihr versucht, Russo oder seine Freundin zu erreichen?“

„So weit waren wir noch nicht.“

„Gut“, sagte er schließlich. „Ihr fahrt zu deren Wohnung und schaut, ob da jemand ist. Wenn ja, bringt die beiden her. Ich fahre zur Pizzeria. Was ist mit dem Tagebuch?“

„Dafür hatten wir noch keine Zeit, das sind ewig viele Seiten. Ich hab nur kurz die ersten durchgesehen. Mühsam. Das muss man in Ruhe lesen“, meinte Felix.

„Gut, ich mache das heute Abend.“

Felix und Karo hielten direkt vor der Tür des Mehrfamilienhauses, Pradler Platz 5.

„Wo ist eigentlich diese Alina gemeldet? Wenn sie arbeitet, muss sie ja angemeldet sein?“, fragte Karo.

„Bei dem Beautysalon hat sie diese Adresse angegeben“, meinte er, „aber offiziell gemeldet ist sie nirgends.“

„Geht das?“

„Sieht so aus.“

„Ist sie denn bei dem Beautysalon richtig angemeldet?“, hakte Karo nach.

Felix sah sie an.

„Hm, das habe ich jetzt gar nicht überprüft.“

Die Haustür ging auf, und zwei junge Frauen kamen aus dem Haus. Beide trugen große Sporttaschen und wollten gerade die Straße hinuntergehen.

„Könnte eine von denen diese Alina sein? Ich habe gar kein Foto mit“, sagte Felix.

„Aber ich“, sagte Karo und griff in ihre Jackentasche.

„Irgendwie sieht Alina anders aus. Komm, die kennen sich sicher“, sagte sie und stieg rasch aus dem Auto.

„Hallo? Einen Moment bitte“, rief Karo. „Bleiben Sie bitte kurz stehen. Wir suchen eine Alina Jasari. Kennen Sie sie? Sie wohnt hier.“

Die jungen Frauen blieben stehen und schauten sie abweisend von der Seite an.

„Nee, kennen wir nicht“, sagte die eine. Sie hatte blondierte, schulterlange Haare, lange, mit Glitzersteinen beklebte Fingernägel, trug eine graue, löchrige Röhrenjeans und ein

Sweatshirt mit einem glitzernden Teddybären darauf.

„Schauen Sie doch bitte mal das Foto an“, sagte Karo und zeigte den jungen Frauen die Aufnahme. „Wir würden einfach gerne mit ihr reden, sonst nichts.“

„Und wer sind Sie bitte? Wir lassen uns doch nicht einfach so anquatschen“, sagte die andere frech. Sie trat in ihren weißen Turnschuhen mit extradicker Sohle von einem Fuß auf den anderen. Ihr beigefarbener Trainingsanzug leuchtete in der Nachmittagssonne, und pinke Strähnen zierten ihre kurzen schwarzen Haare.

„Kriminalpolizei. LKA Innsbruck“, sagte Karo und hielt ihren Ausweis hoch. „Wir wollen einfach nur mit ihr reden.“

„Ey, wir haben nix verbrochen, also labern Sie uns nicht an“, sagte die junge Frau im Teddyshirt völlig unbeeindruckt von Karos Ausweis.

„Wir wollen nur wissen, ob Sie Alina kennen.“

„Nö. Noch nie von der gehört“, entgegnete sie kaugummikauend.

„Wohnen Sie hier?“, mischte sich Felix jetzt ein.

„Hä? Nee, wir waren nur kurz zu Besuch.“

„Ach, und wo?“, wollte Karo wissen.

„Das geht Sie ja wohl gar nichts an“, sagte die Schwarzhaarige schnippisch.

Karo merkte, wie ihr Blutdruck anstieg.

„Kennen Sie einen Alessandro Russo?“, fragte Felix.

„Nee, auch nicht“, sagte die Frau im Teddyshirt.

„Nö“, antwortete die Schwarzhaarige wieder und sagte zu ihrer Freundin: „Komm, lass` uns abhauen, die können uns gar nichts.“ Sie drehten sich um und gingen kichernd weiter die Straße hinunter. Karo holte tief Luft und wollte sie aufhalten, doch Felix hielt sie zurück.

„Lass sie gehen, das bringt doch nichts.“

„Sollten wir nicht wenigstens ihre Personalien aufnehmen?“

„Meinst du, die haben einen Ausweis dabei? Und die Namen, die sie uns sagen würden, wären eh falsch. Lass uns da nicht unsere Zeit vertun.“

„Jeder ist verpflichtet, sich auszuweisen.“

„Vergiss es. Komm, klingeln wir mal. Vielleicht ist ja jemand zu Hause.“

Karo drückte den Knopf neben dem Namen Russo. Es regte sich nichts. Sie klingelte noch einmal, etwas länger. Es blieb still. Dann drückte sie auf jeden Klingelknopf des Hauses.

„Vielleicht lässt uns ja ein Nachbar rein.“

„Und dann?“, fragte Felix.

„Dann können wir an der Tür hören, ob sich drinnen etwas tut. Vielleicht sind sie ja da und machen nur nicht auf.“

„Was nun?“, sagte Karo enttäuscht, nachdem sie vergeblich eine weitere Minute darauf gewartet hatten, dass jemand die Tür öffnete.

„Sie sind sicher beide arbeiten. Warum fahren wir nicht zu dem Beautysalon? Vielleicht gehören unsere beiden Hübschen ja auch dazu? Bei den Outfits würde mich das nicht wundern.“

„Stimmt auch wieder. Dann lass uns hinfahren.“

20

Luis saß wieder an dem kleinen Tisch in der Nähe der Tür. Luciano Baresi, der Kellner, mit dem Luis am Tag zuvor gesprochen hatte, war, wie sich herausstellte, der Inhaber des Restaurants. Er hatte ihn gebeten, kurz auf ihn zu warten. Die Mittagszeit war zwar schon vorüber, aber die Tische waren zum Teil immer noch besetzt. Routiniert servierte der Italiener leere Teller und Gläser ab und kassierte. Luis wartete und beobachtete die Gäste.

Ein freier Stuhl wurde schwungvoll an ihren Tisch gezogen, und Baresi setzte sich.

„Prego, Commissario, was kann ich heute für Sie tun? Essen möchten Sie ja nichts mehr, oder?“

„Nein, heute nicht. Danke, dass Sie sich die Zeit nehmen“, sagte Luis. „Ist Alessandro Russo heute zur Arbeit erschienen? Ich müsste noch einmal mit ihm sprechen.“

„Nein“, antwortete Baresi kurz angebunden.

Luis blickte ihn erstaunt an.

„Nein?“

„Nein. Er hat gestern nach der Schicht gesagt, dass er heute nicht kommen kann und ein paar Tage Urlaub nehmen möchte.“

„Und Sie haben sich nichts weiter dabei gedacht?“, fragte Luis.

„Warum sollte ich? Wir hatten vorher schon darüber gesprochen, dass er noch Resturlaub von letztem Jahr hat. Nicht viel, nur ein paar Tage.“

Baresi sah die Enttäuschung in seinem Gesicht.

„Commissario, was denn! Sie hätten mir auch was sagen können. Sie wollten nur mit ihm reden. Eh. Das haben Sie getan. Also“, schimpfte er. „Was ist denn überhaupt los? Was soll er verbrochen haben? Ich kann mir nichts Schlimmes vorstellen. Alessandro ist ein guter Junge. Das müssen Sie mir glauben, und ich bin nicht mit ihm verwandt oder so was.“

„Worum es geht, kann ich Ihnen leider nicht sagen. Wir müssen nur noch einmal dringend mit ihm sprechen“, meinte Luis

„Wenn Sie mir nichts sagen, kann ich Ihnen auch nicht helfen.“, sagte Baresi beleidigt.

„Hat Russo Ihnen sonst irgendetwas Besonderes erzählt?“

„Etwas Besonderes? Was meinen Sie damit?“

„Zum Beispiel, wo er hinfahren wollte? Hat er erzählt, dass es ihm nicht gut geht? War er nervös? Oder vielleicht auch besser gelaunt als sonst?“

„Madonna. Was soll er erzählen? Wir sind ja kein, wie sagt man, Tratschcafé. Er kommt arbeiten, geht in die Küche und kümmert sich um die Pizzen. Das macht er sehr gut. Basta.“

„War er irgendwie anders als sonst?“, hakte Luis nach.

„Anders? Nein, ist mir nicht aufgefallen. Aber wir haben immer viel zu tun. Ich muss jetzt auch weitermachen.“

„Kein Problem, Herr Baresi“, meinte Luis, stand auf und legte eine seiner Karten auf den Tisch. „Melden Sie sich bitte, wenn Sie von ihm hören oder er vorbeikommt, ja? Es ist wirklich wichtig.“

Sein Telefon klingelte. Baresi nickte und verschwand hinter der Bar.

„Hallo, Felix. Waren die beiden zu Hause?“, fragte er.

„Na, da war keiner da. Ah, du bist noch bei dem Italiener.“

„Ja, warum?“

„Hört man. Wusstest du, dass sie die Tochter aus einer Bäckerdynastie in Siena ist?“

„Wer?“

„Gianna Nannini. Aus Italien. Die da bei dir singt. Die haben eine uralte Bäckerei, ich war mal dort. Wunderschön, also der Laden. Siena war natürlich auch sehr schön.“
Luis verdrehte die Augen und seufzte.

„Manchmal machst du mich echt fertig, weißt du das?“

„Wie auch immer. Wir sind leider nicht ins Haus gekommen, um zu kontrollieren, ob sie nur nicht aufgemacht haben. Aber zwei hübsche junge Damen sind uns entgegengekommen, die vielleicht zu Alinas Beautysalon gehören. Wir stehen jetzt vor dem Laden in der Reichenauer Straße und gehen gleich rein. Vielleicht ist sie ja hier und arbeitet.“

„Glaub ich nicht. Russo hat offiziell ein paar Tage Urlaub genommen. Geht kurz nachschauen und fragt den Chef, ob er irgendetwas weiß, dann gib bitte die Fahndung nach beiden raus.“

„Nach beiden?“

„Ja, sicher nach beiden.“

„Okay, wird gemacht“, antwortete Felix und wollte gerade auflegen, als er sah, dass Luis noch in der Leitung war.

„Bist du noch da? Ist sonst noch was?“

„Ich würde mir jetzt doch gerne die Wohnung ansehen.“

„Jetzt gleich?“, fragte Felix.

„Ja, jetzt gleich“, sagte Luis, „ich rede mit Anna.“

„Anna Leonhard?“, fragte Felix mit weicher Stimme und strich sich mit einer gekünstelten Bewegung eine imaginäre Haarsträhne zur Seite. Karo kicherte auf dem Beifahrersitz.

„Was ist da bei euch los?“

„Nichts“, grinste Felix.

„Na, dann ist es ja gut. Kommt nach dem Beautyladen in die Wohnung. Ich habe das Gefühl, dass die beiden abgehauen sind.“

21

Nun war er doch nervös geworden. Er hatte auch kein gutes Gefühl mehr bei der Sache. Langsam trank er seine Cola aus und stellte den Becher neben den leeren Burgerkarton auf das Plastiktablett. Er saß schon eine ganze Weile im ersten Stock des Restaurants. Hier oben war nie viel los, die meisten aßen ihr Fast Food im Erdgeschoss. Hier oben hatte man seine Ruhe. Mit ausdruckslosem Blick schaute er aus dem Fenster und dachte nach. Alles war schiefgelaufen. Alles. Es tat ihm wahnsinnig leid. Wie hatte das nur passieren können? Aber er konnte die Zeit nicht zurückdrehen. Was geschehen war, war geschehen. Er musste jetzt zusehen, dass er einigermaßen unbeschadet aus der Sache rauskam. Er hatte überlegt, sich zu melden. Der Polizei alles zu sagen. Doch die Polizei war tabu. Mit der redete man nicht. Weder in Italien noch woanders. Ehrensache. Er schreckte auf, als sein Telefon klingelte.

„Hey. Die Bullen standen bei uns vor der Tür und haben nach uns gefragt."

„Mist. Wer sagt das?"

„Lissy und Nadine. Die haben denen aber gesagt, sie kennen uns nicht."

„Wo bist du jetzt?"

„Bei Nadine, die beiden haben noch Sachen von mir geholt."

„Oh man, spinnst du jetzt total? Und was, wenn sie Nadine verfolgt haben?"

„Haben sie nicht."

„Das kannst du doch nicht wissen!“, flüsterte er aufgebracht ins Telefon. „Cazzo, Alina, warum bist du denn bei denen. Das war nicht abgesprochen!“

„Darum. Ich habe ihnen gesagt, wir hauen heute Abend ab, wenn du die Kohle hast.“

„Bist du denn total irre? Du kannst das doch nicht überall rumerzählen!“

„Jetzt bleib mal locker, das sind meine Freundinnen. Sonst hab ich eh nichts gesagt. Hast du das Geld schon?“

„Nein. Mann, Alina, was soll der ganze Scheiß.“

„Vertrau` mir einfach.“

„Du bist echt so naiv. Freundinnen? Du kennst die doch gar nicht richtig. Ich würde denen nicht ein bisschen über den Weg trauen. Das ist nicht gut … das ist alles gar nicht gut.“

„Jetzt hör auf rumzuheulen. Hol die Kohle, ich warte mit dem Auto wie besprochen bei der Tankstelle hinterm Bahnhof, dann sind wir weg. Bleib locker, Baby. Kiss.“

Sie legte auf.

Er fuhr sich mit beiden Händen über das Gesicht.

Verdammt. Pläne änderte man nicht. Das hatte man ihm schon als Kind beigebracht. Sonst endeten die Geschichten meistens ganz mies. Er dachte kurz darüber nach, einfach alleine mit dem Geld nach Italien zu fahren und abzuhauen. Ohne Alina. Aber er hatte kein Auto. Würden sie die Züge durchsuchen? Mit dem Bus würde es ewig dauern. Sie wäre dann sicher wahnsinnig wütend. Und Pläne ändert man nicht.

Er sah auf sein Telefon. Es war schon nach fünf. Jetzt hatte er die Zeit übersehen.

22

Luis stand mitten im Wohnzimmer der kleinen Zweizimmerwohnung und strich sich über den mittlerweile recht stoppeligen Dreitagebart.

„Die sind echt abgehauen“, hörte er Felix` Stimme aus dem Schlafzimmer.

An der Tür klopfte es. Ein Kollege der Spurensicherung öffnete.

„Anna, was für eine Ehre“, sagte Luis. „Kimm eina.“

„Ich dachte, ich schau mal bei euch vorbei. Wenn du mich schon dazu bringst, in Lichtgeschwindigkeit einen Durchsuchungsbeschluss zu besorgen. Und?“

„Tja, so wie es hier aussieht, sind sie ziemlich überstürzt aufgebrochen. Komm und schau.“

Sie trat zu Luis in den Wohnraum.

„Griaß di, Andi“, grüßte sie Andi Noll, der im weißen Schutzanzug an der Küchenzeile stand und verschiedene Messer begutachtete. „Danke, dass ihr so schnell da sein konntet.“

„Griaß di, Anna. Gut schaust aus. Naa, kein Thema. Also, die Messer hier passen alle nicht, würde ich meinen, aber ich nehme sie zur genaueren Untersuchung mal mit“, Andi rückte seine Brille zurecht. „Der Hausmüll ist entsorgt worden, wurde auch schon abgeholt. Da können wir nichts mehr machen. Leider. Falls sie etwas weggeworfen haben, dann ist es weg.“

Luis zeigte auf den niedrigen Glastisch in der Mitte des Raumes.

„Hier, sieh dir das an."

„Was ist denn das? Ein kaputtes Bild?", fragte Anna und beugte sich über zerrissenes Packpapier, ein Stück vergilbte Pappe und einen zerbrochenen Bilderrahmen. Daneben, an einen Sessel gelehnt, stand ein altes Ölgemälde, das von der Größe her vermutlich einmal in dem zerbrochenen Rahmen gesteckt hatte.

„Das ist das Bild von der Auktion, das Russo für Hannes Kirchmayer ersteigert hat. Oder für sich selber. Besonders schön fand er es offensichtlich nicht."

„Warum haben sie es zerlegt?", fragte Anna.

„Ich habe keine Ahnung. Die Frage ist, warum sie es überhaupt gekauft haben", sagte Luis und sah die Staatsanwältin an. Sie hatte die Hände lässig in die Hosentaschen ihres dunkelblauen Anzugs gesteckt und ging langsam in der Wohnung umher. Ihr dezentes Parfum lag in der Luft. Sie sieht wirklich gut aus, dachte er, sagte aber nichts.

„Wie geht es nun weiter?", fragte sie.

„Die Fahndung ist raus. Wir checken die Flüge soweit möglich, aber ansonsten können sie überall sein. Wenn sie mit Bus, Bahn oder Auto weg sind, wird es fast unmöglich sein, sie hier zu erwischen, falls sie überhaupt noch da sind. Vielleicht finden wir in der Wohnung noch brauchbare Hinweise, wo sie hin sein könnten. Blutige Fingerabdrücke oder verschmutzte Kleidung gibt es jedenfalls nicht. Die Tatwaffe gibt es bisher auch nicht."

„Da können wir wohl nur abwarten."

Ihre blauen Augen fixierten ihn.

„Heute schon was vor?“

„Was meinst du?“

„Am Abend. Gehen wir was trinken?“, fragte sie.

„Ich … hab noch zu tun“, sagte Luis und senkte den Blick auf seine Schuhe. „Ein andermal?“

„Klar“, sagte Anna und lächelte ihn an. „Du meldest dich einfach, wenn du was hast, ja?“

„Mach ich.“

„Ciao. Ciao Andi“, hauchte sie und verließ die Wohnung.

„Is` sie weg?“, fragte Felix und kam mit Karo aus dem Schlafzimmer. Sie grinsten ihn an.

„Habt ihr was gefunden?“, fragte Luis. „Teure Klamotten, Schuhe …“

„Warum wolltest du nicht mit ihr ausgehen?“, fragte Felix.

„Ob ihr was gefunden habt“, fragte Luis genervt.

„Sie ist ja echt hot. Hat sie ihn verzaubert?“ Felix sah fragend rüber zu Andi Noll.

„Sieht so aus“, sagte der und zwinkerte. „Also, wir sind hier auf jeden Fall fertig. Wir packen zusammen und sind dahin.“

23

Auch Herbert Herzog war den ganzen Tag unruhig gewesen. Zur Ablenkung hatte er sich zum Mittagessen Rouladen mit Kartoffeln und Soße sowie eine Flasche Weißwein gegönnt und sich dann schläfrig auf seiner Chaiselongue ausgeruht. Über Mittag hielt er das Geschäft stets geschlossen. Nun ging er im Antiquariat auf und ab. Es war schon halb sechs, und der junge Mann hatte sich immer noch nicht blicken lassen. Nicht, dass er das Bild woanders verkaufen würde.
Er ging zu seinem Sekretär, holte ein kleines Glas hervor, griff nach der fast leeren Flasche Cognac und schenkte sich ein. Er brauchte das Geld, keine Frage. Die Geschäfte liefen in Zeiten des Onlinehandels nicht mehr gut für ihn. Früher war das ganz anders gewesen, der Handel mit Antiquitäten hatte ihm immer gute Umsätze eingebracht. Er war als Gutachter für Tiroler Kunst ein angesehener Fachmann gewesen und hatte viele Anfragen bekommen, viele Bilder, Drucke, alte Bücher und schöne Möbelstücke verkauft. Seufzend ließ er sich auf den Sessel vor seinem Sekretär fallen. Das waren noch Zeiten, dachte er, da war alles so schön unkompliziert. Doch für alte Bücher interessierte sich mittlerweile kein Mensch mehr und der Rest wurde nur noch über das Internet verkauft. Was er sich in seinem Alter ganz sicher nicht mehr antun wollte.
Das kleine Glas war schon wieder leer. Er stand auf und schenkte sich nach. Natürlich hatte er eine bescheidene Reserve für die Zeit der Pension zurückgelegt, aber ein paar

hunderttausend Euro wären jetzt einfach perfekt. Er hörte die Türglöckchen klingeln und drehte sich um. Der junge Mann im Kapuzenpulli betrat das Antiquariat.

„Ich dachte schon, Sie hätten es sich anders überlegt“, sagte er.

„Keine Sorge.“

Alessandro legte wortlos ein schmales Paket auf den großen Tisch in der Mitte des Raumes. Herzog merkte, wie er sich langsam entspannte. Er konzentrierte sich auf das in Packpapier gewickelte Bild, das vor ihm lag. Langsam und feierlich öffnete er die Klebestreifen und faltete das hellbraune Material vorsichtig auseinander. Er atmete aus. Vor ihm lag ein Gemälde, gemalt mit Öltempera auf altem, hartem Karton. Eine schneebedeckte Bergspitze füllte das gesamte Format, unten ging ein kleiner Mensch. In der Ecke war es signiert. A. Walde.

Herzog drehte das Bild um. Die Lettern A. Walde 1932 und der Stempel seines Ateliers waren dort gerade noch zu erkennen, das Material war über die Jahre stark nachgedunkelt. Er war sich sicher, dass dies das verschollene Bild aus seinem Buch war.

„Wo haben Sie das her?“, fragte Herzog ernst, drehte das Bild wieder um und legte es auf das Papier.

Ganz ruhig bleiben, dachte er bei sich. Lass dir bloß nichts anmerken.

„Ich habe es auf einer Zwangsversteigerung gekauft. Ganz legal.“

„Tatsächlich?“, staunte Herzog. „Und wo haben Sie das Bild gekauft? Hier in Innsbruck?“

„Nein. In Kitzbühel, da ist ein alter Hof pleitegegangen.“

„Seltsame Geschichte.“

„Was ist es denn wert?“

„Hm, das kann ich so nicht sagen“, log Herzog. „Dazu muss ich es zunächst genau analysieren. Es ist ja sicher gefälscht. Sie sagen, der Hof ist pleitegegangen. Wenn es viel wert gewesen wäre, hätte der Besitzer es ja verkauft.“

„Er wusste nichts davon.“

„Das verstehe ich nicht. Wenn es echt wäre, hätte es die Konkursfirma ja erkannt. Also, halten Sie mich nicht für einen alten Narren.“

„Es war hinter einem anderen Bild versteckt. Ich denke, der Besitzer wusste gar nicht, dass er das Bild hatte.“
Alessandros dunkle Augen glitzerten.

„Wann sagen Sie mir Bescheid? Wie lange braucht man, um das Bild zu prüfen und zu verkaufen?“

„Haben Sie es denn eilig?“, fragte Herzog nun und hielt dem intensiven Blickkontakt mit seinen alten, blauen Augen stand. Er lallte schon ein bisschen.

„Nein. Quittieren Sie bitte mir den Empfang des Bildes. Hier habe ich meine Kontaktdaten aufgeschrieben.“ Er zog ein gefaltetes Blatt Papier aus der Tasche und reichte es dem Antiquar. „Melden Sie sich bei mir, sobald Sie etwas wissen. Bitte.“

„Natürlich, natürlich“, sagte Herzog und kramte in den Schubladen des Sekretärs nach einem altmodischen Quittungsblock mit Durchschlagpapier. Er beschrieb die erste Seite und setzte seinen Stempel darauf.

„So, hier ist die Quittung. Noch was?"

„Sie wollten mir eine Anzahlung geben."

„Eine Anzahlung?"

Er wollte den Jungen ein bisschen hinhalten, doch als er dessen durchdringenden Blick sah, überlegte er es sich ganz schnell anders.

„Sicher", sagte er und lachte verlegen. „Natürlich, hätte ich fast vergessen. Sind Sie aus Italien?"

„Ja. Warum?"

„Ah ja, dachte ich mir", murmelte Herzog, während er zu einem Schrank im Verkaufsraum ging, eine Schublade aufzog und ein Bündel Geldscheine hervorholte. Na klasse, Mafia, auch das noch, sagte er zu sich. Schön aufpassen, alter Herzog. Jetzt bloß nichts falsch machen.

„Bitte sehr, wie besprochen."

Alessandro blätterte kurz die Scheine durch. Der Betrag schien zu stimmen.

„Soll ich Ihnen das Geld nicht quittieren?", fragte er.

„Warum nicht. Wir schreiben den Betrag einfach mit auf die Quittung, ja?", meinte Herzog nervös und schrieb umständlich Zahlen auf das Papier.

Seltsame Methoden haben die modernen Italiener heutzutage, dachte er.

„So. Passt. Vielen Dank für das Bild, ich werde mich dann bei Ihnen melden, sobald ich etwas darüber sagen kann."

„Gut. Lassen Sie sich nicht zu viel Zeit."

Alessandro gab ihm die Hand, drehte sich um und ging zur Tür. In diesem Moment klingelte wieder die Türglocke. Der große, hagere Mann vom Vortag trat ein, musterte ihn und grinste ihn schief an.

„Herrje. Du schon wieder. Langsam mache ich mir wirklich Sorgen um deinen Umgang, Herzog. Du stehst echt auf junges Gemüse, oder?“

„Richard Dellarosa, lass endlich deine dämlichen Sprüche. Dein Besuch passt mir eigentlich gerade gar nicht ...“

Verwundert sah Alessandro den Besucher kurz an, bevor er rasch ins Freie trat.

Es war kalt geworden und hatte angefangen, leicht zu regnen. Der Himmel hing voller grauer Wolken und es wurde langsam dunkel. Mit gesenktem Kopf ging Alessandro durch die Altstadt. Die Hände hatte er tief in den Hosentaschen vergraben. Er ging zügig, aber nicht zu schnell. Touristen standen ihm im Weg, sodass er nach einigen Metern in die ruhigeren Nebengassen auswich.

Hat ja alles ganz gut geklappt, dachte er. Aber dieser schmierige Typ zum Schluss. Unsympathischer Kerl. Cazzo. Es lief ihm kalt den Rücken runter. Er selbst war zwar auch kein Heiliger, aber den eiskalten Blick dieses Typen würde er so schnell nicht vergessen.

Egal, dachte er, gleich sind wir weg.

Er lief die Maria-Theresien-Straße entlang und bog in eine schmale Gasse zum Landhausplatz ab. Jetzt regnete es schon etwas stärker. Er überquerte über den Platz, kam am Casino vorbei und ging immer weiter durch die engen Straßen, bis er einen kleinen Park mit einem meterhoch abgezäunten

Kinderspielplatz erreichte. Der Spielplatz war verwaist, ebenso wie der abgeriegelte Hundeauslaufplatz daneben.
So sollen meine Kinder sicher nicht aufwachsen, dachte er, hinter einem hohen Zaun spielen, furchtbar.
Die Straße, an der Alina bei der Tankstelle auf ihn warten wollte, lag bereits in Sichtweite.
Nur noch ein paar Meter, dachte er.
Neben ihm raschelte etwas im Gebüsch.

„He. Oida."

Er blieb stehen und drehte sich um.
Plötzlich spürte er einen Schlag auf den Kopf. Schmerz durchfuhr ihn. Seine Knie knickten ein. Er atmete erdige Luft. Roch feuchten Rasen. Ganz langsam drehte er den Kopf zur Seite, der ihm wahnsinnig wehtat. Zwei junge Männer in Kapuzenpullovern und mit Tüchern über Mund und Nase standen über ihm. Das Tuch des einen zierte der Kiefer eines Totenkopfs. Der andere hatte einen kurzen Knüppel in der Hand.

„Wo is` die Kohle!"

„Non capisco, Ich … weiß nicht …", stöhnte Alessandro, als er einen heftigen Tritt in die Seite bekam.

„Die Kohle, Arschloch! Die Moneten! Money! Cash!"

Zusammengerollt lag er auf der feuchten Erde und zitterte. Ein weiterer Tritt traf seinen Körper.
Wer zum Teufel war das denn! Merda! Die gehörten sicher zu Alinas sogenannten `Freundinnen`.

„Zum letzten Mal, gib es uns freiwillig oder wir schlagen dich tot!"

Er bekam einen Tritt in seinen Schritt, der ihn beinahe ohnmächtig werden ließ. Die beiden meinten es ernst. Zitternd hob er die Hand und atmete mehrmals ein und aus, bevor er in die Innentasche seiner Jacke griff und das Bündel Hunderter hervorzog, das der Antiquar ihm gegeben hatte.

„Geht doch!“, sagte der zweite Angreifer und trat ihm noch einmal gegen den Rücken.

24

Luis hatte es sich in seinem Sessel bequem gemacht und die Füße auf den Hocker gelegt. Sein Laptop lag zugeklappt auf seinem Schoß. Eine Flasche Bier stand neben ihm auf dem Fußboden.

Er hatte sich fest vorgenommen, das Buch so lange zu lesen, bis er etwas Interessantes gefunden hatte. Also gab es erst mal keinen Rotwein. Er beobachtete, wie schwere, graue Wolken langsam an der Nordkette entlangzogen. Es hatte wieder angefangen zu regnen. Er war gerade noch rechtzeitig zu Hause angekommen, bevor es richtig angefangen hatte. Dicke Tropfen liefen an den großen Fenstern hinab. Das Hafelekar war nicht zu sehen.

Der Tag war irgendwie an ihm vorbeigerauscht. Er musste an seinen Großvater denken. Ob er auch mal so enden würde? Allein und kauzig in dem alten Haus mit dem Rosengarten? Er würde es vielleicht renovieren, wenn es einmal so weit war. Aber dort ganz alleine zu wohnen. Jetzt hatte er sich wieder nicht bei Julia gemeldet. Aber was sollte er ihr auch sagen? Sie hatte sicher schon jede Menge neue Bekannte. Leute, die besser zu ihr passten als er. Er vermisste sie. Ihr Lächeln, ihre gute Laune. Seufzend trank er einen großen Schluck Bier.

Anna Leonhard kam ihm in den Sinn. Er wollte mit niemandem im Job etwas anfangen. Wenn irgend möglich. Bisher hatte er das ganz gut hinbekommen und sich dumme Sprüche der Kollegen und vermutlich auch viel Ärger erspart. Denn am Ende lief es eh immer nur auf Ärger hinaus. Und Unannehmlichkeiten. Man musste ja weiterhin zusammenarbeiten. Er wusste, dass sich Anna wenige Monate zuvor von ihrem Langzeitfreund, einem Richter, getrennt hatte und nun etwas „anlehnungsbedürftig“ war, wie seine Mutter es ausdrücken würde. Und darauf hatte er einfach keine Lust.

Bei der Hausdurchsuchung hatten sie auch nicht viel gefunden. Eigentlich gar nichts. Auch keine Hinweise auf gestohlene Kleidung, Sportschuhe oder in irgendeiner Weise Wertvolles. Nur das alte, billige Ölbild. Nichts, was sie irgendwie weitergebracht hätte. Vielleicht sollten sie den Vermieter von Russo kontaktieren. Könnte ja sein, dass er eine alte Adresse von ihm in Italien hatte. Luis nahm sein Telefon vom Fußboden und schreib Felix eine Nachricht.

Das Telefon gab einen Ton von sich. Die eingegangene Nachricht war von Stefan.

‚Heute sensationell gutes Reisfleisch. Kommst` vorbei?‘

Er überlegte, ob sich ein Abstecher zum Essen ausgehen würde.

‚Naa, hab noch Arbeit. Leider. Danke‘, antwortete er. Wenn er jetzt ins Grüneck fahren würde, würde er keine einzige Seite mehr lesen. Das war mal klar.

Er stand auf und ging in die Küche. Im Kühlschrank fand er Schinken und Käse und machte sich ein dickes Sandwich. Dann setzte er sich wieder in den Sessel und klappte den Laptop auf.

Warum hatten sie bloß dieses alte Bild gekauft? Und warum musste Hannes Kirchmayer sterben? Er war völlig ratlos.

„Na gut, staubiges Tagebuch“, sagte er laut zu sich selbst, „gib´ dein Geheimnis preis.“
Er öffnete die Datei und begann zu lesen.

25

„Das wird bei dir wohl zur Gewohnheit mit den jungen Männern.“

Der Antiquar hatte das Bild schnell abgedeckt und kam seinem Besucher nun entgegen.

„Richard. Was machst du hier?“, fragte er.

„Na, so überraschend komme ich ja wohl nicht, oder. Wo ist das Bild? Hat er es hergebracht?“

„Was für ein Bild?“, stellte sich Herzog dumm, während der Galerist lässig seine Zigarillos aus der Tasche zog.

„Herbert, verkauf mich nicht für blöd. Du hast mir gestern erzählt, dass er das angebliche Walde-Bild bringt“, sagte er scharf.

„Ach, habe ich das?“

„Ja. Jetzt zeig` schon her. Wenn du so ein Theater machst, ist es echt“, sagte er und zündete sich einen Zigarillo an.

„Richard, entspann dich doch. Lass uns erst mal was trinken.“

„Meinetwegen.“

Herzog verschwand in der kleinen Küche.

„Na, der fehlt mir gerade noch. Hätte ich bloß nichts gesagt. Herzog, du altes Plappermaul“, murmelte er vor sich hin und kehre mit zwei Weingläsern und einer Flasche Rotwein wieder in den Verkaufsraum zurück. Dellarosa stand schon vor dem Tisch. Das Bild lag aufgedeckt vor ihm. Herzog stellte die Gläser ab und schenkte beiden ein.

Dellarosa schaute hoch. Er war ganz in das Bild vertieft

gewesen. Der Zigarillo glimmte in dem Aschenbecher, der noch vom Vortag da stand, vor sich hin.

„So, Wohlsein. Auf die Kunst."

„Herzlichen Glückwunsch. Ich sehe schon die Schlagzeilen: Sensation! Verschollenes Walde-Bild wieder aufgetaucht. Wo hat der Knabe es her? Cheers."

„Von einer Zwangsversteigerung in Kitzbühel, irgendein alter Hof."

„Was? Hat denn da keiner den Wert des Bildes erkannt? Das gibt es ja nicht."

„Es war wohl jahrelang hinter einem anderen Bild versteckt. Zwei Bilder in einem Rahmen."

Dellarosa schaute ihn ernst an.

„Ist das zu fassen. Und keiner hat es gemerkt?"

„Wie es aussieht nicht, sonst wäre der Hof ja wohl nicht pleitegegangen."

„Aber warum war das Bild versteckt?"

„Da fragst du genau den Richtigen, keine Ahnung."

Das Festnetztelefon klingelte.

„Entschuldige", sagte Herzog, ging zum Sekretär und griff zum Hörer.

„Herzog? Ja, sicher führen wir alte Poster … Ja, morgen haben wir normal geöffnet … Gut. Wiederhören", sagte er und legte auf. „Wo waren wir stehengeblieben?"

„Wir wollten noch einmal anstoßen", sagte Dellarosa mit einem entspannten Lächeln und zog an seinem Zigarillo.

„Der Tag heute war wirklich aufregend", meinte Herzog lächelnd, „da kommt man sich wieder vor wie ein junger

Bursch. Wohlsein."
Er leerte das Glas mit einem großen Schluck und verzog das Gesicht.

„Seltsam, hat der Kork?", fragte Herzog.

„Hm, find ich nicht. Wem hast du sonst noch davon erzählt?"

„Niemandem. Noch niemandem. Ich wollte erst mal schauen, was der Junge bringt. Nicht, dass man sich lächerlich macht, das wäre ja peinlich. Schmeckt irgendwie eigen, der Wein. Findest du nicht?"

„Hat der Junge sonst noch jemandem davon erzählt?"

„Du fragst Sachen, keine Ahnung. Aber er hat irgendwie einen nervösen Eindruck gemacht. Wollte so schnell wie möglich verkaufen."

„Hm, interessant."

„Findest du? Na ja. Das Bild ist wirklich sensationell." Er nahm es in beide Hände und hielt es vor sich. „Hach, am liebsten würde ich es ja behalten. Wie viel ist es wert? Was meinst du?"

„Genug, würde ich sagen."

„Genug? Wofür? Ich glaub, ich muss mich kurz setzen." Er legte das Bild auf den Tisch und ging mit wackeligen Schritten zur Chaiselongue.

„Was ist?", fragte Dellarosa und sah ihn von der Seite an.

„Irgendwie werd` ich so müde. War wohl doch alles a bissl zu aufregend."

„Vielleicht solltest du endlich mit der Sauferei aufhören", sagte Richard schmallippig und grinste.

„Da könntest du recht haben. Aber du weißt ja, wie`s immer

ist“, erwiderte er leise und setzte sich hin.

„Geht`s dir nicht gut?“, fragte Dellarosa, der nun zu ihm an das Sofa trat.

Herzog konnte die Stimme hören, aber sie klang seltsam weit weg. Seine Arme und Beine wurden immer schwerer.

Was ist denn jetzt los, dachte er, da stimmt aber etwas gar nicht mit mir, du liebe Güte.

„Mich … kurz … hinlegen …“, murmelte er und streckte die Beine aus.

Dellarosa stand jetzt über ihm. Herzog sah verschwommen das Gesicht des hageren Mannes und registrierte noch, wie sich sein Besucher Gummihandschuhe überstreifte.

TAG 4

„Schönen guten Morgen“, sagte Luis förmlich, als mit einem Becher Kaffee in der Hand in das Teambüro trat. „Neues von der Fahndung?“

„Griaß di. Na, bisher noch nichts“, sagte Karo, die auf ihrer Tastatur herumtippte, ohne aufzusehen.

„Und, schieß los“, sagte Felix.

„Was meinst du?“, fragte Luis.

„Du hast das Buch gelesen. Und was gefunden.“

Luis setzte sich auf eine Tischkante, stellte den Becher ab und verschränkte die Arme vor der Brust.

„Meinst du?“

„Deine Augen haben so ein Glitzern.“

Karo sah von ihrem Computer auf.

„Du hast wirklich das Motiv gefunden?“

Luis schwieg.

„Mann, nun sag schon! Du platzt ja schon fast. Oder etwa nicht?“, drängelte Felix.

Luis strich sich über die täglich länger werdenden Bartstoppeln. Er musste sich dringend mal wieder rasieren.

„Du platzt wohl eher vor Neugier, wenn ich es nicht erzähle, würde ich sagen. Also gut. Ich habe das Buch gelesen, wenn auch größtenteils quer, es war streckenweise etwas mühsam. Hier der wichtigste Teil der Geschichte zusammengefasst …“

„Und wir haben kein Popcorn“, unterbrach Felix ihn, lehnte sich zurück und legte die Füße auf eine aufgezogene Schublade seines Schreibtisches.

„Jetzt lass ihn doch mal ausreden“, sagte Karo gespannt.

„Die Geschichte ist tatsächlich abstrus“, fuhr Luis fort. „Also: Eines Abends oder besser eines Nachts war Rudolf Pircher, der damalige Besitzer des Hofs in Kitzbühel, unser Tagebuchschreiber, im Wirtshaus Karten spielen. Er hatte eine Strähne, sein Kumpel Franz Arnold nicht. Der arme Mann hat den ganzen Abend verloren. Er hatte aber kein Geld dabei, um seine Spielschulden zu bezahlen. Pircher folgt Arnold in dessen Haus und besteht auf die sofortige Auszahlung der Spielschulden. Beide hatten wohl `nen ziemlichen Fetzen, um es mal so auszudrücken.“

Luis nahm einen Schluck Kaffee. Dann fuhr er fort.

„Arnold hatte aber gar kein Geld im Haus. Es gab Streit, man wurde handgreiflich. Arnold ist laut Tagebuch gestürzt und hat sich den Kopf angeschlagen. Pircher dachte, es wäre nicht so schlimm und ist abgehauen. Wie gesagt, war er wohl ziemlich betrunken. Als Ersatz für das ihm zustehende Geld hat er ein Bild mitgenommen, das dort herumstand. Arnold hatte das Bild wohl als Bezahlung für seine Arbeit als Handwerker bekommen. Und jetzt kommt`s: Bei dem Bild handelt es sich um ein Ölgemälde von Alfons Walde.“

Luis ließ die Information auf sein Team wirken und trank noch einen Schluck Kaffee.

„Walde? Der Kitzbüheler Maler? Der mit den Skifahrern?“, fragte Felix.

„Ja, genau der. Die Geschichte geht aber noch weiter. Arnold hatte wohl, bevor sie anfingen zu streiten, Kerzen angezündet oder Lampen angemacht, jedenfalls hat in der Stube irgendetwas Feuer gefangen, nachdem Pircher gegangen war. Das ganze Haus ist komplett abgebrannt. Mitsamt dem Besitzer Franz Arnold, der entweder schon tot war oder bewusstlos dort am Boden lag und nicht mehr aus dem Haus gekommen ist. Der Brand war am nächsten Tag Stadtgespräch, genau wie das Arnolds Ableben. Pircher war völlig fertig. Logischerweise hat er niemandem erzählt, dass er in der Nacht bei Arnold gewesen und vielleicht noch Schuld an allem war. Zudem war er sich nicht sicher, ob er Arnold schon vorher getötet hatte. Er gab sich in jedem Fall die Schuld an dem Unglück. Das Bild, das er nachts achtlos in seiner Scheune abgestellt hatte, versteckte er gleich am nächsten Tag, weil es ja möglicherweise ein Beweis für seine Anwesenheit in Arnolds Haus gewesen wäre. Er klebte es einfach hinter ein anderes Bild, das in seinem Wohnzimmer hing und hängte es wieder an die Wand."

„Das kitschige Bild mit der Wiese und dem Baum vor Bergen? Ich werd` verrückt, das ist das Bild von der Auktion!", rief Karo. „Davon hatte Hannes Kirchmayer ein Foto auf seinem Telefon!"

„Richtig", sagte Luis.

„Die Geschichte ist wirklich unglaublich. Was ist wohl ein Walde heute wert?", fragte Felix.

„Einiges, glaube ich. Da haben wir wirklich ein Motiv!"

„Was ist dann mit dem Pircher passiert?", fragte Karo.

„Das Tagebuch endet mit dem Beginn des Zweiten Weltkriegs, zu dem er vermutlich eingezogen wurde. Und seitdem lag es wohl irgendwo herum, und niemand hat sich die Mühe gemacht, es zu lesen."

„Unser Freund Hannes schon", meinte Felix, „aber woher sollte er wissen, dass das mit dem Bild da drin steht?"

„Vielleicht hat er das Buch einfach aus Neugier mitgenommen. Oder vielleicht hat er auch ein paar Seiten gelesen und zufällig die richtigen Stellen erwischt. Werden wir nicht mehr herausfinden."

„Also, Kirchmayer konnte das Bild jedenfalls nicht selbst kaufen, da er ja für die Abwicklungsfirma gearbeitet hat", fasste Karo zusammen. „Und wenn er etwas gesagt hätte, wäre die ganze Insolvenz überhaupt geplatzt. Also schickt er seinen Freund, der das Bild offiziell kauft und abholt, aber keine Ahnung hat? Vielleicht wollten sie ja auch teilen. Aber dann ist irgendetwas schiefgelaufen."

„Ich kümmere mich bei der Staatsanwältin um den Haftbefehl. Fall gelöst nach 72 Stunden, das ist nicht so schlecht." Luis warf den Plastikbecher mit Schwung in Richtung Papierkorb, traf aber dieses Mal nicht. Der Becher fiel auf den Boden und spritzte Reste von Kaffee an die weiße Wand.

„Mist", sagte er, stand auf und entsorgte ihn. „Ich bin in meinem Büro."

„Luis?"

Er drehte sich um.

„Ich …, ich weiß ja nicht. Aber Russo hat gar nicht den Eindruck eines Mörders gemacht", sagte Karo.

„Was für einen Eindruck macht denn ein Mörder normalerweise auf dich?", fragte er. „Findet die beiden

einfach und bringt sie her, dann soll er uns selbst erzählen, was passiert ist. Sie können sich ja nicht in Luft auflösen."
Er hatte schon die Hand auf der Klinke seiner Bürotür, da klingelte es in seiner Sakkotasche.

„Hallo, Anna. Ich wollte dich gerade anrufen. Wir haben jetzt das Tatmotiv und brauchen einen Haftbefehl für Alessandro Russo."

„Habt ihr Beweise gefunden?"

Luis schwieg.

„Was ist?", fragte sie.

Er ging langsam auf dem Flur auf und ab und erklärte ihr die ganze Geschichte.

„Luis, ganz ehrlich, du hast ein altes, kaputtes Bild, das Russo rechtmäßig erworben hat und sonst gar nichts? Hast du ein Foto von dem Walde-Bild?"

„Nein."

„Irgendwelche Blutspuren? Die Tatwaffe? Fingerabdrücke? DNA?"

„Nein. Nein, aber den dringenden Tatverdacht. Und das alte Tagebuch. Ich denke, Russo und seine Freundin sind auf dem Weg nach Italien, er ist schließlich von dort."

„Luis, das ist zu wenig. Und das weißt du ganz genau."

„Ja, aber die beiden wissen, was passiert ist."

Anna schwieg.

„Anna, bitte."

„Sieh zu, dass sie gefunden werden. Dann sehen wir weiter."

Die Leitung war unterbrochen.

Verdammt. Sie hatte recht. Aber er war fest davon überzeugt, dass auch er recht hatte, und die beiden dringend tatverdächtig waren. Sie mussten sie unbedingt finden.

Als er sein Büro betrat, sah er, wie sich Steiner die Jacke überzog.

„Gehst` schon wieder, oder?“, brummte er missmutig. Seine Euphorie war nach dem Gespräch mit Anna schlagartig verflogen.

„Griaß di. Stell dir vor, wir haben noch a Leich“, sagte Steiner. „A leblose Person wurde gemeldet, Tötung oder Altersschwäche, man weiß es noch nicht.“

„Was? Wo denn?“

„In der Altstadt, Antiquitätenhändler oder so was. Was schaust du so?“

Luis ließ sich auf seinen Stuhl fallen.

„Ich habe endlich das Motiv und einen Hauptverdächtigen. Aber der ist abgehauen. Und es gibt keine Beweise.“

„Oha. Wer soll das jetzt plötzlich sein?“

„Der Haberer. Und dessen Freundin. Die beiden sind sicher auf dem Weg nach Italien, wenn sie nicht schon längst dort sind.“

„Jo, die finden sich schon wieder ein. Internationale Fahndung?“

„Ist raus.“

„Wird schon. Pfiati.“

Luis sah gedankenverloren aus dem Fenster. Der Morgen gab sich heute wolkenlos. Frisch, aber trocken und sonnig. Er griff zum Telefon und wählte die Nummer der Spurensicherung.

„Andi. Könnt ihr noch mal in die Wohnung am Pradler

Platz gehen und sehen, ob ihr was übersehen habt?“

„Hallo Luis. Theoretisch kein Problem, aber ich würde meinen, wir haben nichts übersehen. War nicht hilfreich, dass der Müll schon weg war, aber den können wir nicht zurückzaubern. Wer weiß, wo die Tatwaffe liegt, die kann sonst wo sein, wir können nicht alle Mistkübel der Stadt durchsuchen.“

„Gut. Vielleicht gehe ich selbst nochmal hin.“

„Mach das. Ich bin jetzt bei dem neuen Fall in der Altstadt. Falls du was finden solltest, schick ich dir jemanden.“

„Danke, Andi.“

Luis lehnte sich auf seinem Stuhl zurück und schloss die Augen.

Wieder klingelte es.

„Gitta.“

„Was ist los?“

Sie erkannte die schlechte Laune ihres Sohnes schon nach einem Wort.

„Ich habe keine Beweise.“

„Du warst bei deinem Großvater, habe ich gehört.“

„Ja.“

„Und?“

„Wir gehen zum Geburtstag essen. Suchst du ein nettes Wirtshaus aus? Ich habe dazu gerade überhaupt keinen Kopf.“

„Na gut. Wie findest du das in Lans?“

„Passt.“

„Hast du schon mit Onkel Ludwig gesprochen?“

„Nein.“

„Luis, wenn du schlecht gelaunt bist, bist du wirklich ungenießbar.“

„Es tut mir leid. Momentan ist es wirklich kein guter Zeitpunkt.“

„Möchtest du Mittagessen gehen?“

„Nein.“

„Gut“, sagte sie, „ich lass dich jetzt in Ruhe. Viel Erfolg dann.“

„Danke.“

Er warf das Telefon auf seinen Schreibtisch und drehte den Stuhl zurück zu den Bergen.

Die beiden sind auf der Flucht. Sie müssen das Bild verkaufen. Wo würde ich so ein Bild verkaufen? Vielleicht bei einem großen Auktionshaus? Aber ich werde gesucht und möchte nicht groß auffallen. Wo würde ich dann so ein Bild verkaufen? Es ist an sich ja kein Diebesgut, also sauber. Ich komme aus Italien und kenne mich in Österreich nicht gut aus. Wem kann ich vertrauen? Einer Galerie? Vielleicht. Einem Freund? Nein, dann wäre wieder jemand zusätzlich im Spiel. Würde ich das Bild in Italien gut loswerden? Wohl nicht, der Maler ist eher in Österreich bekannt. Würde ich das Bild auf die Flucht mitnehmen? Hm.

Er drehte den Stuhl zurück und griff nach dem Mobiltelefon.

„Hast du es dir mit dem Mittagessen überlegt?“

„Nein. Sag mal, wie heißt der Galerist, wo du immer zu den Ausstellungen gehst.“

„Du meinst Burkhardt?“

„Der in der Innenstadt.“

„Ja, Burkhardt und Hannelore Wolf von der Galerie Wolf. Warum?“

„Könnten die ein Walde-Bild verkaufen?“

„Sicher, die verkaufen alles, was mit Kunst zu tun hat. Hast du etwa eins? Wo hast du das denn plötzlich her, das ist viel wert.“ Sie schien plötzlich ganz aufgeregt. „Kann ich es sehen?“

„Nein.“

„Ich würde so was aber über die großen Auktionshäuser in Wien machen, da bekommt man sicher mehr als hier“, sagte sie ganz fachmännisch.

„Ok. Danke. Bis später.“

27

Luis ließ die Tür des Dienstwagens, mit dem er die letzten Tage schon unterwegs gewesen war, mit Schwung zufallen. Er parkte direkt vor der Galerie Wolf. Diesmal war er allein unterwegs. Manchmal brauchte er einfach seine Ruhe. Er hatte im Internet die Öffnungszeiten der Galerie nachgesehen und war einfach losgefahren. Nun betrat er den modernen Bau mit großen Glasfenstern durch eine gläserne Tür. Zwei hell beleuchtete Ausstellungsräume taten sich auf.

An den Wänden hingen Bilder in großem Format. Luis schätzte sie auf zwei Meter mal zweifünfzig. Im vorderen Raum leuchteten ihn bunte Farben an, im hinteren hingen graue und schwarze Töne. In der Mitte jeden Raumes stand eine Art große Skulptur. Im vorderen Raum eine grau-schwarze, im hinteren eine knallbunte. Er beschloss, sich zuerst die Bilder anzusehen, vielleicht entspannte ihn das ein wenig. Mit einigem Abstand trat er vor das erste Gemälde. Der Untergrund war weiß, mehrere Farben waren mit einem Spachtel aufgetragen worden. Darüber dann dicke Pinselstriche mit viel Farbe in knalligem Rot, Pink, Gelb und Orange. Auf dem Bild daneben wurde ähnlich gearbeitet, jedoch mit anderen Farben. Mittelblau, Hellblau, Apfelgrün, Türkis und ein paar Striche in kräftigem Orange.

Er dachte an Julia und zog sein Telefon hervor.

„Hey."

„Hey. Wie geht`s?"

Er hörte ihre Stimme und vermisste sie plötzlich wahnsinnig.

„Ganz gut. Ist was passiert?“, fragte sie besorgt.

„Nein, warum?“

„Ach, na ja, es ist Freitagvormittag. Musst du nicht arbeiten?“

„Doch. Aber ich habe gerade an dich gedacht. Eigentlich wollte ich mich gestern Abend schon melden, aber weißt eh. Habe gerade einen schwierigen Fall. Wie ist es bei dir so?“

„Sehr gut, der Job ist genau das, was ich mir immer gewünscht habe. Es ist alles so toll hier, sehr spannend. Und ich habe eine kleine hübsche Dachwohnung gefunden“, sagte sie.

„Das freut mich für dich. Ich wollte nur kurz deine Stimme hören“, sagte er und schwieg.

„Hör zu, Luis, ich muss jetzt weitermachen“, sagte Julia leise. „Magst du nicht mal übers Wochenende herkommen? Dann zeig ich dir London.“

„Wenn der Fall vorbei ist, ja?“

„Ja, gut. Mach`s gut.“

„Du auch … Ciao.“

„Ciao.“

Die Leitung war unterbrochen. Luis hielt das Telefon noch eine Weile in der Hand und schaute gedankenverloren auf das blaue Bild.

„Kann ich Ihnen helfen oder möchten Sie nur schauen?“, fragte plötzlich eine freundliche Stimme hinter ihm.

Er drehte sich um und sah eine Frau Anfang sechzig in einer orange-blau-karierten Hose und einer hellblauen Seidenbluse vor sich stehen. Sie trug ihre grauen Haare kurz geschnitten,

die Ohren zierten große goldene Ohrstecker mit hellblauen, großen Steinen.
Auch ein Kunstwerk, dachte Luis und lächelte sie an.

„Luis Landauer."

„Ha ja, der Sohn von der Gitti!", sagte die Dame jetzt und legte ihm die Hand auf den Arm. „Natürlich. So eine Überraschung. Griaß di, Luis. Ich bin die Hanne."

„Griaß di."

„Interessieren dich die Bilder?", fragte sie. „Sind von einer jungen, norwegischen Künstlerin. Sehr talentiert und sympathisch."
Die Tür öffnete sich und zwei junge Frauen kamen in die Galerie.

„Moment, bitte", meinte Hannelore, ging auf sie zu, sprach kurz mit ihnen und kam wieder zurück.

„Die schauen nur."

„Die Bilder sind schon interessant, aber eigentlich bin ich wegen einer anderen Sache hier. Können wir irgendwo in Ruhe sprechen?"

„Ja, natürlich, ich verstehe. Du bist beruflich hier." Sie zwinkerte ihm zu.

„Gehen wir zu Burkhardt ins Büro."
Sie lotste ihn in den hinteren Bereich der Galerie und öffnete eine Schiebetür. Die Wände des Raumes waren deckenhoch mit Bücherregalen bestückt, die vierte Wand war die Fensterfront mit Blick in den Innenhof. Zwei Männer saßen im Büro und rauchten. Sie mussten schon eine ganze Weile dort gesessen haben, denn die Luft war völlig von

Zigarettenrauch eingenebelt. Der ältere der beiden saß hinter einem Schreibtisch, der andere direkt davor.

„Schau, Gittis Bua is da! Ma, hier ist wieder eine Luft …“, sagte Hannelore und ging direkt wieder zurück in den Ausstellungsraum.

Luis ging auf die Männer zu und gab beiden die Hand.

„Luis Landauer.“

„Hallo Luis, ich bin Burkhardt Wolf. Das ist Ernst Prader. Er hat das Rahmenstudio in der Citypassage. Kennst du sicher.“

„Hallo, Griaß di“, sagte Prader und erhob sich kurz, während er Luis die Hand schüttelte.

„Setz dich doch.“ Burkhardt wies auf einen zweiten Stuhl vor seinem Schreibtisch. „Was können wir für dich tun? Magst´ an Kaffee?“

„Nein, vielen Dank. Ich bin beruflich hier und wollte mich einfach kurz umhören“, meinte Luis.

„Du bist bei der Polizei, oder?“, fragte Burkhardt.

„Genau. Beim LKA. Wir haben da einen aktuellen Fall, zu dem ich ein paar Hintergrundinformationen bräuchte. Ich kenne mich in dem Bereich überhaupt nicht aus. Vielleicht könnt ihr mir da ein wenig aushelfen.“

„Sicher, gerne. Wie geht`s deiner Mutter?“

„Danke, sehr gut. Sie hat irgendwie immer was zu tun, ist nie dahoam und hat nie Zeit. Wie es sich für Pensionisten gehört.“

„Tja, wir arbeiten auch weiter. Sonst wird man ja oid und zach“, meinte Prader lachend.

„Ja, des Alter is koa Hetz. Aber sag, was willst du wissen? Worum geht`s?“, fragte Wolf.

„Ich würde gerne wissen, wie man hier in Innsbruck oder Tirol alte Ölbilder verkaufen kann.“

„Diebesgut meinst du? Da habt ihr eh eine gut aufgestellte Abteilung bei euch. Wir arbeiten alle zusammen, also alle renommierten und seriösen Galeristen, Gutachter …“

„ Eher generell. Wenn ich, sagen wir mal, ein Bild geerbt oder legal erworben habe und es verkaufen will, aber selbst keine Ahnung von der ganzen Materie habe. Wo geh ich dann hin?“

„Tja, kommt ganz auf das Bild drauf an“, sagte Wolf und zündete sich noch eine Zigarette an. „Wenn es eine kitschige Berglandschaft von einem anonymen Künstler ist, kannst du zu irgendeinem Antiquariat gehen. Wenn du Glück hast, bekommst du dort dafür ein paar Euro.“

„Und wenn es ein bekannter Künstler gemalt hat?“

„Das ist immer so eine Sache. Kommt darauf an, wie bekannt der Künstler ist. Da müsste dann schon ein richtiger Gutachter herangezogen werden. Fälschungen sind ja leider mittlerweile überall an der Tagesordnung. Die Chance, dass man ein wertvolles Bild einfach so geschenkt bekommt, geht gegen null. Die vererbten Bilder sind ja meistens längere Zeit in Familienbesitz und heutzutage alle perfekt katalogisiert, da weiß man genau, um welche Werte es geht. Interessanterweise erweisen sich auch einige als ‚echt‘ begutachtete Bilder nach einigen Jahren als Fälschungen, da die Prüftechnik jedes Jahr ausgereifter wird. Es geht da ja auch immer um viel Geld“,

erklärte Burkhardt.
Er hatte sich in seinem Ledersessel zurückgelehnt.

„Man kann theoretisch bei jeder Galerie um Rat fragen oder im Internet einen Gutachter heraussuchen. Hier in der Gegend gibt es nicht so viele. Man kann natürlich mit dem Bild nach Wien fahren und da zu Auktionshäusern gehen. Aber in einer Galerie würdest du es schneller und besser verkaufen. Du hast da etwas Bestimmtes im Sinn, oder?“, fragte er.

„Ich kann euch leider nur grob sagen, worum es geht.“

„Keine Sorge, wie gesagt, arbeiten wir öfters mit der Polizei zusammen und sind hundertprozentig vertrauenswürdig.“

„Auf jeden Fall“, bestätigte Prader. „Wir sind sehr diskret.“

„Wer ist hier bitte diskret?“ Hannelore war wieder in das Büro getreten, nachdem sie die Besucherinnen verabschiedet hatte.

„Wir.“ Burkhardt sah seine Frau streng an.

„Ja, natürlich. Keine Sorge, Luis, hier geht es oft um sehr viel Geld, kannst du dir sicher vorstellen. Wenn du wüsstest, wer unsere Kunden sind …“

„Hanne, bitte.“

„Hier drinnen ist eine Luft, nicht auszuhalten. Also, worum geht es denn?“ Sie ging zu einem der Fenster und öffnete es.

„So, viel besser“, sagte sie.
Luis überlegte kurz, wie er die Geschichte am günstigsten zusammenfassen konnte, ohne direkt etwas zu dem Fall zu sagen.

„Sagen wir, ein Bild von Alfons Walde wäre aufgetaucht. Es war jahrelang versteckt. Jemand, der keine Ahnung von

Kunst hat, hat es aber zufällig rechtmäßig erworben. Er wird leider wegen einer anderen Sache von der Polizei gesucht und möchte das Bild so schnell wie möglich zu Geld machen. Die Frage ist nun, wer ihm dieses Bild hier unkompliziert abkauft."

„Pffft", sagte Prader, „natürlich, wieder mal ein Walde-Bild."

„Luis, du musst wissen", unterbrach ihn Burkhardt, „dass Alfons Walde in seiner Hoch-Zeit selbst recht viel Kunst produziert hat, es aber sogar damals schon Fälschungen gab. Seine Bilder und Drucke waren und sind sehr, sehr beliebt. Immer ein heikles Thema. Und du meinst, es wäre nie auf dem Markt gewesen? Hm. Das wäre natürlich eine kleine Sensation bei uns in der Region. Also natürlich ist es kein Picasso oder van Gogh, aber immerhin."
Er stand auf, ging zu einem Kühlschrank in der Ecke, nahm eine große Flasche Wasser heraus, stellte sie mit ein paar Gläsern auf den Schreibtisch und begann, langsam die Gläser zu füllen.

„Ich werde mich gerne umhören, muss dir aber sagen, dass wir bisher von so einem Bild noch nichts erfahren haben. Wir sind tatsächlich sehr diskret, untereinander sprechen wir Kollegen aber natürlich manchmal über besondere Bilder oder Kunstwerke. Wenn einem der ‚seriösen' Kollegen solch ein Bild angeboten worden wäre, dann wüssten wir es sicher. Gerade da es legal erworben wurde, wie du gesagt hast."

„Stimmt", meinte Prader. „Mir hat bisher auch noch niemand etwas erzählt."

„Was bedeutet dann ‚unseriöse Kollegen‘?“, fragte Luis und nahm einen großen Schluck Wasser.
Burkhardt seufzte und setzte sich wieder.

„Auch so ein schwieriges Thema. Da könntest du wirklich bei deinen Kollegen vom Diebstahl mal vorbeischauen. Die haben die, sagen wir mal, die Kollegen, die etwas vom Weg abgekommen sind, auf dem Schirm. Die verkaufen neben den normalen Sachen auch Diebesgut und nehmen es mit den Expertisen und Abläufen nicht so genau wie wir. Ich denke, da können dir deine Kollegen sehr genaue Informationen geben, wir hören da nur ab und zu mal Gerüchte.“

„Gibt es von diesen schwarzen Schafen viele in Tirol?“, fragte er.

„Schwarze Schafe? Schwer zu sagen. Nicht sehr viele, würde ich meinen. So groß ist der Markt hier nicht, viele gestohlene Dinge gehen auch gleich ins Ausland, da sie hier jeder wiedererkennt. Es gibt von euch ja die Diebesgut-Listen im Internet.“

„Ja, klar, ich weiß.“ Luis zog drei seiner Karten aus der Sakkotasche und legte sie auf den Tisch. „Meldet ihr euch bitte, falls ihr etwas in die Richtung hört? Auch wenn es unwichtig scheint oder nur ein Gerücht ist“, sagte er und in Richtung Hannelore lächelnd, “bitte bei mir direkt melden, nicht bei meiner Mutter, ja?“

„Was du wieder denkst. Natürlich sagen wir Gitti nichts. Geschäft ist Geschäft.“

28

Als er wieder vor seiner Bürotür stand, hörte er drinnen das Telefon klingeln. Bis er am Apparat angekommen war, hatte der Anrufer schon aufgelegt. Unterdrückte Nummer. Dann klingelte sein Telefon. Steiner war dran.

„Hast du grad auf dem Festnetz angerufen?“

„Naa, warum? Hör zu, magst` kurz zu meinem Tatort kommen? Ich habe da eine Überraschung für dich.“

„Wo ist das genau?“

„Der Antiquitätenladen im Durchgang am Burggraben. Da bei den Eisdielen. Kennst du den?“

„Denke schon. Bin unterwegs.“

Bevor er sich auf den Weg machte, schaute er noch im Teambüro vorbei.

„Hi, Luis“, begrüßte ihn Felix. „Noch nichts von der Fahndung oder der anonymen Telefonnummer. Karo hat aber noch einmal mit der Nachbarin gesprochen und rausgefunden, dass Alina ab und zu mit einem Auto herumgefahren ist.“

„Ach, ehrlich? Haben wir da ein Kennzeichen?“

„Nein, leider noch nicht. Es ist ein alter Toyota, Farbe Blaumetallic, die Nachbarin war sich aber sicher, dass es sich um ein ausländisches Kennzeichen gehandelt hat. Slowenisch oder ungarisch. Etwas in der Art.“

„Können wir irgendwo Videoaufzeichnungen nach dem Wagen durchsuchen? Wir brauchen das Kennzeichen!“

„Was denkst du, worum ich mich gerade kümmere. Ich bin dran, dauert halt“, meinte Felix ruhig. „Und wo warst du?“

„Ich habe mich mit zwei Galeristen unterhalten. Auf dem seriösen Markt in Tirol ist das Bild noch nicht aufgetaucht. Magst du dich bitte mal in deiner alten Abteilung nach Hehlern und unseriösen Verkäufern von Kunst umhören? Vielleicht ist Russo zu einem von denen gegangen. Kennst dich da ja aus, oder?"

„Stimmt eigentlich, ich geh gleich mal runter. Viele unseriöse Typen gab es da eigentlich nicht, aber vielleicht hat sich das ja geändert."

„Ich bin dann auch wieder weg", sagte Luis. „Steiner hat mich gebeten, zu dem neuen Tatort zu kommen. Er hat in dem Antiquariat etwas gefunden, was er mir zeigen will."

„Was für ein neuer Tatort? Und was für ein Antiquariat?", fragte Karo.

„Leblose Person in einem alten Laden in der Altstadt. Der Inhaber ist heute Morgen tot aufgefunden worden", antwortete Luis.

„Ein Antiquariat? Vielleicht hängt das alles zusammen? Darf ich mitkommen?"

Einen Moment später stand sie mit ihrer Jacke in der Hand neben ihm. Er wollte eigentlich mit dem Rad fahren, aber da er den Autoschlüssel noch in der Tasche hatte, nickte er ihr widerwillig zu.

„Vielleicht war Russo ja mit dem Bild dort", sagte Karo. „Wie heißt der Laden denn?"

„Weiß ich nicht", antwortete Luis kurz angebunden und fuhr am Universitätsgebäude vorbei.

„Adresse?“

„Altstadt. Burggraben im Durchgang zur Riesengasse.“
Sie hatte ihr Smartphone schon aus ihrer Tasche gezogen und tippte eifrig darauf herum.

„Antiquariat Herzog. Antiquitäten, Bücher, Gutachten“, las sie laut vor. „Das war ein Gutachter. Mann, da ist Russo vielleicht wirklich gewesen. Aber warum ist der Inhaber jetzt tot?“

Luis antwortete nicht.

An der Hofburg angekommen, bog er langsam in die Fußgängerzone ein. Eine große Touristengruppe schlenderte gemächlich vor ihnen durch den Torbogen, sodass er stehen bleiben musste. Er kramte mit einer Hand ein Blaulicht unter dem Sitz hervor, ließ die Scheibe herunter, stellte es auf das Autodach und schaltete kurz die Sirene ein. Als der Weg endlich frei war, ließ Luis den Wagen langsam auf den kleinen Platz vor der Altstadt rollen und parkte neben den anderen Einsatzwagen, die dort schon standen. Wortlos stieg er aus und ging auf ein kleines Geschäft in einem Durchgang zur Altstadt zu. Karo folgte ihm. Ein Beamter stand vor der Ladentür und nickte ihnen zu. Es war der Kollege, der wenige Tage zuvor die Brücke zum Park gesichert hatte.

„Hey, Luis, ganz schön was los momentan, was?“, sagte er.

„Ja, schaut so aus. Griaß di“, antwortete er kurz und hielt Karo die Tür auf.

„Ah. Luis“, hörten sie Steiners tiefe Stimme. „Wir sind gerade fertig.“

Die Lampen der Spurensicherung beleuchteten einen

geräumigen Raum. Es hingen alte, in schwere Rahmen gespannte Bilder an den Wänden, Antiquitäten standen herum. An einer Wand lud ein großes Poster-Ansichtsdisplay zum Durchblättern ein. In der Mitte stand ein wuchtiger Vitrinenschrank, der als Tisch genutzt worden war. An einer Wand stand ein alter Sekretär.

„Griaß di, Hans. So, wir sind gespannt, leg los", sagte Luis.

„Herzog, Herbert Ludwig, 64 Jahre alt, Antiquar, wie du siehst. Seine Putzfrau hat ihn heute Morgen leblos auf der alten Couch da gefunden. Da sie nicht wusste, was sie machen sollte, hat sie die 122 gerufen. Die Geschäftstür war ihren Angaben nach geschlossen, aber nicht abgeschlossen, und das Licht hat gebrannt. Da er schon kalt war, haben uns die Kollegen von der Rettung direkt Bescheid gegeben. Claus war hier und hat ihn sich angesehen. Er hat auf den ersten Blick zwar keine Fremdeinwirkung feststellen können, fand die Situation jedoch seltsam. Zudem kannte er ihn wohl persönlich. Wohl nicht gut, nur flüchtig. Wie auch immer. Beide sind schon auf dem Weg ins Institut. Geld fehlt wohl keins, es liegt noch jede Menge dort im Schrank. Laut der Putzfrau fehlen auch keine Wertsachen, aber das kann sie nicht genau beurteilen."

„Das ist natürlich nicht schön", meinte Luis, „aber jetzt auch nicht wahnsinnig spannend. Vielleicht ist er ja an Altersschwäche gestorben. Aber warum sollten wir nun unbedingt herkommen?"

Steiner lächelte und reichte Luis wortlos eine Plastiktüte. Ein DIN-A4-Blatt lag darin, auf dem ein Name, eine

Telefonnummer und eine E-Mail-Adresse stand. Luis warf einen Blick darauf und reichte es Karo. Aus dem hinteren Raum kam ein Mann in weißem Schutzanzug auf sie zu.

„Griaß di Luis. Ich dachte doch, dass mir der Name bekannt vorkommt. Russo, Alessandro. Großer Zufall, oder?"

„Hallo Andi. Wie du weißt, glaube ich nicht an Zufälle", sagte Luis und verschränkte die Arme vor der Brust.

„Eben. Wir auch nicht", meinte Andi Noll. „Hier, hinter diesem, übrigens wunderschönen alten Vitrinentisch lag ein Stück Packpapier auf dem Fußboden. Wie das in der Wohnung von gestern Nachmittag. Würde mal tippen, dass es dasselbe Papier ist. Das wird die Analyse sicher bestätigen. Ich wage einfach mal zu behaupten, dass unser junger Freund hier war."

„Hab ich`s doch gesagt!", meldete sich Karo zu Wort.

„Was habt ihr sonst gefunden?", fragte Luis.

Steiner nickte Andi zu.

„Jede Menge leere Flaschen, Wein und Cognac. Eine leere Flasche Rotwein stand auf dem Boden neben dem Toten. Zum Glück hat die Dame nichts angefasst. Hinten in der kleinen Küche haben wir im Spülbecken zwei schmutzige Weingläser und drei Schnapsgläser gefunden. Und neben seiner Liege stand auch ein benutztes, leeres Weinglas."

„Du meinst, er hatte Besuch?", fragte Luis.

„Möglicherweise."

„Meinst du, euer Bua hat mit dem alten Mann Rotwein und Cognac getrunken?", fragte Steiner.

„Das kann ich mir eigentlich überhaupt nicht vorstellen",

sagte Karo. „So schüchtern, wie der war, als wir ihn befragt haben. So gar nicht so der gesellige Typ, der erst mal ein Glas Wein trinkt. Und Cognac schon mal überhaupt nicht.“

„Ja, das denke ich auch“, stimmte ihr Luis zu.

„Wir haben auch einen benutzten Aschenbecher in der Spüle gefunden. Im Müll lagen zwei gerauchte Zigarillos. Wir haben hier aber keine weiteren Zigarillos gefunden, was wohl wirklich auf einen Besuch hindeutet. Das geht jetzt alles ins Labor.“

„Russo bringt das Bild zum Begutachten her, Herzog soll es vielleicht auch verkaufen. Auf jeden Fall den Wert schätzen. So weit, so gut“, fing Karo leise an zu überlegen. „Und dann? Haben sie gestritten? Er wollte ja rasch Rat und Hilfe von Herzog, nach ihm wird ja gefahndet. Nach einem Streit legt er seine Kontaktdaten auf den Tisch, nimmt das Bild und geht? Herzog räumt alles auf, leert den Aschenbecher, macht es sich auf seinem Sofa bequem, trinkt Wein und stirbt?“

„Ich denke, wir sollten mit Strasser und der Staatsanwältin besprechen, wie wir jetzt weiter vorgehen“, meinte Steiner.

„Und die Berichte von Claus und der KPU abwarten“, fügte Luis hinzu.

29

Richard Dellarosa stand in seiner Küche am Fenster und trank Kaffee. Er war zufrieden. Sehr zufrieden. Alles hatte tadellos funktioniert. Herzog hatte nicht viel Widerstand geleistet. Der Alkohol, den der Alte intus hatte, hat das Betäubungsmittel noch um einiges verstärkt, sodass es ein Kinderspiel gewesen war, ihm die Luft abzudrücken. Viel einfacher als gedacht. Er ging nicht davon aus, dass jemand Altersschwäche oder Herzversagen als Todesursache anzweifeln würde. Herzog war für seine Sauferei und seine ungesunde Lebensweise stadtbekannt. Und es war nichts gestohlen worden. Das perfekte Verbrechen. Er lächelte und stellte die Tasse ab. Gesehen hatte ihn auch niemand. Bis auf diesen Jüngling natürlich. Wo er das Bild wohl herhatte? Herzog meinte, er hätte es ganz legal gekauft, schräge Geschichte. Aber da Herzog niemandem von der ganzen Sache erzählt hatte, war er sowieso aus dem Schneider. Da das Bild kein Diebesgut war, konnte er auch einen höheren Preis ansetzen. Sein Laptop auf dem Küchentisch gab ein Klingelgeräusch von sich.
Er setzte sich und las die neuen E-Mails. Noch am Abend hatte er einigen „alten Kunden“ das Bild als Rarität angeboten. Ein paar zeigten sich nun tatsächlich interessiert. Er bereitete seine Antwort vor und schickte sie ab. Mit allen hatte er schon Geschäfte gemacht. Man kannte sich. So was gab immer einen gewissen Vertrauensbonus. Natürlich wusste man bei heiklen Geschäften nie, wie sie wirklich ausgingen, aber das gab ihm auch jedes Mal wieder einen gewissen Kick,

den er immer sehr schätzte. Steuerfreie Einnahmen schätzte er natürlich weitaus mehr.
Seine Galerie war am Ende, und seine Ausgaben übertrafen bei Weitem sein lächerliches, legales Einkommen. Sicher, er könnte die Wohnung und das Geschäft verkaufen, das war schon einiges wert, aber wo sollte er dann hin? Mailand mochte er. Vielleicht sollte er sich von dem Geld eine Wohnung in Mailand kaufen.
Er zündete sich einen Zigarillo an und atmete langsam den Rauch aus. Seine kleine Auktion war für diesen Abend angesetzt. Da er nicht gut mit modernen Dingen wie Computern umgehen konnte, plante er eine einfache Telefonkonferenz. Dann würde es auch keine schriftlichen Beweise für mögliche Transaktionen geben. Er legte den gerauchten Zigarillo in einen vollen Aschenbecher, streckte sich und überlegte, wo er zum Mittagessen hingehen sollte.

30

„Interessante Wendung. Wie willst du weiter vorgehen, Jörg?“ Die Stimme von Staatsanwältin Anna Leonhard klang aus dem Lautsprecher des Telefons.

„Ich würde vorschlagen, Hans und Luis arbeiten erst mal weiter daran zusammen“, antwortete Oberst Hans-Jörg Strasser, der Chef des LKA Tirol, der mit den beiden Chefermittlern in seinem Büro im vierten Stock des Präsidiums saß. „Ein paar Tage, bis wir mehr Informationen haben. Wir wissen ja auch noch gar nicht, was mit dem Herzog genau passiert ist. Vielleicht hatte er auch einfach nur an Herzkasperl. Nächste Woche sehen wir dann weiter.“

„Gut. Luis, bist du schon weiter mit deinen Verdächtigen? Habt ihr das Telefon von dem Russo geortet?“

„Ist momentan ausgeschaltet. Aber die internationale Fahndung läuft weiter, und an dem Kennzeichen des Wagens sind wir dran“, meinte Luis. “Der Tod von Herzog wird in der Rechtsmedizin untersucht, und wir warten auf die Spurenauswertung vom Antiquariat. Hans, haben deine Leute was von den umliegenden Geschäftsleuten mitbekommen?“

„Na, da samma noch dabei. Wir besprechen uns am Nachmittag.“

„Alles klar. Dann machen wir es so“, sagte er.

„Alles klar. Meldet euch, wenn es etwas Neues gibt“, sagte Anna Leonhard und legte auf.

„Gut“, sagte Strasser und legte ebenfalls auf. „Das passt so für euch, oder?“

„Kennst uns doch. Mir san a Herz und a Seele“, meinte Steiner.

„Magst´ sicher nichts?“, fragte Felix. Er hatte Sandwiches geholt.

„Naa, danke, irgendwie hab ich keinen Appetit“, sagte Luis. „Wo ist Karo?“

„Rausgegangen“, meinte Felix kauend.

„Sie ist schon okay“, fügte er hinzu, nachdem er den Bissen hinuntergeschluckt hatte.

Luis sah auf.

„Wen meinst du?“

„Karo natürlich, wen sonst.“

„Warum sollte sie nicht okay sein?“

„Man merkt, dass du sie nicht magst.“

„Ich hab` nichts gegen Karo“, sagte Luis ruhig.

Felix sah ihn mit großen Augen an.

„Dafür bist du aber arg unfreundlich und abweisend zu ihr.“

„Findest du?“

„Ja, eher schon. Sie hat gefragt, ob du immer so bist.“

„Und wie bin ich ihrer Meinung nach?“

„Wenn du nicht mein Vorgesetzter wärst, würde ich jetzt sagen: an arroganter Oarsch.“

„Wie gut, dass ich dein Vorgesetzter bin“, sagte Luis und stand ruckartig auf.

„Na, geeh, Luis, du bist echt unfreundlich zu ihr. Gib ihr halt ´ne Chance. Sie macht das doch eh alles ganz gut.“

„Passt schon. Ich bin in meinem Büro.“

Er setzte sich an seinen Schreibtisch und drehte den Stuhl zum Fenster. Vielleicht benahm er sich in ihrer Gegenwart wirklich nicht sehr freundlich. Nicht unkollegial, würde er meinen, aber auch nicht sonderlich nett, das stimmte schon. Sie ging ihm mit ihrer besserwisserischen Art und ihrer schneidenden Stimme einfach auf die Nerven. Er fand sie einfach wahnsinnig unsympathisch. Dumm war nur, dass es wohl so offensichtlich war. So etwas konnte er sich als Leiter eines Teams eigentlich nicht leisten. Er hatte überhaupt kein Problem damit, mit Frauen zusammenzuarbeiten, ganz im Gegenteil. Genug andere Kollegen auf der Dienststelle taten sich da manchmal schwer. Er hatte auch selten Probleme mit anderen Mitarbeitern, Bekannten, Vorgesetzten oder Leuten, die er traf, er war eigentlich, seiner Meinung nach, recht umgänglich. Mit Karo war das anders. Aber er musste ja auch nicht jeden mögen. Trotzdem nahm er sich fest vor, sein Verhalten ihr gegenüber zu ändern.

Er öffnete das E-Mail-Programm. Gleichzeitig klingelte sein Telefon.

„Onkel Ludwig. Griaß di“, sagte er und legte die Füße auf die Kante seines Schreibtischs.

„Luis, alter Chefermittler, wie geht`s?“

Luis musste grinsen. Der jüngere Bruder seines Vaters brachte ihn immer zum Schmunzeln.

„Ach, na ja, geht“, sagte Luis. „Bist du schon wieder im Gasthaus?“

„Mittagstisch, nix Dolles. Was ist bei dir so los?“

„Wie es aussieht, haben wir zwei Morde, ein verschwundenes

Bild und nicht wirklich viel in der Hand.“

„Ach, na dann“, lachte Onkel Ludwig. „Kann ich dir irgendwie helfen?“

„Vielleicht. Wo bist du nachher? Ich hab` jetzt noch Besprechungen, danach aber sicher Hunger und brauche dann auch definitiv einen Drink.“

„Essen brauch ich heut nichts mehr, aber komm doch später zu mir, dann trinken wir was und können ungestört reden. In der Kneipe weiß man ja nie, wer zuhört.“

„Gute Idee.“

„Sicher ist es das, Bua. Komm ins Büro, ich hab` oben nicht aufgeräumt. Wie immer.“

„Passt. Bis später“, sagte Luis und legte auf.

Das Festnetz klingelte.

„Ja, Felix?“

„Steiner und die anderen sind da.“

Das Teambüro war nun voll besetzt. Felix saß vor seinem Rechner, Karo stand am Board an der Wand. Johann Steiner lehnte am Fenster und telefonierte, Helmut Zacherl und Mark Macek aus Steiners Team setzten sich gerade auf die beiden letzten freien Stühle.

„Wo ist Daniela?“, fragte Felix.

„Hat heut Urlaub“, sagte Mark.

„Dann sind alle da.“

Steiner hatte sein Telefonat mittlerweile beendet.

„Gut“, ergriff Luis das Wort. Er ging in der Mitte des Raums auf und ab, soweit das möglich war. „Habt ihr unsere

Berichte gelesen?“
Die anderen nickten.

„Ganz kurze Zusammenfassung: Wir haben am Dienstagabend den Studenten Hannes Kirchmayer erstochen im Park gefunden. Keine Tatwaffe bisher, keine verwertbaren Spuren, keine Verdächtigen, wie es aussieht keine Drogen. Er hat unter Umständen Waren aus Geschäften gestohlen und sie irgendwie weiterverkauft. Da haben wir aber keine Beweise, außer etwas Bargeld und einem Mobiltelefon mit vertragsfreier SIM Card. Später haben wir von einer Versteigerung und einem versteckten, wertvollen Bild erfahren und daraufhin den Freund Alessandro Russo sowie dessen Freundin Alina Jasari als dringend tatverdächtig zur Fahndung ausgeschrieben. Bisher keine weiteren Informationen dazu. Felix, hast du was zu dem Auto, mit dem Alina gesehen wurde?“

„Wir haben auf einer Kameraaufzeichnung in Pradl tatsächlich das Auto gefunden und die Nummer entziffern können“, sagte Karo. „Der Wagen ist auf einen Jozef Vlasic aus Slowenien zugelassen, vielleicht ein Verwandter von Alina, vielleicht auch nicht. Jedenfalls wird auch nach dem Wagen gefahndet.“

„Sehr gut. Felix, hast du was von den Kollegen beim Diebstahl erfahren?“

„Es gibt ein paar Hehler und windige Typen, die gestohlene Kunstsachen verkaufen. Sicher geht da viel über das Internet. Eine Handvoll Personen aus der Gegend haben wir auf dem Zettel, die Liste hab ich euch geschickt.“

„Danke, hab ich gesehen. So, das war`s von uns, mehr

haben wir nicht", sagte Luis, stellte sich neben Karo an das Board und verschränkte die Arme vor der Brust.

„Gut, dann sind wir jetzt dran", fuhr Steiner fort. „Wir haben den toten Antiquar, Herbert Ludwig Herzog. Todesursache noch ungeklärt, eventuell natürlicher Tod, Dr. Fröhlich war da eher anderer Meinung. Keine Einbruchsspuren, es scheint nichts zu fehlen, Geld und Wertgegenstände waren noch vorhanden. Alles war mehr oder weniger ordentlich, keine Kampfspuren. Die einzige Verbindung zwischen den Fällen ist der Zettel mit Russos Kontaktdaten, der auf dem Sekretär gefunden wurde. Und ein Stück Packpapier, von dem unser Andi Noll denkt, dass es zu dem verschwundenen Bild gehört. Er meint, so etwas auch in der Wohnung von Russo gefunden zu haben. Der Test steht noch aus. Die anderen Geschäftsinhaber haben nichts bemerkt und nichts gesehen. Wäre auch zu einfach gewesen. Kameras gibt es da in der Gegend keine. Wir warten auf die Auswertung der Sachen von der KPU und auf den finalen Autopsiebericht."
Er machte eine Pause und schaute in die Runde.

„Was hast du über den Herzog gefunden, Mark?"

„Maria besorgt uns gerade eine Übersicht der Bankkonten und Familien- und Telefondaten. Ich habe ihr gesagt, dass wir hier sind, vielleicht meldet sie sich gleich schon dazu."

„Gut. Ja, momentan können wir nur warten. Felix, haben deine alten Kollegen etwas über Herzog gewusst? Hatte der irgendwie Dreck am Stecken?"

„Sie kannten den Namen schon, aber er ist nie negativ aufgefallen. Soweit bekannt, hat er immer sauber gearbeitet.

Bestimmt hat er irgendwelche Bekannten gehabt oder Geschäftskollegen, die einem was erzählen können. Wenn jemand so lange im Geschäft ist, wird er sicher eine Menge Leute kennen", meinte Felix.

„Ja, da sind wir dann dran", nickte Helmut Zacherl.

Felix` Telefon klingelte.

„Hi Maria, soll ich dich auf Laut stellen?", fragte er.

„Ja, klar. Hallo an alle. Also, hier die Informationen zu Herbert Herzog. Die meisten Leute über sechzig sind ja recht einfach auszuforschen. Familie hat er laut dem Amt keine, er war nie verheiratet. Offizielle Kinder habe ich auch nicht gefunden, inoffizielle müsst ihr selber suchen. Er hat zwei Konten bei einer Bank in Innsbruck, ein privates und eins fürs Geschäft. Die Kontobewegungen habe ich euch geschickt, nichts Auffälliges. Es lief für ihn nicht mehr so gut, wenn man das so sagen darf. Einen offiziellen Kredit hat er aber nicht laufen. Der Laden gehört ihm, genau wie die kleine Wohnung, in der er gewohnt hat. Ein alter, goldener Mercedes ist auf ihn zugelassen. Schick, oder? Soziale Netzwerke hat er überhaupt nicht genutzt, die Telefonlisten vom Festnetz sind auch schon da, die habe ich euch auch gemailt. Andi hat mir das alte Mobiltelefon aus dem Antiquariat gebracht, da sind nur ein paar Nummern drauf. Die Liste ist unterwegs. Mit mehr kann ich momentan nicht dienen …"

„Danke, Maria, das ging wirklich wieder einmal superschnell."

„Immer zu euren Diensten. Falls ihr noch was braucht, sagt Bescheid."

„Alles klar, bis dann“, sagte Felix und legte auf.

„So“, meinte Steiner, „wir setzen uns dann an die Telefonlisten. Da sollte sich schon was ergeben, würde ich meinen.“

„Gut, dann übernehmen wir die Hehler und die Kunsthändler“, meinte Luis.

„Haben wir schon etwas von unserem fröhlichen Gerichtsmediziner gehört?“, fragte Steiner.

„Nichts bisher.“

„Auf dann“, sagte Steiner und ging zur Tür. Mark und Helmut standen auf, hoben grüßend die Hand und verließen das Büro.

„Ihr habt´s gehört“, sagte Luis.

„Was konkret bedeutet?“

„Was konkret bedeutet, dass du dir zusammen mit Karo ein paar von den Kunsthändlern ansiehst und sie bisschen ausquetscht, ob sie über Herzog irgendwas wissen.“

„Die Sportgeschäfte lassen wir dann erst mal?“, fragte Karo.

„Sicher. Die Sache mit dem Bild hat schon eine andere Dimension als ein paar Turnschuhe.“

„Sneaker“, ergänzte Felix.

„Man muss in alle Richtungen ermitteln …“, fing sie an.

„Falls etwas sein sollte, meldet euch.“

Steiners Platz war verwaist. Luis setzte sich und wählte die Nummer der Rechtsmedizin.
Dr. Claus Fröhlich meldete sich fast sofort.

„Salve, Luis."

„Hallo, Claus. Wie geht`s?"

„Dies non nimis, mein Freund."

„Ich mochte Latein ja nie, das weißt du doch."

„Ja, aber ein bisschen solltest du behalten haben, du Kulturbanause."

„Lass das bloß meine Mutter nicht hören."

„Die werte Frau Dr. Landauer, wie geht es ihr denn? Ich hoffe, sie ist so erfrischend wie eh und je?"

„Danke, ihr geht´s gut. Und sie erfrischt immer noch."

„Schön zu hören. Was kann ich für dich tun, Luis?"

„Antiquar Herzog."

„Ist da nicht Hans zuständig?"

„Wir arbeiten vorübergehend mit beiden Teams an dem Fall, es gibt Überschneidungen."

„Interessant. Der Fall ist auch bei uns hier im Institut interessant. Ich werde den Professor hinzuziehen, wir werden die Autopsie zusammen durchführen. Es ist eine ausgesprochen delikate Angelegenheit."

„Aha, warum? War es denn überhaupt Fremdverschulden oder ein natürlicher Tod?"

„Das ist eben die Frage, die uns beschäftigt. Bei eiligen Kollegen wäre die Sache tatsächlich als natürlicher Tod in die Akten eingegangen. Mir kam die ganze Sache irgendwie seltsam vor, frag mich nicht warum, vielleicht ist das die

Berufserfahrung. Alkoholiker sterben nicht schnell, musst du wissen, das geht eher schleichend. Ich kannte ihn von der Ferne, hab ihn ein paar Mal in einer Bar oder einem Wirtshaus gesehen. Jedenfalls habe ich seine Blut- und Urinproben ins Labor gegeben, das dauert halt etwas, nach der Autopsie heute am Nachmittag wissen wir mehr."

„Ihr meldet euch dann gleich, ja?", meinte Luis.

„Sicher. Vale fortes bellator."

„Danke, Claus, bis dann."

Luis seufzte und gab die lateinischen Worte in den Computer ein.

Leb wohl, tapferer Krieger.

Er lehnte sich zurück, stöhnte und blickte auf die grauverhangene Nordkette.

31

Sein Magen knurrte. Er hatte den ganzen Tag nichts gegessen und spürte, dass er langsam unkonzentriert wurde. Er drehte den Stuhl mit den Füßen von rechts nach links und wieder zurück. Sein Onkel erwartete ihn erst später. Hans war auch noch nicht wieder aufgetaucht. Er erhob sich kraftvoll aus dem Stuhl, schaltete den Computer aus und verließ das Präsidium.

Ohne genau zu wissen, wo er hinwollte, ließ er das Fahrrad durch die Straßen rollen. Er fuhr langsam an den noch zugesperrten Nachtclubs der „Bögen“ vorbei. Ein paar Autos überholten ihn. Vorn an der Kreuzung bog er nach links, rollte auf das Einkaufszentrum zu. Die Absperrungen am Eingang des Rapoldiparks waren abgebaut worden. Es waren erst drei Tage vergangen, seit sie Hannes Kirchmayer hier gefunden hatten. Er fuhr langsam zu der Bank, an der es passiert war. Dort stellte er sein Fahrrad ab und setzte sich. Es war kurz vor sechs und noch hell, die Laternen waren nicht eingeschaltet. Am Dienstag war es ein paar Stunden später passiert, dunkler gewesen. Um ihn herum waren einige Passanten unterwegs. Sie trugen Einkaufstaschen von den Geschäften des Einkaufszentrums, Mütter schoben Kinderwagen vor sich her und telefonierten, ein paar Jugendliche alberten herum, Hundehalter führten ihre Tiere Gassi. Es war jetzt Freitagabend. Am Dienstag waren nicht viele Leute im Park unterwegs gewesen.

Er setzte sich wieder auf sein Rad und fuhr langsam durch

die Grünanlage, erreichte die Straße, bog wieder nach links und brachte das Rad erneut zum Stehen. Er befand sich direkt vor dem Wohnhaus von Alessandro Russo. Die Fenster waren dunkel. Er hatte die Schlüssel nicht dabei. Er überlegte, ob er bei der Nachbarin klingeln sollte, um zu prüfen, ob das Siegel an der Wohnungstür noch intakt war, entschied sich dann jedoch anders.

Langsam fuhr er weiter die Pradler Straße hinunter, bog links ab, rollte im Schritttempo über die Dreiheiligenbrücke. Der Inn führte viel Schmelzwasser mit sich. Es rauschte tosend, fast brodelnd unter der Brücke durch. Sein Rad hielt wie ferngesteuert vor dem Ristorante Da Luciano. Er stieg ab, schloss das Rad an eine Laterne und betrat das Lokal.

Es war wieder recht gut besucht, wenn auch nicht voll besetzt. Die Gäste aßen, tranken und redeten dabei durcheinander. Im Hintergrund klang erneut die Stimme von Eros Ramazzotti. Luciano Baresi kam hinter dem Tresen hervor und trat auf ihn zu.

„Buona Sera, Commissario“, sagte er und gab ihm die Hand.

„Hallo, Herr Baresi.“

„Aber bitte, sagen Sie Luciano, wir sind ja in Tirol. Und wir treffen uns ja mittlerweile täglich“, sagte der Wirt und lächelte. „Allora, was kann ich denn schon wieder für Sie tun?“

„Eigentlich würde ich nur gerne etwas essen. Haben Sie noch Platz für eine Person?“

„Natürlich, bitte setzen Sie sich. Wieder hier?“

Er wies auf den kleinen Tisch, der etwas abseits in der Nähe der Eingangstür stand.

„Danke, passt gut."

Er bestellte ein Bier, studierte die Speisekarte und entschied sich für Penne all` arrabbiata. Und einen kleinen Salat. Er genoss das kalte Bier und gab sich Mühe, nicht zu schnell zu trinken. Was ihm nicht wirklich gelang. Unauffällig beobachtete er die anderen Gäste an den Tischen mit den rot karierten Tischdecken. Es roch nach Pizza und Italien.

Er ließ sich von der Atmosphäre und der Musik berieseln und fühlte sich in diesem Moment eigentlich recht glücklich. Luciano brachte das Essen, und Luis bestellte direkt noch ein Bier.

Die Penne waren viel besser, als er es erwartet hatte. Al dente, aber nicht zu sehr, die Soße war scharf und würzig, aber nicht unangenehm, der Salat frisch und knackig. Als er fertig war, räumte Luciano den Tisch ab.

„Danke, es war wirklich sehr gut. Die Rechnung bitte. Haben Sie vielleicht noch einen Moment Zeit für mich?"

„Certo. Essen geht aufs Haus."

„Vielen Dank, aber das kann ich leider nicht annehmen. Ich bezahle immer."

„Wie Sie meinen. In fünf Minuten, passt? Dolce? Kaffee?"

„Danke, heute nicht."

Mit gefülltem Magen fing sein Gehirn langsam wieder an zu arbeiten. Er leerte das Glas und schaute auf sein Telefon. Keine Nachrichten.

„Also?", fragte Luciano, nachdem er sich zu ihm gesetzt

und die Rechnung auf den Tisch gelegt hatte.

Luis griff nach seiner Geldbörse und legte zwei Scheine auf die Rechnung.

„Stimmt so. Hat sich Russo mittlerweile bei Ihnen gemeldet?“

Luciano schwieg. Sie schauten sich an.

Nach ein paar Sekunden sagte Luciano lächelnd: „Commissario, ich bin Italiener, Sie sind Polizia. Was soll ich Ihnen denn sagen?“

„Einfach, was Sie wissen. Helfen Sie mir. Helfen Sie ihm. Ich muss dringend mit ihm reden, es ist wirklich sehr wichtig.“

„Er hat sich tatsächlich gemeldet. Per SMS. Aber unter einer anderen Nummer. Er kommt nicht mehr, basta. Sehr schade, er hat gute Pizza gemacht.“

„Oh, das tut mir leid. Aber das habe ich mir fast gedacht. Können Sie mir die Nummer geben?“

Der Italiener schwieg wieder.

„Kann ich ihm damit wirklich helfen?“

„Würde ich meinen.“

„Können Sie mir nicht sagen, worum es geht?“

„Ein Freund von ihm ist tot aufgefunden worden. Wir haben Russo zur Fahndung ausgeschrieben.“

„No. Er war es sicher nicht. Niemals, er ist da nicht der Richtige“, sagte Luciano ärgerlich.

„Wie ist er denn so gewesen?“, fragte Luis.

„Wie meinen Sie?“

„Als Mitarbeiter. Freundlich oder aggressiv …“

„Niemals aggressiv. Alessandro ist ein sehr lieber Mensch. Viel Gefühl für Essen und für andere Leute. Sehr ruhig und bescheiden. Kommt aus Bari, wissen Sie? Aus einer großen Familie. Viele Geschwister, hat er gesagt. Aber seine Freundin, die hat ein bisschen mehr … wie sagt man, das Feuer?"

„Temperament?"

„Ja. Sie weiß immer genau, was sie will. Alina. Hübsche Ragazza. Aber ziemlich viel Feuer."

„Danke, Luciano. Das hilft mir schon ein bisschen weiter."

„Da ist die Nummer." Luciano legte sein Telefon auf den Tisch, damit Luis die Nummer notieren konnte.

„Ich weiß Ihre Hilfe wirklich zu schätzen", bedankte sich Luis. „Ich werde mich für ihn einsetzen. Soweit möglich."

„Bitte tun Sie das. Er hat es sicher nicht getan."

„Und melden Sie sich bitte, falls sie noch etwas hören sollten. Oder sagen Sie ihm, falls Sie mit ihm reden sollten, dass ich ihn wirklich dringend sprechen muss."

„Alles klar, Commissario."

Beide standen auf und gaben sich die Hand.

Luis fuhr langsam zurück in die Pradler Straße. Vom Wesen her passte eine Messerstecherei wirklich nicht zu Russo, da hatte Karo schon recht. Jemanden von hinten zu erstechen, war dann auch so eine Sache. Im Park. War es Berechnung gewesen? War die Situation eskaliert? Sie mussten dringend mit Russo reden.

In seiner Sakkotasche klingelte es. Er hielt an und blieb

einfach am Straßenrand stehen. Ein Autofahrer, der abrupt bremsen musste, hupte kurz.

„Claus, was gibt`s?“

Er schob das Rad einhändig auf den Bürgersteig und blieb vor dem Schaufenster einer Bäckerei stehen.

„Cum sapientia loquitur … Ich hatte recht, Luis. Ich sage das natürlich nur ungern, aber nun gut. Der Mann hatte alles in allem sehr schlechte Werte, hoher Zucker, hohe Triglyceride, Leberzirrhose, Arteriosklerose, das ganze Alkoholiker-Programm, war also in keinem guten Zustand. Der Oldtimer war nicht gut gewartet, könnte man sagen. Es sah so aus, als hätte er sich hingelegt und wäre einfach eingeschlafen.“

„Aber das ist er nicht?“

„Nein, denken wir nicht. Er wurde betäubt. Wir haben Benzodiazepine im Blut gefunden, und das nicht zu knapp. Da er vorher alkoholisiert war, er hatte zum Todeszeitpunkt erstaunliche 1,5 Promille, gehe ich davon aus, dass er relativ rasch bewusstlos geworden ist.“

„Aha, interessant. Aber davon stirbt man ja nicht, oder?“

„Bei einer sehr starken Überdosierung kann der Tod tatsächlich bei einem geschwächten, alkoholisierten Menschen eintreten. Hier wurde jedoch nachgeholfen. Wohl um sicherzugehen.“

„Ich dachte, es gab keine Spuren von Gewalteinwirkung?“, meinte Luis.

„Gab es auch nicht. Im ersten Moment. Wir, um genau zu sein der Professor, hat in den Augen des Toten hervorgetretene Äderchen bemerkt, wie sie bei Erstickungen vorkommen.

Da bei einer Alkoholabhängigkeit die Augen jedoch generell etwas gerötet sein können, waren wir uns nicht ganz sicher. In Kombination mit dem Beruhigungsmittel und einer leichten Druckstelle am rechten Handgelenk können wir nun davon ausgehen, dass er zunächst betäubt und dann ohne große Gegenwehr erstickt wurde. Ich würde auf ein synthetisches Hilfsmittel tippen, beispielsweise ein Stück Plastik oder Folie, da wir keine Fasern oder ähnliches in den Atemwegen gefunden haben. Ein fast perfektes Verbrechen, Luis. Natürlich nur fast, denn wir sind ja nicht von gestern."

„Also wurde das bis ins Detail geplant?"

„Ja, auf jeden Fall. Der Bericht folgt."

„Dank dir, Claus. Und schöne Grüße an Professor Toth."

„Werde ich ausrichten. Schönen Abend noch."

Luis schaute auf die leeren Körbe in der Bäckerei, die jeden Tag aufs Neue mit frischen Backwaren gefüllt wurden. Er schrieb eine Kurznachricht an Steiner. Dann steckte er das Telefon ein und starrte weiter auf die leeren Brotkörbe.

Kirchmayer war am Dienstagabend gestorben. Nur mal angenommen, Russo geht mit dem Bild am Mittwoch gleich zu Herzog, um es zu verkaufen. Was passiert am Donnerstag? Am Freitagmorgen wird Herzog tot aufgefunden, viel Zeit ist da nicht vergangen.

„Da is scho seit sechs zua!", sprach ihn plötzlich eine ältere Dame von der Seite an. Luis blickte in helle Augen und ein von weißen, kurz geschnittenen Haaren umrandetes runzliges Gesicht.

„Wie bitte?"

„Da is scho lang zua. Die Bäckerei, wo du die ganze Zeit bleed einischaugst.“

„Ach so, ja, danke vielmals, das seh` ich selbst.“

„Man kommt ja gar ned` vorbei! An dem Ding da!“ Sie schlug mit ihrem Stock an seinen Hinterreifen.

„Oh. Entschuldigung“, sagte er und machte ihr Platz. Schimpfend ging sie weiter. Auf dem Bürgersteig waren nun doch einige Leute unterwegs. Ohne darauf zu achten, hatte er sein Mountainbike schräg an die Fensterfront gelehnt, doch es hatte tatsächlich im Weg gestanden. Er schob es auf die Straße zurück und fuhr die letzten Meter zum Büro seines Onkels.

32

„Sportlich, sportlich, Herr Major. Nimm das mit rein, draußen ist der Gehsteig zu eng."

„Danke", sagte Luis und schob das Rad in den Vorraum des Büros im Erdgeschoss. Ludwig Landauer wartete, bis Luis das Rad abgestellt hatte, umarmte ihn kurz und klopfte ihm auf die Schulter. Er war gleich groß wie sein Neffe und für sein Alter durchaus trainiert und muskulös, jedoch um die Mitte herum schon nicht mehr ganz so schlank wie Luis. Doch seine sechsundsechzig Jahre sah man ihm auf den ersten Blick nicht an. Er trug Sneakers, Jeans und einen dunkelblauen Wollpullover.

„Setzt di nieder, Bua. Wie geht`s? Müd schaugst aus. Magst a Bier?"

„Danke, ich hatte grad Bier zum Essen."

„Lieber Rotwein? Oder was Stärkeres? Was gab`s denn?"

„Ich war beim Italiener in Dreiheiligen, Penne arrabbiata. War unerwartet gut. Ach, vielleicht ein Glas Rotwein. Danke."

„Bei Luciano? Ja, da kochen sie gut. Ist auch ein anständiger Typ."

„Du kennst ihn?"

„Wir hatten mal miteinander zu tun, er arbeitet sauber und ohne Background, wenn du verstehst."

„Du meinst organisiertes Verbrechen?"

„Genau. Er ist in Ordnung."

Er öffnete eine Flasche Rotwein und schenkte ihnen ein.

„Cheers."

Sie tranken einen Schluck, dann stellte Ludwig einen Aschenbecher auf den Tisch.

„Danke“, sagte Luis.

„Rauchst du noch viel?“, fragte sein Onkel.

„Eigentlich komme ich tagsüber gar nicht dazu. Abends die eine oder andere, und wenn´s ganz hart kommt in der Arbeit. Wie lange hast du jetzt schon aufgehört?“

„Fast zwei Jahre. War anfangs nicht leicht, sag ich dir, nach den ganzen Jahren Qualmerei. Aber der Husten war am Ende echt zu arg. Ist auch nicht gut für die Kondition. Und die Pumpe“, sagte er und klopfte auf sein Herz.

„Glaub ich. Stört es dich nicht?“ Luis hob die brennende Zigarette hoch.

„Naa, mittlerweile nicht mehr. Alles Kopfsache. Ich riech es eigentlich gern. Ab und zu.“

„Und, wie läuft`s bei dir so? Wir haben uns ja schon `ne Weile nicht mehr gesehen“, fragte Luis.

„Beruflich meinst? Ja, sehr gut, ich kann nicht klagen, wirklich. Im vergangenen Monat hatte ich zwei Anfragen von großen Firmen, Schwarzarbeit und Untreue und ein paar Aufträge im Privatbereich. Das Übliche. Also falls dir dein Job mal zu stressig wird, stell ich dich gerne ein“, sagte er und grinste.

„Super, meinst` du, ich wäre als Privatdetektiv geeignet?“, fragte Luis.

„Keine Ahnung. Hier läuft halt nicht immer alles nach Vorschrift, wie du weißt, aber das ist ja gerade das Spannende. Vielleicht übernimmst du den Laden ja mal, wenn ich die

Patschen aufstell`. Man weiß ja nie. Wenn du in die Jahre kommst, passt dir das sicher besser, als den ganzen Tag in Anzug und Krawatte im Präsidium rumzuhocken und Chef zu spielen.“

Luis lachte.

„Schaun` wir mal. Momentan passt es mir eigentlich ganz gut. Und so ein gut geschnittener Anzug steht mir eigentlich gar nicht schlecht.“

„Ma, hör dir das an, ganz Gittis Bua. Also, erzähl. Wie kann ich dir helfen?“, sagte Ludwig und schenkte noch einmal Wein nach.

Luis drückte die Zigarette aus.

„Kennst du einen Antiquar Herzog? Herbert Herzog?“

„Der aus der Altstadt?“

Luis nickte.

„Sicher. Du weißt ja, hier kennt jeder jeden. Manchmal, wenn ich in der Innenstadt bin, treffe ich ihn im Wirtshaus oder in einer Bar. Oder im Café. Ich habe mal für einen Job ein paar Sachen von ihm schätzen lassen, so haben wir uns kennengelernt.“

„Arbeitet er ordentlich oder macht er auch zwielichtige Geschäfte, um es mal so auszudrücken?“, fragte Luis.

„Naa, soweit ich das mitbekommen habe, macht er nur legale Sachen. Einmal ging es um eine falsche Kennzeichnung einer Bronze, da hat er sich richtig aufgeregt. Betrug mag er überhaupt nicht. Er hat mir mal einen Vortrag über gefälschte Bilder in Österreich gehalten, war ganz spannend. Nein, er ist zu hundert Prozent sauber, würde ich meinen. A bissl schräg drauf und trinkt immer gerne einen zu viel, aber ist überhaupt nicht kriminell. Du wirst mir sicher gleich sagen, was dich an ihm interessiert."

„Wir haben ihn heute Morgen tot aufgefunden."

„Stell dir vor. Wo?"

„In seinem Geschäft. Aber ich kann nicht ins Detail gehen, weißt eh. Es geht wohl um ein verschwundenes Gemälde."

„Was für ein Gemälde? Ein gefälschtes?"

„Ein echtes."

„Klingt ja spannend. Wertvoll?"

„Ein Walde. Ein eher unbekanntes."

„Ein echter Walde? Ehrlich? Gibt's ja nicht."

„Die Info ist aber topsecret."

„Natürlich. Wo kommt das dann plötzlich her?"

„War wohl jahrelang versteckt. Lange Geschichte. Aber wenn du ihn etwas besser kennst, mit was für Leuten war Herzog denn so am Weg? Hast du ihn mal zusammen mit anderen gesehen? Wir haben zwar seine Telefonkontakte, aber ich habe so das Gefühl, dass der, den wir suchen, nicht in seinen Telefonkontakten zu finden ist."

„Du suchst jemanden, der für Kunst tötet?"
Luis verschränkte die Arme über der Brust.

„Ja."

„Bei uns in Innsbruck?"
Sie schauten sich ernst an.

„Sieht so aus."

„Magst a Schnapserl?"

„Gern."

„Marille oder lieber Whisky?“

„Wenn du so fragst, lieber Whisky. War`n langer Tag. Eigentlich war die Woche gesamt a Schoaß.“

Ludwig stand auf und holte aus einem Aktenschrank eine braune Flasche hervor. Dann ging er in die kleine Pantry Küche, brachte passende Gläser und schenkte ihnen ein.

„Am Dienstag hatten wir schon einen toten Studenten.“

„Beides deine Fälle?“

„Ja. Zusammen mit einem Kollegen. Cheers.“

„Santé. Dann gehören die beiden Fälle zusammen?“

„Wie es aussieht. Hm. Irisch?“

„16-jähriger Single Malt. Nicht schlecht, oder?“

Luis zündete sich noch eine Zigarette an.

„Stört dich echt nicht, oder?“

„Na.“

Sie schwiegen eine Weile.

„Ich denke die ganze Zeit nach, ob mir bei Herzog jemand aufgefallen ist“, meinte Ludwig. „Es gibt da schon ein paar Typen. Aber Mord? Hm. Das ist schon eine andere Liga. Hab´ ich a bisserl Zeit zum Recherchieren?“

„Nicht viel.“

„Ich habe gehört, du warst bei deinem Opa.“

„Ja, wir gehen an seinem Geburtstag zusammen essen. Ist das für dich in Ordnung?“

„Natürlich, ich habe schon mit Gitta und dem Alten gesprochen. Ich gehe übrigens öfters hin, wusstest du das?“

„Du willst mir jetzt ein schlechtes Gewissen machen, oder?“, meinte Luis.

„Vielleicht ein bisschen. Wer weiß, wie lange er noch lebt. Wenn ein Mensch erst mal weg ist …“

„Ja. Ich weiß. Ich habe einfach momentan viel zu tun.“

„Er hat sich früher um dich gekümmert.“

„Oma hat sich um mich gekümmert …“

„Er liebt dich sehr, das weißt du, oder? Und er ist sehr stolz auf dich.“

„Das zeigt er aber nie.“

„Das kann er vielleicht nicht.“

„Dass gerade du jetzt so sentimental wirst, ehrlich.“

„Ich bin halt auch nicht mehr der Jüngste, da merkt man langsam, worauf es ankommt.“

„Ach, und was ist mit Martin?“

Ludwig atmete schwer aus.

„Das ist ja wohl eine ganz andere Sache.“

Er bekam rote Flecken im Gesicht. Sein Blutdruck stieg so schnell, dass man es förmlich sehen konnte.

„Er ist dein Sohn. Und es sind deine Enkel“, meinte Luis.

Beide senkten den Blick auf den grauen Bürotisch und schwiegen.

„Du weißt, wir reden nicht mehr miteinander. Ich kann seinen rechten Propagandaschoaß nicht ertragen. Zum Speiben. Wo er das nur herhat. Von mir sicher ned. Aber in Kärnten ist er eh weit genug weg, da haben wir wenigstens ka Streit.“

„Du hast dich halt früher nicht um ihn gekümmert. Schon gar nicht, als Inge Krebs hatte. Ihn hat das schlimm mitgenommen.“

„Mich ja wohl auch! Was meinst du denn“, blaffte er Luis an. „Du hast keine Kinder, Luis, und keine Frau. Du kannst das nicht beurteilen.“

Luis trank aus.

„Passt schon. Meldest du dich, wenn du was herausfindest.“

„Sicher.“

„Danke für den Whisky.“

„Schlaf dich mal aus, du siehst nicht gut aus, Bua.“

„Ja, mach ich.“

Er sog die frische Luft ein und merkte, wie ihn der Alkohol plötzlich überwältigte. Eine bleierne Müdigkeit überkam ihn wie eine große Welle, die ihn mit sich tragen wollte. Er konzentrierte sich auf die Straße und nahm instinktiv den schnellsten Weg nach Hause. Kälte zog durch die Nähte seiner Steppjacke und ließ seine Ohren eiskalt werden, aber wenigstens sie hielt ihn wach. Er kam an der Messe vorbei und war froh, wieder in seinem Stadtteil Saggen angekommen zu sein. Zu müde, das Rad jetzt noch in den Keller zu schieben, schloss er es einfach vor der Tür an einen Laternenpfahl, trat in den Lift und fuhr erschöpft in den dritten Stock. Er legte das Telefon auf das Sideboard und sah ein paar eingegangene Nachrichten. Doch er mochte sie noch nicht einmal mehr lesen. Ohne Licht zu machen, ging er ins Schlafzimmer, zog sich aus und fiel ins Bett. Eine Minute später war er fest eingeschlafen.

In einem anderen Teil der Stadt brannte in einer Wohnung noch Licht. Die geplante Telefonkonferenz hatte sich um ein paar Stunden verzögert, am Ende war aber alles sehr schnell gegangen. Richard Dellarosa hatte das Bild zu einem sehr guten Preis an einen der drei ausgewählten Kunden aus dem Ausland verkauft und war mehr als zufrieden. Er saß an seinem Küchentisch und rauchte, als das Telefon klingelte.

„Hello, my friend, ich bin es nochmal", sagte die Stimme mit starkem amerikanischen Akzent. „Vielen Dank für das Bild. Ich freue mich sehr, es bald zu sehen. Ich bin momentan in Salzburg, Business, you know."

„Okay", sagte Dellarosa. „Soll ich Ihnen das Bild morgen vorbeibringen? Das wäre kein Problem."

„Oh no, vielen Dank für das Angebot, aber ich komme morgen selbst nach Innsbruck. Es ist nicht weit, hat mein Fahrer gesagt. Dann kann ich am Sonntag von Ihrem Flughafen aus nach Frankfurt fliegen, das passt mir sehr gut."

„Sehr schön. Wie möchten Sie die Übergabe abwickeln?"

„Treffen Sie mich um sieben Uhr abends im Hotel Lenz. Kennen Sie das?"

„Selbstverständlich."

„Perfect. Dann sehen wir uns. Vielen Dank und good night."

TAG 5

Als Luis am nächsten Morgen die Augen öffnete, umfing ihn helles Licht. Die Morgensonne strahlte ins Zimmer, der Himmel leuchtete tiefblau, und über den Bergen war keine Wolke zu sehen. Er setzte sich auf und überlegte, wann er überhaupt nach Hause gekommen war. Sonderlich spät konnte es nicht gewesen sein. Er hatte so tief und fest geschlafen wie schon lange nicht mehr. Gähnend stand er auf und öffnete die Balkontür seines Schlafzimmers. Frische, klare Luft wehte ihm entgegen. Er trat mit nackten Füssen auf den kalten Balkon, streckte sich und atmete tief durch. Normalerweise begann er Samstage mit einer ausgiebigen Laufrunde, einer heißen Dusche und manchmal, wenn er eingekauft hatte, einem guten Frühstück. Doch er hatte nichts eingekauft, und laufen mochte er eigentlich auch nicht.

Er ging in die Küche und schaltete die Kaffeemaschine ein. Während sich der Becher langsam füllte und es in der Küche nach frischem Kaffeeduft roch, stellte er zufrieden fest, dass die Milch, die er vor ein paar Tagen gekauft hatte, noch in Ordnung war. Ein Zeichen für einen guten Tag.

Zudem fand er noch etwas Marmelade und einen Rest Butter im Kühlschrank. Das würde ihm nachher schon reichen. Er nahm den Kaffee, holte sein Telefon vom Sideboard, setzte sich auf das Sofa und legte die Füße auf den Couchtisch.

Er hatte drei SMS bekommen. Erste Nachricht: Stefan meldete seinen Besuch zum Brunch an. Zweite Nachricht: Seine Mutter hatte einen Tisch im Lans für den Geburtstag reserviert. Die neueste Nachricht kam von Steiner. Es war die Antwort auf die Obduktion.

„Hab mir so was gedacht. Ruf mich an."

„Griaß di, Luis", gegrüßte ihn Steiner voller Energie.

„Morgen Hans. Na, bist du schon auf? Haben wir schon Ergebnisse von der KTU?"

„Sicher bin ich schon auf. Ich denke, die schicken heute noch was, gegen zehn, haben sie gesagt."

„Habt ihr bei den Kontakten irgendwas Spannendes gefunden?"

„Bisher noch nicht. Heute und morgen werden wir da auch nicht viel weiterkommen, ist Wochenende, weißt eh."

„Ja, sicher. Dann machen wir Montag weiter. Außer, es ergibt sich was Neues."

„Alles klar. Bis dann."

„Ciao, bis dann."

Luis legte das Telefon neben sich und nahm einen großen Schluck Kaffee. Er ließ sich das Gespräch mit seinem Onkel vom Vorabend noch einmal durch den Kopf gehen. Vielleicht fand Ludwig mit seinen Connections und seinem Gespür für halbseidene Typen wirklich eine Verbindung zu Herzog. Sie mussten dringend Alessandro Russo finden.

Eine neue Nachricht erschien auf dem Display.

'Wann haben wir heute Meeting?'

Luis drückte auf die Nummer und ließ es läuten. Sogleich wurde der Anruf angenommen.

„Morgen Karo, wie geht's?"

„Guten Morgen, danke, sehr gut. Wann treffen wir uns heute?"

„Gar nicht. Es ist Wochenende.“

„Ja, aber wir haben zwei Mordfälle!“, sagte sie entrüstet. „Da macht man doch kein Wochenende.“

„Was habt ihr denn gestern noch rausgefunden?“

„Nichts. Wir haben nur eine Liste der infrage kommenden Hehler erstellt. Felix meinte, wir machen Montag weiter, aber ich dachte, wir haben heute sicher noch Besprechung.“

„Hör zu, Karo, ich bekomme sofort eine Meldung, wenn die Fahndung was ergibt, bisher war da aber noch nichts. Es ist keine Gefahr in Verzug, und wir haben keine aktuelle Spur. Genieß doch einfach die freien Tage. Wir können momentan nur abwarten. Aber deine Einstellung ist natürlich nicht verkehrt und sehr vorbildlich.“

Er gab sich Mühe, so nett zu sein, wie es ging.

„Manchmal hilft einem auch einfach die Zeit“, sagte er. Oder der Zufall …

„Na gut“, meinte Karo hörbar enttäuscht. „Bis Montag dann.“

„Ciao, Karo. Schönes Wochenende.“

Er legte auf und seufzte. Er war früher genauso gewesen wie sie. Eifrig und ungeduldig. Aber er hatte mit den Jahren gelernt, dass man manchmal ein paar Angeln auswerfen und abwarten musste. Mal sehen, was diesmal dabei herauskam. Er beschloss, sich doch an seine Samstagsroutine zu halten und laufen zu gehen.

34

Die strahlende Morgensonne schien auch durch das Fenster eines Zimmers einer kleinen italienischen Pension in der Nähe der Stadt Bruneck, als Alessandro aus dem Bad kam. Die lange, heiße Dusche hatte ihm gutgetan. Seine Prellungen schmerzten ihn immer noch, die blauen Flecken verfärbten sich an den Rändern langsam gelblich, aber er fühlte sich schon etwas besser.

Langsam zog er sich an.

„Schläfst du noch?"

„Hmm", hörte er Alina zwischen den Kissen murmeln.

„Ich geh runter zum Frühstück. Ich hab` einen riesigen Hunger."

Im Erdgeschoss betrat er den Frühstücksraum. Eine holzgetäfelte Theke trennte die Küche vom Gastraum, ein paar quadratische Tische standen im Raum verteilt, die übrigen Wände zierten eine helle Tapete und nostalgische Bilder von Almwiesen und Bergspitzen. Er setzte sich an einen der Tische mit hellgelben Tischdecken, Salz und Pfefferstreuer, Zahnstocher, Serviettenhalter und jeweils einer kleinen Vase, in der normalerweise kleine Plastikblumen steckten. Da es Mitte April war, hatte seine Tante ein paar Blumen aus dem Garten abgeschnitten und hineingestellt.

„Sandro, Buongiorno Caro, wie geht´s dir denn?"

Seine Tante kam aus der Küche und trocknete sich die Hände an einem Geschirrtuch ab.

„Möchtest du Frühstück?"

„Danke, sehr gerne.“

„Perfetto! Bleib sitzen, ich bringe dir alles. Kaffee?“

„Oh ja, bitte.“

„Die anderen Gäste sind schon gegangen, also fühl dich wie zu Hause“, sagte sie und verschwand wieder in der Küche. Auf dem Nebentisch sah er eine Zeitung liegen und stand auf, um sie zu holen. Durch die offene Terrassentür konnte er in den Garten sehen. Das Gemüse wuchs in langen Beeten, Bäume und Blumen blühten in zarten Farben. Das Klima in Südtirol war deutlich milder als in Innsbruck, was er sehr mochte. In Süditalien, seiner Heimat, war es um diese Jahreszeit schon ziemlich warm, und im Sommer wurde es dort so heiß, dass es kaum auszuhalten war. Arbeit gab es dort auch wenig. Eigentlich fühlte er sich hier im Norden sehr wohl. Vielleicht sollte er, wenn alles vorbei war, einfach hier in Südtirol bleiben.

Seine Tante brachte Kaffee und ein Tablett voller guter Sachen, Cornetti, die italienischen süßen Hörnchen, zwei Panini, eins mit Schinken und Käse und eins mit Tomaten und Mozzarella, etwas Obst, Trauben und zwei kleine Stückchen Kuchen.

„Grazie, Tante!“, sagte Alessandro. „Du verwöhnst uns wirklich, vielen Dank.“

„Wo ist denn deine Freundin?“

„Die kommt gleich. Dankeschön.“

„Ah, die Zeitung hat ein Gast hier liegen lassen. Soll ich sie wegnehmen?“

„Lass nur, sie stört mich nicht.“

Er nahm einen Schluck Kaffee. Es gab doch nichts Besseres als italienischen Kaffee. Er konnte sich nicht erklären, warum das so war, die Röstung, die Maschinen oder das Wasser – wahrscheinlich alles zusammen. Er probierte ein Cornetto mit Schokoladenfüllung und freute sich, wieder in Italien zu sein. Zu Hause zu sein. Wenn auch unter diesen Umständen. Da Alina immer noch nicht aufgetaucht war, schlug er die Zeitung auf, die aktuelle Ausgabe der österreichischen Tiroler Tageszeitung. Normalerweise las er die nie. Er interessierte sich weder für die Innsbrucker Neuigkeiten, viel passierte eh nicht, noch für österreichische Politik. Er versuchte einfach nur, dort etwas Geld zu verdienen.

Die blöde Aktion mit dem Bild war Hannes‘ Idee gewesen.

„Ersteigere einfach das Bild“, hatte sein Freund ihm gesagt.

„Warum soll ich das machen?“, hatte er gefragt.

„Vielleicht ist hinter dem Bild was Wertvolles versteckt“, hatte er ihm erklärt. Er könne es nicht kaufen, da er ja für die Versteigerungsfirma arbeiten würde.

„Was soll denn da versteckt sein?“, hatte er gefragt.

„Warte ab“, hatte Hannes nur gemeint.

Und jetzt war Hannes tot. Und die Anzahlung war weg. Was für eine Katastrophe. Hoffentlich würde der alte Mann das Bild bald verkaufen. Er würde ihn heute noch einmal anrufen. Zerstreut blätterte er die Zeitung durch, ohne richtig hinzuschauen. Er konnte die deutsche Sprache nicht so gut lesen. Sprechen ging mittlerweile ganz passabel, aber Lesen fand er eher schwierig. Gerade wollte er die Zeitung weglegen, als ihm im Mittelteil Innsbruck Stadt ein Artikel mit einem Foto ins Auge fiel. Er erkannte den Sekretär und den behäbigen Sessel, der davor stand sofort.

„Antiquar tot aufgefunden“, lautete die Überschrift.

Er versuchte den Artikel zu lesen, verstand aber nur die Hälfte. Das konnte doch kein Zufall sein!

„Hmm, gut, Frühstück! Wann wollen wir weiterfahren?“, hörte er Alina hinter sich.

Sie setzte sich mit Schwung auf den Stuhl gegenüber und nahm sich das zweite Hörnchen.

„Was ist los?“, fragte sie. „Du siehst aus, als hättest du gerade ein Geist gesehen.“

Die Tante brachte Alina einen Kaffee.

„Super, Grazie mille“, sagte sie, und leise zu Alessandro: „Was ist, nun sag schon.“

Sie warteten, bis die Tante wieder in der Küche war.

„Der Alte ist tot!“

Er zeigte ihr den Artikel.

„Was steht da?“

Sie las und stöhnte leise.

„Scheiße!“

„Was steht da!“, fragte er nochmal.

„Der Typ wurde tot in seinem Geschäft gefunden. Sie können aber nichts weiter dazu sagen.“

„Ok, ganz ruhig bleiben“, sagte er mehr zu sich als zu ihr. „Die Zeitung ist von heute. Sie haben ihn gestern gefunden, vorgestern Abend war er ja noch lebendig. Das gibt es doch nicht.“

Alina schaute ihn ernst an.

„Was machen wir denn jetzt? Meinst du, das Bild ist noch da?“

„Ich schwör dir, dieser schmierige Typ hat sicher was damit zu tun.“

„Was für ein schmieriger Typ?“, fragte Alina und biss in ein Panino.

„Als ich das erste Mal im Geschäft war, kam mir beim Rausgehen ein Typ entgegen. Groß, dünn, braune Lederjacke, schwarzer Pulli, zurückgegelte Haare. Er hat irgendwie altmodisch gerochen und mich dumm angesehen. Ich bin einfach an ihm vorbeigegangen. Beim zweiten Mal, als ich das Bild gebracht habe, kam er mir wieder an der Tür entgegen. Er hat irgendwas Blödes zu dem Alten gesagt. Ich bin einfach abgehauen.“

„Meinst du, der war`s?“, fragte sie.

„Gut möglich. Vielleicht hat ihm Herzog von dem Bild erzählt. Der Alte hat die ganze Zeit so getan, als wäre er nicht interessiert, aber man hat gemerkt, dass er total aufgeregt war.“

„Meinst du, Lederjacke hat das Bild geklaut?“

„Ja klar, warum nicht? Er hatte so einen kalten Blick.“

„Pah, verdammt. Dann müssen wir wieder zurück und es holen. Wie finden wir den denn?“

„Keine Ahnung“, sagte Alessandro leise.

Seine Tante kam wieder aus der Küche.

„Ragazzi, alles in Ordnung? Wollt ihr noch Kaffee?“

„Ich geh zu ihr und hol uns noch was“, sagte Alina leise, nahm die Tassen und ging in die Küche.

Der Alte hatte doch einen Namen gesagt. Er musste sich nur erinnern.

„Denk nach …“, sagte er leise zu sich.

Der Nachname hatte irgendwie italienisch geklungen. Das hatte ihn noch gewundert, denn der Typ hatte gar keinen italienischen Eindruck auf ihn gemacht. Rossi, Rosso … Rosa. Mist. Dellarosa! Das war es, genau. Sehr gut. Nun der Vorname. Der war auch ungewöhnlich gewesen. Irgendwie eher englisch. Hatte besser zu dem Typen gepasst. Henry, Hendrik … Robert. Nein. Richard. Richard Dellarosa, den Namen hatte er gesagt!

Nach Innsbruck zurückzufahren war vielleicht nicht die intelligenteste Idee der Weltgeschichte, aber sie mussten unbedingt das Bild wiederhaben, es half alles nichts. Sie würden sich irgendwo verstecken. Das würde schon klappen. Zur Not fuhren sie halt abends wieder hierher, so weit war es auch nicht. Er griff nach dem zweiten Panini und biss ein großes Stück ab. Alina kam mit zwei Gläsern Saft zurück.

„Und?“

„Richard Dellarosa“, sagte er kauend. „So hieß er. Ist mir wieder eingefallen. Hat der Alte gesagt.“

„Super. Seltsamer Name, oder? Den finden wir sicher im Internet. Funktioniert das Teil?“ Sie zeigte auf einen Computer älteren Modells, der in einer dunklen Ecke des Raumes stand.

„Bestimmt, der ist für Gäste gedacht.“

Sie stand auf und startete das System. Als der Rechner hochgefahren war, gab sie ein paar Suchanfragen in den

Browser ein.

„Ha!“, rief sie, „So einfach, Baby, so einfach! Richard Dellarosa, Innsbruck. Galerie in der Templstraße. Geöffnet nur auf Anfrage. Telefonnummer, E-Mail, alles da!“

„Gut gemacht“, strahlte Alessandro und trommelte mit den Fingern auf die Tischplatte.

„Lass uns gleich fahren, den Typ holen wir uns.“

35

Ludwig Landauer hatte momentan keine besonderen Aufträge und daher Zeit, sich ein bisschen für Luis umzusehen. Oder besser umzuhören. Er war an diesem wunderschönen Samstagmorgen früh wach gewesen und gleich aufgestanden. Er hasste es, lange im Bett rumzuliegen, das hatten sie ihm schon beim Militär abgewöhnt. Manchmal besuchte ihn über Nacht seine Bekannte Susanne. Sie nannte das 'Freundschaft plus', doch genau genommen war es eigentlich nur plus. Aber das passte ihm ganz gut so. Keine Verpflichtungen, kein Stress.
An diesem Morgen war er jedenfalls allein aufgewacht. Er saß an seinem Küchentisch und las die beiden Tageszeitungen, die er abonniert hatte, wie immer gründlich. Den Artikel über Herzog hatte er sofort gesehen. Da waren die von der Zeitung wirklich schnell gewesen. Viele Informationen hatten sie von der Polizei eh nicht bekommen. Luis hatte ihm da auch nicht mehr Informationen geliefert, aber er hatte schon eine Idee, wie er vorgehen wollte. Er kannte zwei Geschäftsmänner, von denen er wusste, dass sie sich in ganz bestimmten Kreisen auskannten. Denen wollte er ein bisschen auf den Zahn fühlen. Dann war ihm noch jemand eingefallen, mit dem sich der alte Herzog ab und zu getroffen hatte. Ludwig hatte über Umwege gehört, dass dieser Typ immer wieder mal in nicht ganz saubere Geschäfte verwickelt war. Das alles klang doch nach einem schönen Tagesprogramm. Mittags würde er irgendwo einkehren und abends entspannen. Er legte

die Zeitungen beiseite und machte sich auf den Weg. Sein silbergrauer Fiat Punto stand direkt vor der Tür. Es war das unauffälligste Auto, das er sich vorstellen konnte. Als privater Ermittler musste er sich oft unsichtbar machen und dieses Auto war dafür bestens geeignet, es glich einer fahrenden Tarnkappe. Er stieg ein und fuhr los.

Sein erstes Ziel lag in der Reichenau. Gemütlich lenkte er den Punto durch die Pradler Wohnstraßen. Es war wirklich ein schöner, sonniger Morgen. Nach einer kurzen Fahrt durch die Stadt wurde er langsamer und suchte nach der richtigen Straße. Dieser Stadtteil war eine mehr oder weniger gelungene Mischung aus Wohngegend und Gewerbegebiet. Bunte Hochhäuser reihten sich zwischen Firmen, Dönerrestaurants, Supermärkten und Tankstellen.

Wenn er Pech hatte, war eh niemand da und er würde am Montag noch einmal wiederkommen müssen, aber einen Versuch war es allemal wert. Die Firma, die er suchte, hieß HanGro Unlimited, offiziell ein Import-Export-Unternehmen. Mit Hans Grossmann, dem Inhaber, hatte er schon mehrere Male zu tun gehabt. Exporteur Grossmann ließ nicht selten seine Lkws nach Süditalien fahren, war aber neuerdings auch im Osten aktiver geworden. Ob er mit Kunst zu tun hatte, wusste Ludwig natürlich nicht, aber er wusste, dass der Mann noch mehr Connections als er selbst hatte. Er stellte den Wagen direkt vor dem Bürogebäude ab, stieg aus und drückte auf gut Glück die Türklinke. Bei HanGro Unlimited wurde am Samstag gearbeitet. Eine junge Frau saß im Eingangsbereich an einem Computer und sah auf.

„Hallo, griaß di. Kann ich helfen?“

„Ich hätte gerne Herrn Grossmann gesprochen, ist der zufällig da?“

„Ja, sitzt hinten. Aber er telefoniert grad. Gehen`s ruhig durch. Kennen S` sich eh aus, oder?“ Sie schaute wieder auf ihren Bildschirm und achtete nicht weiter auf ihn.

Er ging nach hinten durch und hörte Grossmann telefonieren. Doch bevor er irgendetwas verstehen konnte, hatte der Besitzer von HanGro den Hörer auflegt.

„Na schau, wen haben wir denn da!“, sagte er, als er Ludwig in der Tür stehen sah. „Lucky Luke.“

„Griaß di, Grossmann, na, wie laufen die Geschäfte?“ Ludwig schätzte ihn auf Anfang sechzig. Der Mann war klein und untersetzt und hatte eine Halbglatze. Er trug ein kurzärmliges Hawaii-Hemd und erhob sich, um seinem Gast die Hand zu geben.

„Sehr gut. Wie immer. Setz dich. Magst an Kaffee?“

„Na, dank dir.“ Ludwig setzte sich.

„Immer noch im Geschäft? Ich dachte, du hättest dich zur Ruhe gesetzt. Obwohl, so als Schnüffler verdient man sicher a ned die Welt, oder?“, sagte er und grinste.

„Privatermittler wäre da jetzt das richtige Wort. Es brummt regelrecht, da brauchst` dir nix denken, das läuft alles seriös und professionell. Große Firmen, kleine Firmen, ab und zu Privatpersonen. Aber aufhören? Das wäre ja mega fad.“

„Freut mich für dich“, sagte Grossmann. „Also, wie kann ich dir helfen?“

„Ja, es ist so, ich suche jemanden, der Interesse am An- und Verkauf von Antiquitäten und Bildern hat."

„Aha. Gehst du jetzt unter die Sammler? Scheint doch recht lukrativ zu sein, die Schnüffelei. Geh doch zu dieser albernen Kunstmesse. Ist ja bald wieder, oder?", sagte er und lachte.

„Super Idee!", grinste Ludwig. „Naa, weißt` es geht eher um den Handel unter dem Ladentisch, wenn du verstehst."

„Ahaaa, Diebesgut, also damit hab` ich nichts zu schaffen. Was denkst du denn, was ich hier tu`?"

„Na, eh. Aber du kennst doch Gott und die Welt, kannst du mir da nicht ´nen Tipp geben?"

„Dir ´nen Tipp geben? Du arbeitest für die Polizei, das weiß doch jeder."

Ludwig lächelte kalt.

„Ach, erzählt man sich das, ja? Blödsinn, die zahlen doch nix. In dem Fall, an dem ich dran bin, geht´s um eine private Ermittlung für einen Unterländer, der nicht genannt werden will, bissl a krumme G`schicht."

„Du erstaunst mich immer wieder, alter Luke. Und du suchst jemanden aus der Stadt?"

„Oder aus der Umgebung. Meinetwegen Tirol, Innsbruck Land, Landeck."

Grossmann schaute ihn eine Weile an.

„Versuchs´ doch mal in der Templstraße", sagte er schließlich. „Aber das ist nur ein Gerücht, und von mir hast du das nicht."

„Ich war ja gar nicht hier ..."

„Richtig, mach die Wolke. Pfiati."

Grossmann griff schon wieder zum Telefonhörer, als Ludwig aufstand, grüßend die Hand hob und das Büro verließ.

Er setzte sich in seinen Fiat und dachte kurz nach. Das hatte er jetzt nicht erwartet. Der Mann, den er als Letztes an diesem Tag aufsuchen wollte, hatte eine Galerie in der Templstraße. Schien wohl ein angesehener Fachmann in gewissen Kreisen zu sein. Er schaute auf die Uhr. Es war erst halb elf. Er überlegte, ob der nächste geplante Besuch überhaupt notwendig war, denn sein Gefühl sagte ihm, dass der Tipp mit der Templstraße ein Volltreffer war.

36

Karo legte ihr Telefon neben sich auf das Sofa. So hatte sie sich die Arbeit bei der Mordkommission wirklich nicht vorgestellt.

'Schönes Wochenende' hatte er gesagt. Wie konnte man denn bloß so tun, als wäre nichts gewesen. Sie war fertig geduscht und angezogen und schaute aus dem Fenster ihrer Garçonnière. Das Wetter war wunderschön. Sonnig und warm, aber nicht zu heiß. Zu ihrem Bedauern hatte sie keine Wohnung mit Balkon bekommen, doch sie beschwerte sich nicht. Sie war froh, überhaupt eine einigermaßen bezahlbare Wohnung in Innsbruck gefunden zu haben. Wenn sie ein Fahrrad gehabt hätte, wäre sie ein bisschen herumgefahren, aber das hatte sie in Salzburg bei ihren Eltern stehen lassen. Vielleicht sollte sie es bei ihrem nächsten Besuch mitnehmen. Momentan hatte sie jedenfalls keins. Freunde oder Bekannte hatte sie hier auch nicht. Sollte sie zum Sport gehen?

Der Fall ließ ihr einfach keine Ruhe. Die Liste, die sie mit Felix am Vortag zusammengestellt hatte, hatte sie kopiert und mit nach Hause genommen. Sie ging sie noch einmal durch. Vier Männer und eine Frau würden ihrer Meinung nach dafür infrage kommen, um so ein Bild zu verkaufen. Einer davon war zusammen mit der Frau in Kufstein gemeldet. Das war ihr heute dann doch zu weit weg. Ein anderer lebte im Oberland, in Landeck. Auch zu weit. Der dritte hatte sein Geschäft in Hall und der vierte in Innsbruck Neu-Rum. Die Geschäftslokale hatten sicher am Wochenende geschlossen, aber sie wollte sich einfach ein wenig umsehen. Das konnte ja nicht schaden.

„Ich werde das Bild finden, den Fall lösen und dann in kürzester Zeit Chefermittlerin sein. So sieht´s aus“, sagte sie zu sich selbst, faltete die Seiten mit den Adressen und verließ das Haus.

Ihr Auto parkte in der Nebenstraße. Sie gab die erste Adresse in die Navigation ihres Telefons ein, sodass sie zielsicher durch die Stadt gelotst wurde, denn die meisten Innsbrucker Straßen und Stadtteile kannte sie noch nicht. Sie fuhr durch die Stadt und sah sich um. Das Navi führte sie an einem großen Einkaufszentrum vorbei, das ihr bekannt vorkam. Sie hatte sich dort letzte Woche ausgiebig umgesehen. Es gab jede Menge Geschäfte für all die Dinge, die sie in ihrer neuen Wohnung gut gebrauchen konnte. Sie hatte unter anderem recht hübsche Teller und Sofakissen gefunden. Mit Parfum und Kosmetik konnte sie eher weniger anfangen, Mode interessierte sie auch nicht. Es gab dort auch viel Unnützes, wie sie fand. Filmplakate, Zauberstäbe aus Plastik, Star-Wars-Becher und jede Menge bedruckter T-Shirts. Für was die Leute ihr Geld ausgaben. Die zwei großen Supermärkte fand sie dagegen recht praktisch, da man davor mit dem Auto parken konnte.

Das Navi führte sie weiter durch ein gewerblich genutztes Gebiet mit Autohäusern und großen Firmen. Über eine der Innbrücken erreichte sie schließlich den Stadtteil Neu-Rum. Die Fahrt endete auf einem menschenleeren Hinterhof inmitten mehrerer Hochhäuser.

„Super Gegend!“, seufzte sie, wendete und fuhr wieder zurück zur Hauptstraße. Auf dem Seitenstreifen fand sie eine kleine Parklücke. Sie stellte den Wagen ab, stieg aus und ging zurück in den Hinterhof. Ein alter Fußball lag herum. Man hörte in der Ferne die Autos rauschen, durch ein offenes Fenster hörte sie eine Fernsehshow, von etwas weiter oben orientalische Musik.

In der hinteren Ecke des Hofs lag eine Art Ladengeschäft. Es hatte eine breite Glasfront, die beiden Eingangstüren waren mit alten Aufklebern bestückt. Man hatte dort anscheinend Reisen, Antiquitäten und Teppiche angeboten. Mittlerweile waren die Aufkleber ausgeblichen und teilweise abgekratzt.

Na, da bucht man seinen Urlaub doch gerne, dachte sie. Sehr vertrauenswürdig.

Der Raum hinter den Glasscheiben wurde durch bodenlange, zerschlissene Vorhänge vor neugierigen Blicken geschützt. Sie ging auf eine der Türen zu. Zu ihrer Überraschung war das Geschäft nicht verschlossen. Langsam trat sie in den dämmrigen, halbdunklen Raum. In der Ausbildung hatte sie gelernt, dass man sich in solchen Situationen eigentlich sofort zu erkennen geben sollte. Doch sie ging schweigend in den geräumigen Geschäftsraum hinein. Sie erkannte Schreibtische mit flachen Computerbildschirmen, ein altes Sofa und ein Couchtisch, auf dem leere türkische Teegläser standen. Ein riesiger Flachbildschirm hing an einer Wand.

Sie ging weiter nach hinten in einen schmalen Gang, von dem mehrere Türen abgingen. Es war niemand zu sehen. Im

Zimmer zu ihrer Rechten standen ein weiterer Schreibtisch und ein Schrank. Sie schaute vorsichtig hinein. Keiner da.
Sie drückte langsam die Klinke zu einer Tür auf der linken Seite und hielt die Luft an.
Was mache ich hier eigentlich?, dachte sie. Spinnst du jetzt völlig, Karo! Ich habe nicht mal ´ne Waffe dabei, ich Idiot.
Die Tür war abgeschlossen. Sie atmete aus. Am Ende des Gangs lag ein weiteres Zimmer.
Na, jetzt ist es auch schon egal, dachte sie und ging den Flur hinunter. Die Tür dort war angelehnt. Sie spürte, wie ihr Herz schneller schlug. Durch den offenen Türspalt sah sie Kisten und gestapelte Pappkartons auf einer Palette. Vorsichtig schob sie die Tür etwas weiter auf. Einige Kartons waren geöffnet. Wieder hielt sie die Luft an. Auch hier keiner da. Sie drückte die Tür ganz auf, ging zu den Kartons und schob etwas Füllmaterial zur Seite. Unter dem Plastik glitzerte es. Sie griff in die Kiste und hielt eine Sissi-Figur in der Hand, die mit kleinen, glitzernden Kristallen verziert war.

„Na super!“, sagte sie laut, erschrak vor ihrer eigenen Stimme und drehte sich um.
Aber sie war immer noch allein.
Die Kiste enthielt neben den Sissi-Figuren auch glitzernde Schneekugeln mit dem goldenen Dachl und ein paar andere gruselige Souvenirs.

„Du bist wirklich die geborene Superagentin!“, sagte sie leise zu sich selbst. „Jetzt aber nichts wie weg hier.“
Sie steckte die Figur in ihre Jackentasche und ging zurück in den Hauptraum.

Als sie den Eingangsbereich erreicht hatte, knallte es. Tief, dunkel und laut. Die Scheiben vibrierten.
Sie erschrak und warf sich sofort auf den Boden. Ihr Herz schlug wie verrückt. Sie hielt den Kopf gesenkt und atmete flach. Sie lag auf dunkelgrünem Teppichboden, der auch schon bessere Tage gesehen hatte. Dafür aber eigentlich recht sauber war.
Interessant, was man alles bemerkte, wenn man Angst hatte, dachte sie.
Plötzlich hörte sie draußen vor der Tür Stimmen. Die Stimmen kamen näher und stritten. Wurden immer lauter. Vorsichtig hob sie den Kopf.
Es waren Kinderstimmen. Durch die Vorhänge erkannte sie die Schatten zweier Jungs.
Erleichtert atmete sie aus. Wenn sie jetzt jemand gesehen hätte. Sie benahm sich einfach nur lächerlich. LÄCHERLICH!
Sie stand auf und wischte sich ihre engen Jeans ab. War hinter ihr jemand? Sie drehte sich um.
Nichts.
Langsam spinne ich richtig, dachte sie und ging zur Tür. Sie wartete einen Moment, sammelte sich, öffnete rasch und ging zielstrebig in Richtung Auto. Eines der Kinder rief ihr nach.
„Ehy, was machst du da!“
Sie drehte sich nicht um.
„Ehhy, du, was willst du hier! Ey, Bitch!“
Als sie hörte, wie der Fußball direkt neben ihr an die Hauswand knallte, rannte sie, so schnell sie konnte, zum Auto.
Völlig außer Atem ließ sie sich auf den Fahrersitz fallen.

Ganz tolle Aktion.
Sie gab die zweite Adresse in ihr Telefon ein.

37

Die Sonne schien auf die beigefarbene Markise, unter der Luis lässig auf einem der Balkonstühle saß. Seine nackten Füße hatte er auf einem zweiten Stuhl abgelegt. Auf dem Tisch standen zwei leere Kaffeebecher, vollgebröselte Teller, Besteck und andere Frühstücksutensilien.

Er zog an einer Zigarette und blies den Rauch aus. Er war wieder allein. Nachdem er seine Laufrunde beendet hatte, hatte Stefan vor der Tür gestanden. Sein Freund hatte frisches Brot, Eier, Schinken und ein paar andere gute Dinge mitgebracht. Während Luis duschte, hatte der Koch das Frühstück vorbereitet. Rühreier brutzelten in einer kleinen Pfanne, frisch getoastetes Brot duftete. Der Tisch war gedeckt, als Luis aus dem Bad auftauchte.

„Stefan, du bist wirklich großartig. Machst du mir das jetzt jeden Samstag?“, hatte er gefragt.

„Naa, sicher ned! Such dir a Freundin.“

„Ich hab doch schon eine“, entgegnete Luis, wusste aber, dass das wohl nicht mehr ganz zutraf.

Sie hatten ausgiebig gefrühstückt und alles Mögliche geredet, nur nicht über die Arbeit. Dann war Stefan wieder aufgebrochen. Er hatte die Abendschicht im Grüneck und musste dafür alles vorbereiten.

Ein Windstoß blies Luis warme Luft ins Gesicht. Er versuchte, kurz an nichts zu denken und die Sonne zu genießen. Es gelang ihm nicht. Er drückte die Zigarette aus und griff nach dem Telefon.

„Ja, Luis."

„Haben wir schon was?"

„Na, nicht viel. Habe ich dir weitergeleitet. Einen Teilabdruck, die anderen Abdrücke auf den Gläsern waren verwischt. Die DNA von den Zigarillos ist noch nicht ausgewertet."

„Sonst nichts?"

„Na."

„Haben wir das Auto gefunden?"

„Ich hab` bisher nichts gehört. Ich melde mich sofort, wenn wir was haben, ja?"

„Alles klar, entschuldige die Störung."

„Du störst nicht", sagte Steiner. „Birgit ist mit ihrer Freundin unterwegs, und ich hab` mir grad zum Essen a Bier aufgemacht, alles völlig entspannt hier."

„Na, dann Mahlzeit!"

Luis stand auf und räumte das schmutzige Geschirr in die Küche. Im Kühlschrank fand er eine Flasche Pils. In Tirol tranken nicht viele Leute das herbe Bier aus dem Norden, doch Luis mochte es lieber als die lokalen Biere, die ihm oft zu hopfig waren. Ein paar Sorten mochte er schon, aber da er das friesische Bier unten im Supermarkt bekam, blieb er gerne beim Original. Er ließ sich wieder auf den beiden Balkonstühlen nieder und öffnete die Flasche mit seinem Feuerzeug. Es zischte. Er nahm einen großen Schluck und schaute auf die Nordkette. Der Himmel strahlte in einem fast unverschämten Blau unter der Sonne. Oben am Berg schmolz der Schnee nun so dahin. Es sah aus, als läge ein riesiges weißes Netz auf dem hellen Steinmassiv. Der Schnee gab der Luft noch eine angenehme Kühle, die ihm in den brütend heißen Sommermonaten fehlen würde. Jetzt war es einfach nur angenehm.

Sein Telefon klingelte.

„Hallo Gitta."

„Wie geht's meinem Lieblingssohn?"

„Sehr witzig. Gut, ich habe gerade mit Stefan gefrühstückt. Vielleicht sollte ich mit ihm zusammenziehen. Er ist ein fantastischer Hausmann, kann großartig kochen und macht Superfrühstück."

„Hast du mit Julia gesprochen?"

„Ja, ich habe mit ihr telefoniert."

„Und was sagt sie?"

„Dass ich sie besuchen soll und sie viel zu tun hat."

„Schön. Dann mach das doch einfach."

„Wie du weißt, habe ich momentan zwei Mordfälle aufzuklären, da kann ich nicht einfach so in den Urlaub fahren."

„Ach, du bist wie dein Vater, immer im Dienst …"

„Ja, so bin ich halt. Du bist übrigens genauso, Frau Doktor."

Einen Moment lang sagte sie nichts.

„Ja, so sind wir nun mal, nicht?"

„War was Besonderes?"

„Ich wollte dich eigentlich heute Abend noch mal zum Essen ausführen. Weil du doch so gestresst bist. Was sagst du? Oder kocht Stefan am Abend auch wieder für dich?"

„Nein, heute Abend hat er leider keine Zeit."

„Möchtest du vorher auf einen Aperitif gehen?“
„Ja, können wir machen, wenn du magst.“
„Gut. Sieben Uhr? Top Floor Bar?“

38

Die Innsbrucker Templstraße war eine recht beschauliche Wohnstraße, gesäumt von alten, stuckverzierten Mehrfamilienhäusern, teilweise noch mit alten Ladenlokalen im Erdgeschoss. Richtung Süden, wo die Bombardierung Innsbrucks im Zweiten Weltkrieg ein paar Freiflächen hinterlassen hatte, wurden einige der brachliegenden Flächen momentan noch als Parkplätze genutzt, andere mit schlichten Neubauten aufgefüllt.

Ludwig fuhr im Schritttempo die Straße hinunter und überlegte, wo er parken konnte, um unauffällig die Lage zu erkunden. Um die Ecke gab es einen kleinen Supermarkt, den er für seine Zwecke nutzen konnte. Er fand dort sogar einen freien Parkplatz. Langsam schlenderte er die Straße hinunter. Bevor er an dem Haus Nummer 5 langsamer wurde, zog er sein Telefon aus der Tasche und tat so, als würde er telefonieren.

Er blieb vor der Galerie im Erdgeschoss stehen, sprach in sein Telefon und schaute durch das große Fenster. Das Geschäft war nicht beleuchtet und schien geschlossen. In der Auslage standen zwei verstaubte Skulpturen, im Hintergrund hingen ein paar Bilder an der Wand. Galerie Dellarosa stand auf einem Schild an der Tür. Besuche und Termine nur nach Absprache. Eine Telefonnummer, eine E-Mail-Adresse. Ein paar Schritte weiter fand er auf dem Klingelschild des Wohnhauses den Namen Dellarosa. Sieh an, dachte er, wie praktisch. Die Wohnung schien im ersten Stock zu sein. Auf der anderen Straßenseite entdeckte er paar freie Parkplätze und ging zum Auto zurück.

„Das wird dann wohl ein langer Vormittag“, seufzte er leise und beschloss im Supermarkt etwas Proviant für die nächsten Stunden im Auto einzukaufen.

39

Saline hieß die Straße, in die sie ihr Navi geführt hatte. Die Gegend entpuppte sich als alte, verschachtelte Gewerbezone kurz vor Hall.

Komischer Name, dachte sie. Sie hielt an und gab das Wort in die Suchfunktion ihres Telefons ein: Saline, Hall in Tirol. Mehrere Einträge beschrieben die Arbeitsweisen der Salzgewinnung, die dort früher stattgefunden hatte. Im Salzbergbau wurde damals Sole gewonnen, las sie. Durch Holzrohre, die später durch Gussrohre ersetzt wurden, leitete man die Sole in die Saline. Durch Verdampfung in riesigen kohlebeheizten Pfannen wurde daraus das Salz gewonnen, was jedoch mit einem großen Energieverlust einherging. Im Jahr 1951 wurde die Anlage deshalb so umgebaut, dass der entstehende Wasserdampf in einem Heiz-Kreislaufsystem eingebunden werden konnte.

Und man denkt, die Technik sei ganz neu, dachte sie. Da waren sie damals schon clever.

Karo sah von ihrem Telefon auf. Hier war zu dieser Tageszeit nicht viel los. Auf bunten Schildern an den Hauswänden las sie Namen von Medienagenturen und Beratungsfirmen. Die Saline schien jetzt ein schickes Medienzentrum zu sein, wo an Samstagen sicher niemand arbeitete. Langsam ließ sie den Wagen durch eine enge Gasse rollen und suchte die richtige Hausnummer. Diesmal wollte sie den Wagen direkt vor der Firma abstellen. Bei der Adresse handelte sich um eine in die Jahre gekommene, niedrige Halle oder eine Art

Lager, in deren rostige, doppelflügelige Metalltür schmale Milchglasfenster eingelassen waren. Die Fenster neben der Tür waren so schmutzig, dass man nicht hineinsehen konnte. Putz bröckelte von den Wänden.
Sie sah auf ihr Telefon. Navigation und Suchmaschine hatten ihren Akku fast komplett geleert. Der rote Balken war kaum noch zu sehen.
Auch wieder super, dachte sie und stieg aus.
Die Tür ließ sich erstaunlich leicht und geräuschlos öffnen. Sie sah in den Vorraum. Es roch nach Staub, Metall und Öl. Wie in einer Werkstatt. Auch hier standen ein paar Kisten auf Paletten, ansonsten gab es nicht viel zu sehen. Zu beiden Seiten der Halle gingen Türen ab. Sie entschied sich für die erste Tür, öffnete sie und schaute in ein kleines Büro mit Tisch, Computer und Regalen. Es roch stark nach Zigaretten und abgestandenem Kaffee.

„Hallo, schöne Frau“, hörte sie plötzlich eine Stimme vom Ende des Flurs und erschrak.
Ein Mann, um einiges größer als sie, mit schwarzer Lederhose, schwarzem Hemd mit kurzen Ärmeln und darüber einer Lederweste kam auf sie zu. Ein großes Tattoo zierte seinen muskulösen Unterarm. Sie ging einen Schritt auf ihn zu.

„Hallo, bin ich hier richtig bei der Spedition Garber?“, fragte sie ihn.
Er stand nun direkt vor ihr und musterte sie mit kühlen, hellen Augen von oben bis unten.

„Nein, hier ist nicht die Firma Garber.“

Er hat so einen seltsamen Blick, dachte sie.

„Aber vielleicht kann ich Ihnen ja weiterhelfen.“
Seine Stimme klang sehr entspannt und gefällig, aber sein Blick fixierte sie weiter.

„Möchten Sie vielleicht einen Kaffee?“

„Gern, warum nicht“, sagte sie.

„Dann geht`s hier entlang, bitte.“ Er drehte sich um und ging nach hinten in den dunklen Lagerbereich. Sie folgte ihm. Aber aufpassen, mahnte sie sich.

Er hielt ihr die Tür zu einem weiteren Raum auf.

„So, bitte sehr.“

Wieder ein Büro. Die Sonne schien durch ein großes Milchglasfenster herein. Vor dem Fenster stand ein schwarzer Schreibtisch mit Bildschirm und Besucherstuhl, schwarzen Regalen und einer schwarzen Sofagarnitur an der hinteren Wand. Auf einem Regal befand sich eine kleine Kaffeemaschine, die er nun bediente.

„Milch und Zucker?“

„Schwarz, danke. Wie das Büro hier“, sagte sie und lächelte schüchtern.

„Ja, gute Farbe, macht mich an. Setz dich doch“, sagte er und wies auf das Sofa. Die Maschine brummte. Kaffee lief in zwei rote Tassen. Er stellte den fertigen Kaffee auf den niedrigen Glastisch vor dem Sofa und setzte sich neben sie.

„Danke“, sagte sie und nahm einen Schluck. „Hm, gut und stark.“

Er fixierte sie weiterhin, lächelte aber.

„Also, was ist dein Problem?“

„Äh, ja. Die Sache ist so. Ähm, ich wollte mir Sachen aus

Salzburg kommen lassen."

„Sachen aus Salzburg? Was für Sachen, wenn ich fragen darf?"

„Ich habe erst vor kurzem hier angefangen zu arbeiten und nicht viel mitgenommen. Es geht um ein paar Möbel", improvisierte sie.

„Ein paar Möbel", wiederholte er und lehnte sich entspannt zurück. „Für einen Möbeltransport aus Salzburg fragst du bei einer Firma in Innsbruck an? Und dann auch noch bei einer Spedition, die es gar nicht gibt?"

„Wie meinen Sie, eine Spedition, die es nicht gibt?"
Unsicher zupfte sie an ihrem Ärmel.
Er lächelte sie breit an.

„Was willst du wirklich?"
Sie schaute auf ihre Knie.
Mist, Mist, Mist, dachte sie und antwortete: „Gut, ich suche eigentlich etwas anderes."

„Und das wäre?" Er beugte sich vor und trank von seinem Kaffee.

„Wie soll ich das sagen …"
Sie spielte an ihren Fingernägeln herum.

„Einfach raus damit, ich bin nicht zimperlich. Und jetzt auch richtig gespannt."

„Ja, das denke ich mir", sagte sie nervös. „Ich brauche jemanden, der, ähm, für mich etwas verkauft."

„Interessant." Er setzte sich näher zu ihr. „Was möchtest du denn verkaufen?"

„Kunst. Ein Bild. Ein Ölbild", stammelte sie, „ich habe es

zufällig bekommen … und will es, na ja, mehr oder weniger unter der Hand verkaufen. Und suche jemanden, der mir helfen kann."

„Ich glaube, du erzählst hier ganz schönen Mist, mein Mädchen."

Karo war knallrot angelaufen. Er rückte noch näher zu ihr und strich ihr eine Haarsträhne aus dem Gesicht.

„Also? Du bist so still. Sag mir doch einfach, was du wirklich willst."

Er streichelte ihr über das Kinn. Sie schob seine Hand zur Seite.

„Gut. Oder auch nicht. Äh, nein, meine ich. Vergessen Sie das alles. Ich geh dann wohl besser", stammelte sie hastig. Das Herz schlug ihr bis zum Hals. Und sie roch den Kaffee in seinem Atem. Billiges Aftershave. Schweiß.

„Vielen Dank für den Kaffee." Karo stand auf.

Völlig unerwartet griff er nach ihrem Handgelenk und zog sie zurück aufs Sofa.

„He, was soll das! Lassen Sie das."

„Jetzt warte doch mal. Wir waren doch noch gar nicht fertig miteinander."

„Doch, ich würde sagen, wir sind hier fertig", sagte sie hektisch.

„Hast du etwa Angst?"

Sie spürte immer noch den Druck an ihrem Handgelenk.

„Ich habe ganz sicher keine Angst!"

„Gut."

Er strich ihr wieder übers Kinn.

„Genug“, rief sie und schlug seine Hand weg.

„Irgendwie bist du total süß, weißt du das?“, sagte er, packte sie an beiden Händen und drückte ihr die Arme auf dem Rücken zusammen.

Oh, nein! Nein! Nein!

Dann lehnte er sich über sie.

„Entspann` dich doch einfach.“

„Sicher nicht. Aufhören. Sofort. Es reicht!“, rief sie streng.

Er kicherte leise.

„Was denn, was denn. Wir haben doch nur ein bisschen Spaß. Das gefällt dir sicher.“

„Eher nicht.“

„Ach, nun sei doch nicht so, mein Kätzchen“, flüsterte er ihr ins Ohr.

„Lassen Sie das, ich bin von der Polizei! LKA Innsbruck!“, sagte sie und versuchte sich loszureißen. Doch er war einfach zu stark für sie.

„Oho!“, sagte er leise. „Von der Polizei Innsbruck. Die mag ich am liebsten. Besonders die, die hier ungefragt rumschnüffeln.“

Er roch an ihrer Wange, schnüffelte wie ein Hund und flüsterte ihr wieder ins Ohr.

„Hmm, du riechst so gut, kleine schnüffelnde Polizistin.“

Verdammt, der hat das sicher schon mal gemacht, dachte sie. Er hatte sie mit seiner linken Hand und seinem Körpergewicht fest im Griff. Sie konnte sich kaum bewegen.

Ganz ruhig bleiben, sagte sie zu sich. Kräfte sammeln, versuch dich zu konzentrieren. Atme ruhig und denk nach!

Atmen! Denken! Atmen! Denken!
Sie spürte seine Hand auf ihrem Shirt.

„Na, meine Süße? Was sollen wir nun zusammen anstellen?“

Auf ihrer Brust.

Nein! Nein! Das passiert mir nicht! Niemals!

„Nein. Loslassen“, sagte sie atemlos.

Panik ergriff sie. Sie versuchte ihre Hände aus seinem Klammergriff zu lösen, konnte sich jedoch keinen Millimeter rühren.

„Nein!“, rief sie.

„Schau, du bist ganz steif, Kätzchen, du magst das, was? Viel hast du da aber nicht zu bieten“, nörgelte er. „Ich mag es ja üppiger, aber man nimmt halt, was man kriegen kann.“

Sie roch seinen Schweiß und atmete kurz und schnell. Ihr wurde übel.

„Lass mich los, du mieses Arschloch!“, keuchte sie.

Jetzt war es wirklich genug! Konzentrier dich! Du bist ausgebildet!

Sie schloss die Augen und schlug ihren Kopf mit aller Kraft, die sie aufbringen konnte, in sein Gesicht. Es gab ein kurzes Geräusch. Langsam löste sich sein Griff. Er fasste sich an die Nase.

„Du mieses Dreckstück!“, schrie er und hielt sich beide Hände vors Gesicht.

Sie stieß ihn von sich und drückte sich hoch.

„Warte, du Schlampe!“

Er erwischte sie am Bein. Griff nach ihrem Knöchel.

Karo fiel der Länge nach auf den harten Fußboden. Hier gab es keinen Teppich.

„Nein, nein, nein, mein Polizeikätzchen, dich lasse ich sicher nicht einfach so gehen … was denkst du denn.“

Er zog an ihrem Bein. Angst durchflutete ihren Körper. Sie war wie gelähmt.

Atmen! Denken! Atmen! Denken! Konzentrier dich! Was hast du gelernt! Was hast du gelernt!

Blitzschnell rollte sie sich auf den Rücken und trat ihm mit ihrem freien Fuß mitten ins Gesicht. Und wünschte, sie hätte heute ihre Absatz-Stiefeletten angezogen.

Brüllend ließ er sie los. Sie rappelte sich auf und rannte aus dem Gebäude. Ihre Hände zitterten, als sie den Autoschlüssel aus ihrer Jackentasche zerrte. Er fiel zu Boden.

„Scheiße, scheiße!“, rief sie hektisch und sah sich nach allen Seiten um.

Aber ihr Angreifer war nirgends zu sehen. Sie warf sich ins Auto, ließ den Motor an und gab Gas. Panisch und im ersten Gang fuhr sie durch die Gassen. Der Motor heulte laut auf. An der Hauptstraße hielt sie an und zog, immer noch zitternd, ihr Telefon aus der Tasche und drückte darauf herum. Das Display blieb schwarz. Der Akku war leer.

„Verfluchte Scheiße!“, rief sie laut und schlug auf das Lenkrad. Tränen stiegen ihr in die Augen.

„Scheiße!“

Sie atmete hektisch und zitterte.

Ganz ruhig, es ist nichts passiert, sagte sie zu sich, nichts passiert. Nichts passiert. Nichts passiert.

Auf dem Gehweg sah sie eine Frau mit einem Kinderwagen.

„Entschuldigung, wissen Sie, wo hier die nächste Polizeistation ist? Bitte?“, fragte Karo mit erstickter Stimme. Die Frau blieb stehen, dachte einen Moment nach und zeigte geradeaus auf einen runden Platz mit Bänken und einem Springbrunnen.

„Da, gleich am Stadtplatz“, sagte sie.

Das Baby im Wagen fing an zu weinen.

„Super, vielen Dank! Danke!“

40

Ludwig Landauer saß in seinem Fiat Punto und wartete. Fußgänger kamen und gingen, Leute, die ihre Einkäufe nach Hause trugen, ein paar Geschäftsleute. Von Richard Dellarosa hingegen gab es keine Spur. Er unterdrückte das Verlangen, mit dem Telefon herumzuspielen. Aus Erfahrung wusste er, dass genau in dem Moment, in dem man abgelenkt war, die beschattete Person aufkreuzte oder sonst etwas passieren würde. Lustlos knabberte er an einem der übrig gebliebenen Grissinis und bröselte den Sitz voll. Er hasste Brösel im Auto. Und er hatte Hunger. Dann würde er eben abends ins Wirtshaus essen gehen. Ein türkisblauer Wagen fuhr langsam an ihm vorbei, älteres Baujahr, japanisches Fabrikat, slowenisches Kennzeichen. Zwei Personen saßen im Fond, Genaueres konnte er jedoch nicht erkennen. Es kam ihm so vor, als würde der Wagen vor Dellarosas Laden noch langsamer werden, als er eh schon fuhr, aber vielleicht suchten sie auch nur einen Parkplatz.
Minuten verstrichen. Nichts passierte. Dann öffnete sich die Tür von Haus Nummer 5. Ein großer, hagerer Mann mit zurückgegelten Haaren trat auf den Gehsteig, steckte sein Telefon in sein Ledersakko und setzte sich in einen alten, grünen Jaguar, der einige Meter von der Haustür entfernt geparkt war.

„Schau an mein Freund, da bist du ja endlich“, sagte Ludwig. „Dein Auto ist genauso runtergekommen, wie du es bist. Nicht alt genug, um ein Oldtimer zu sein und nicht cool

genug, um jemanden zu beeindrucken."
Der Jaguar fuhr los. Ludwig wartete einen Moment und folgte ihm. Dellarosa lenkte den Wagen durch die Stadt. Er hielt sich an die vorgegebene Geschwindigkeit, bremste an jeder Ampel und an jedem Fußgängerüberweg. Ludwig musste höllisch aufpassen, nicht zu dicht aufzufahren. Dass ein türkisfarbener Toyota hinter ihm aus einer Parklücke ausgeschert war, hatte er dabei nicht bemerkt. Sie fuhren im Konvoi durch Innsbruck. Die Salurner Straße entlang, am Bahnhof vorbei. Vor dem Hotel Europa standen alle drei, mit je einem Auto Abstand, an einer roten Ampel. Langsam ging es weiter an den neuen Wohnblocks der Sillinsel vorbei in den Stadtteil Dreiheiligen. Am Zeughaus-Museum bog Dellarosa ab und fuhr in die Straße der Viaduktbögen, die sich quer durch die ganze Stadt zog. Weiter südlich waren diese Bogenabteile von Bars und Kneipen in Beschlag genommen worden, nördlich, in dem Bereich, in den sie nun einbogen, hatten sich Installationsfirmen und Handwerksbetriebe angesiedelt.
Der grüne Jaguar hielt vor einem schlichten, unscheinbaren Bogenabteil mit Metalltür und vergittertem Fenster. Ludwig sah weder ein Firmenschild noch einen Namen an der Tür.
Dellarosa stieg aus, schloss die Tür auf und verschwand dahinter. Ludwig fuhr langsam weiter und parkte vor einem anderen Bogenabteil.
Das war bestimmt sein Lager für Dinge, die niemand sehen sollte, dachte Ludwig.
Jetzt schon mit ihm zu reden, wäre wohl unklug. Zumal er ihn ja verfolgt hatte. Zudem wäre es von Vorteil, zu wissen, was

Dellarosa dort gelagert hatte.
Sein Telefon auf dem Beifahrersitz klingelte.

„Naa, doch nicht jetzt“, schimpfte er. Er schaute auf die Nummer und hob ab. „Ja, Vater, was gibt’s.“

„Ludwig, Bua, Griaß di. Du, sag, kannst du mich zur Therapie fahren, ich hab` da n deppertn Termin.“

„Wann denn?“

„Na, jetzt.“

„Ehrlich, das fällt dir jetzt in diesem Moment ein.“

Es knirschte in der Leitung.

„Hallo. Bist du noch da?“

„Ja. Du, die Magda kann jetzt doch nicht. Obwohl sie´s versprochen hat. Irgendwas is wieder mit dem Letzen.“

„Ist der kleine krank?“

„Ma, was weiß i. Die Tochter ist halt ned da und sie muss sich kümmern.“

„Wann genau musst du dort sein?“

„In einer halben Stund`.“

Ludwig seufzte.

„Nacha?“, fragte Opa Landauer. „Fährst mi?“

„Jaaa, meinetwegen. Ich hol dich ab.“

Er legte auf.

Na gut, dann komme ich halt später wieder her, dachte er, wendete den Wagen und fuhr davon.

Im Vorbeifahren sah er aus dem Augenwinkel den türkisblauen Toyota, der zwischen zwei Vans geparkt hatte.

„Schau, schau, die beiden wieder. Das ist jetzt aber kein Zufall mehr.“

41

„Er fährt weg."

„Wer war das wohl?"

„Keine Ahnung, wie ein Polizist sah der nicht aus. Hat er uns gesehen?"

„Ich denke nicht. Reingegangen ist er jedenfalls nicht. Gut, dass wir die Landstraße gefahren sind. Meinst du, die Carabinieri suchen uns?"

„Weiß nicht. Egal. Komm, wir holen uns das Bild zurück."

„Okay", meinte Alessandro, „je eher wir hier wieder weg sind, desto besser."

Sie parkten direkt vor der Metalltür und stiegen aus. Die Tür ließ sich leicht öffnen, quietschte aber laut.

Perfektes Warnsystem, dachte Alessandro.

Sie traten in einen großen Raum, der völlig vollgestellt war. Überall standen Kisten herum, Bilder lagen verpackt und unverpackt auf Tischen und Regalen. Sie sahen Kunstgegenstände, kleine Bronzen, Skulpturen, Büsten, alte Spiegel. Ein Kunst-Sammelsurium.

„Ja, wen haben wir denn da."

In einer Ecke des Raumes stand Dellarosa mit verschränkten Armen und blickte sie mit seinen dunklen Augen an.

„Was für eine Überraschung. Und ich hatte schon überlegt, wie ich dich finde könnte, Jüngling, aber das kann ich mir ja nun sparen. Wie praktisch." Er grinste kalt.

„Sie waren es, oder?", sagte Alessandro mit gepresster Stimme. Dieser Mann machte ihm Angst.

„Was, meinst du, war ich?“, fragte Dellarosa.

„Sie haben den Alten erledigt und das Bild gestohlen!“, sagte Alina bestimmt. „Unser Bild.“

Dellarosa lachte laut auf.

„Euer Bild? Ihr seid wirklich amüsant.“

Er lehnte sich mit dem Ellenbogen auf einen Stapel Kisten.

“Wisst ihr was? Verschwindet doch einfach. Ihr wisst gar nichts. Ich geb` euch eine echte Chance. Weil ich ein Herz für junge Leute habe. Verpisst euch und verlasst das Land. Dann passiert euch nichts.“

„Wir wissen alles“, sagte Alina in einem scharfen Tonfall. „Gib uns einfach das Bild zurück, und du siehst uns nie wieder.“

Dellarosa lachte wieder auf.

„Was mach ich denn bloß mit euch“, sagte er leise wie zu sich selbst. „Was soll ich mit euch machen …“

Plötzlich fingen die Mauern an zu vibrieren. Über ihnen rumpelte es dumpf.

„Was ist das?“, flüsterte Alessandro.

„Ein Zug, du Trottel. Oben gehen die Bahnschienen. Ihr geht mir so auf die Nerven. Letzte Chance, verpisst euch. Sofort“, zischte er.

„Nicht ohne das Bild!“, antwortete Alina mit funkelnden Augen.

„Nun gut, ihr habt es nicht anders gewollt“, sagte Dellarosa ruhig, zog eine Waffe aus seinem Hosenbund.

„He Mann, ganz langsam, lentamente. Cazzo! Was soll

das?“, rief Alessandro hektisch und hob die Hände. „Schon gut, Mann, schon gut. Wir hauen ab und kommen nicht wieder! Alina, lass uns verschwinden. Los! Komm!“

„Hör auf deinen Freund, Alina. Verpisst euch. Nochmal sage ich es nicht.“

„Nicht ohne das Bild!“

Sie zückte ein Klappmesser.

Dellarosa lachte wieder.

„Eine temperamentvolle Freundin hast du, Jüngling. Sie passt auf dich auf, was?“

„Alina! No!“, rief Alessandro.

Dellarosa zielte er mit der Waffe auf die junge Frau.

„Ich habe keine Angst vor dir!“, rief sie.

„Solltest du aber“, entgegnete er kühl und richtete die Waffe langsam auf den Kopf ihres Freundes.

„No! Per favore.“ Alessandro hob die Hände. „No!“

„Du Schwein!“, rief Alina, trat vor und stach blitzschnell in Dellarosas Richtung. Er wich überrascht aus.

Es knallte dumpf. Sie starrten sich an.

Alessandro stöhnte leise und fasste sich an die Seite. Blut klebte an seiner Hand.

„Sandro! Alles okay?“, fragte Alina, ohne den Blick von ihrem Angreifer zu nehmen.

„Si … geht schon. Va bene. Nicht … schlimm“, sagte er leise und krümmte sich voller Schmerz.

„Schluss jetzt!“, rief Dellarosa und zielte auf Alina. Sie duckte sich und rammte Dellarosa mit der Schulter, sodass er das Gleichgewicht verlor und stolperte. Die Waffe fiel ihm aus der Hand und landete vor ihnen auf dem Boden. Alina ließ sofort das Messer fallen und stürzte sich auf die Pistole, doch Dellarosa war schneller. Sie klammerte sich beiden Händen an die Glock in seiner Hand und versuchte ihm die Waffe zu entreißen.

„Miststück!“, schimpfte er, griff in ihr volles, schwarzes Haar und zog ihren Kopf kräftig nach hinten. Sie schrie auf.

„Ich hab´ keine Angst vor dir!“, rief sie wütend und versuchte ihn zu treten.

Es knallte wieder.

„Arschloch!“, flüsterte sie und hielt sich den Bauch.

„Alina!“, rief Alessandro.

Langsam sackte sie in sich zusammen und glitt auf den Boden.

„Oh, no, sie ist tot! Tot! Lei è morta!“

„Hände auf den Rücken!“

Dellarosa zielte wieder auf den jungen Italiener.

„Wird's bald!“

Alessandro hob zitternd die blutigen Hände über den Kopf.

„Auf den Rücken, capito? Nach hinten, du Idiot!“

Er gehorchte. Tränen liefen über sein Gesicht.

„Ihr geht mir wirklich wahnsinnig auf die Nerven!“

Dellarosa legte die Waffe auf einen Stapel Kartons und griff nach einer Rolle Klebeband. Nachdem er dem jungen Mann die Hände fixiert hatte, klebte er der bewusstlosen Alina die Hände vor dem Bauch zusammen. Alessandro schluchzte.

„Hör auf zu rehren! Das hält ja kein Mensch aus!“, fuhr er ihn an, zog ein weiteres Stück Band ab und klebte es ihm über den Mund.

„So, jetzt ist endlich Ruhe."
Dellarosa ging in den hinteren Bereich des Lagers. Dort öffnete er die Tür zu einer kleinen Kammer und schaltete das Licht an. Eine alte Glühbirne baumelte von der Decke und gab fades Licht. Vollgestellte Metallregale standen an den Wänden, doch in der Mitte gab es genug Platz, um seinen Besuch vorübergehend abzulegen.
„Rein da!", herrschte er Alessandro an.
Der junge Italiener stolperte mit zusammengeklebten Händen Richtung Kammer.
„Los jetzt!"
Als Alessandro in die Kammer trat, schlug ihm Dellarosa von hinten die Waffe auf den Kopf. Er ging bewusstlos zu Boden. Nachdem ihm der Galerist auch die Füße mit dem Klebeband zusammengebunden hatte, griff er dem bewusstlosen Mädchen unter die Arme, zog sie in die Kammer und fesselte auch ihre Füße.
„Ich habe euch eine reelle Chance gegeben, aber ihr Sturschädel wolltet ja nicht gehen. Selber schuld!", schimpfte er. Sein Telefon klingelte.
„Oh, entschuldigt, da muss ich kurz rangehen."
Er klemmte sich das Telefon ans Ohr. "Ja?"
„Hello, my friend", sagte die Stimme mit amerikanischem Akzent. „Ist alles okay?"
„Ja, alles in Ordnung. Bleibt es bei unserer Verabredung?"
„Natürlich. Alles wie besprochen. Ich freue mich sehr. Zimmer 412, ich warte auf Sie."
„Sehr gut. Ich freue mich auch. See you."

„Okay, my friends“, ahmte er die Stimme des Anrufers nach. „Um euch kümmere ich mich später.“
Er schaltete das Licht aus und schloss die Tür ab. Dann sah er einen großen Blutfleck in der Mitte des Raumes.

„Verdammter Dreck!“, schimpfte er und sah sich um. Rasch deckte er den feuchten Fleck mit einer Plastikplane ab. Dann zog er einen alten Kelim-Teppich aus einem Regal und rollte ihn darüber.

42

Ludwig hatte seinen Vater wie versprochen pünktlich vor dem Ärztehaus in der Nähe des großen Einkaufszentrums abgesetzt, wo er nun auf dem Besucherparkplatz wartete. Der Alte hatte darauf bestanden, ohne Begleitung in die Praxis zu gehen.

„I bin ja ned behindert!“, hatte er gejammert. „Ihr behandelt mich immer alle wie einen Krüppel!“

Irgendwie sind die Landauers alle wahnsinnig stur, dachte Ludwig und beobachtete, wie der alte Mann über die Straße ging, ohne auf die Autos zu schauen. Ein Wagen musste scharf bremsen. Natürlich fing sein Vater an zu schimpfen und wild zu gestikulieren, ging aber unversehrt weiter zu der breiten Treppe, die in das Gesundheitszentrum führte.

Ludwig schüttelte den Kopf.

So werde ich sicher nicht, dachte er. Hoffentlich.

Sein Telefon klingelte.

„Griaß di, Luis.“

„Hallo Ludwig, wie läuft`s?“

„Momentan läuft dein Großvater gerade, ohne zu schauen, quer über die Straße zur Therapie.“

Ludwig erklärte Luis kurz die Situation.

„Typisch. Hast du schon etwas rausfinden können? Ich weiß, es ist noch zu früh, aber …“

„Ich bin da tatsächlich an etwas dran bzw. an jemandem. Ich muss das aber erst noch überprüfen, bevor du da mit der Kavallerie einfällst. Du bekommst von mir nur hieb- und stichfeste Informationen, weißt` eh.“

„Klingt gut. Brauchst du irgendwie Unterstützung?“

„Naa, danke, momentan noch nicht. Ich meld` mich gleich, sobald ich etwas Konkretes habe. Passt?“

„Passt.“

Er drehte den Zündschlüssel leicht im Schloss. Das Radio ging an. Ein Oldie verstummte und zwei Moderatoren gaben fröhlich Tipps für die anstehende Gartenbepflanzung im April. Immer wenn sein Vater bei ihm im Auto mitfuhr, schaltete er für ihn den lokalen Radiosender ein, der bei Tirolern älteren Jahrgangs recht beliebt war. Er persönlich fand das Programm des Senders furchtbar. Oldies aus den Siebzigern, Volksmusik und Schlager waren einfach nicht seine Sache. Er schaltete auf CD und drückte die Playtaste.

Eine Banjo-Gitarre erklang, und Johnny Cash sang ein klagendes Lied über die Liebe und das Leben an. Ludwig wippte mit dem Fuß.

Eigentlich müsste er nach dem Lager auch die Galerie überprüfen, dachte er. Sollte er Dellarosa später in der Galerie ansprechen? Warum nicht. Er war sich nicht sicher, ob der Mann ihn kannte. Vom Sehen vielleicht, da sie ab und zu in denselben Kneipen und Bars verkehrten. Ob Dellarosa wusste, womit Ludwig sein Geld verdiente, konnte er beileibe nicht abschätzen. Auch ihm eilte ein gewisser Ruf voraus. Manchmal war das hilfreich, manchmal aber auch nicht. In diesem Fall könnte es vielleicht helfen, wenn er die Geschichte mit dem Kunden aus dem Unterland weiterspinnen würde.

Je länger er der Musik zuhörte, desto schwerer wurden seine

Augenlider. Ludwig zuckte zusammen, als die Beifahrertür mit einem Ruck aufgerissen wurde.
Sein Vater ließ sich murmelnd auf den Sitz fallen, zog umständlich seine Beine ins Auto und knallte laut die Tür zu.

„Schläfst du?"

„Jetzt nicht mehr."

Ludwig schaute den alten Mann an.

„Und?"

„Und was."

„Wie war`s?"

„Unsympathischer Hegel."

„Du sollst ihn nicht heiraten, er soll dir helfen."

„Das weiß ich. Hier, die Salbe muss ich besorgen."

Er reichte Ludwig einen Zettel.

„Hast du heute schon etwas gegessen?"

„Nur Frühstück. Magda war ja nicht da."

„Komm, dann gehen wir da rüber ins Einkaufszentrum und essen was. Da können wir auch die Salbe holen."

„Ach, da gibt's nur so moderne Sachen zum Essen, oder? Nix für mich."

„Nein, Vater, da gibt es auch ganz normale Hausmannskost."

„Ehrlich? Na gut, wenn du meinst. Dann nacha. Ich hab Hunger, worauf wartest du."

Ludwig seufzte und fuhr den Wagen näher an die Geschäfte heran.

43

Es hatte Fleischlaiberlen mit Kartoffeln und Soße gegeben. Satt gegessen und mit neuer Salbe und Tabletten versorgt, lieferte Ludwig den Vater zu Hause ab.

„Magst` nicht doch an Kaffee?“, fragte der und lächelte ihn an.

„Danke, nächstes Mal wieder“, antwortete Ludwig durch das runtergelassene Fenster. „Ich muss noch was Dringendes erledigen. Arbeit, weißt eh.“

Josef Landauer hob die Hand. Ludwig beobachtete im Rückspiegel, wie sein Vater dem Fiat nachsah. Er mochte den Alten schon gern. Der hatte das Herz immer auf dem rechten Fleck gehabt. Als Gitta und sein Bruder viel zu tun gehabt hatten, waren seine Eltern für den Luis da gewesen und hatten sich um den Jungen gekümmert. Wenn man dann im Alter den ganzen Tag alleine rumhockte, wurde man wohl einfach seltsam und griesgrämig. Sie sollten wirklich mehr Zeit zusammen verbringen.

Er fuhr wieder in Richtung Ing.-Etzel-Straße und dachte an Martin. Seinen Sohn. Der Sohn, um den er sich nie so richtig gekümmert hatte. Fünfunddreißig war der jetzt und lebte mit seiner Frau und drei Kindern in Kärnten. Sie hatten jeglichen Kontakt abgebrochen und redeten nicht mehr miteinander, nachdem sein Sohn offiziell einer weit rechts stehenden Partei beigetreten war und versuchte, sich dort rasch hochzuarbeiten. Die politische Positionierung seines Sohnes „ganz rechts außen“ war für ihn völlig inakzeptabel.

Er selbst hatte in seinem Leben viel Leid, aber auch viel Freude erlebt, Freundschaft und Feindschaft. Er war in fremden Ländern in grenzwertige Situationen geraten, hatte Freunde sterben sehen. Er hatte wirklich viel erlebt, das konnte man wohl sagen. Die wichtigste Lektion war für ihn jedoch gewesen, dass alle Menschen auf dieser Welt friedlich zusammenleben sollten und dass alle gleich viel wert waren, egal aus welchem Land sie kamen. Daher bewunderte er Gitta, die sich als Ärztin in ihrem Alter noch in Afrika für ein Hospital einsetzte und regelmäßig dort freiwillig arbeitete. Natürlich strich er ihr das nicht aufs Butterbrot, aber er fand das sehr bewundernswert. Zumal er wusste, wie anstrengend und grausam Afrika manchmal sein konnte.

Gedankenverloren rollte er an dem Viaduktbogen vorbei, vor dem Dellarosa vorhin geparkt hatte. Jetzt stand der metallic-blaue Toyota dort direkt vor der Tür. Der Jaguar war verschwunden.

Seltsam, dachte er.

Er parkte den Punto etwas weiter hinten, öffnete sein Handschuhfach, kramte darin herum und zog ein kleines Leder-Etui daraus hervor.

„Es gibt Arbeit“, sagte er zu seinem alten Dietrichset, das ihm schon seit vielen Jahren gute Dienste leistete. Er stieg aus, ging auf die Tür des Lagerraums zu und blickte sich dabei unauffällig um. Er drückte vorsichtig die Klinke. Die Tür war natürlich abgeschlossen. Er suchte die passenden Metallhaken aus, dann klickte es leise. Das Schloss war entsperrt. Das Scharnier quietschte laut, als er die Tür

öffnete. Langsam schob er die Tür so weit auf, dass er gerade hindurchschlüpfen konnte und zog sie hinter sich zu. Er sah sich um.
Es war also tatsächlich ein Kunstlager. Auf dem schmutzigen Zementboden lag zu seinem Erstaunen ein hübscher, bunter Kelim-Teppich. Komischer Typ, dieser Dellarosa.
Mit raschen, geübten Handgriffen durchsuchte er die Regale und schaute in ein paar Kisten hinein. Eine in durchsichtige Luftpolsterfolie eingepackte Frauenstatue fiel ihm auf.
Dich kenne ich doch, dachte er. Du stehst auf der Website für gestohlene Kunstgegenstände der Polizei Tirol.
Aber darum sollte sich Luis später kümmern. Das Diebesgut interessierte ihn nicht. Er brauchte das Bild. Ein paar Gemälde standen unverpackt an einen Stapel Kartons gelehnt. Er hob eines davon hoch. Es war in Porträt aus der Biedermeierzeit. Das wird's wohl eher nicht sein, dachte er und stellte es wieder auf den Boden. Die anderen Bilder sahen auch nicht im Geringsten so aus, als hätte sie der Kitzbüheler Maler angefertigt. Auf den eingepackten, schmalen Paketen lag jede Menge Staub. Fehlanzeige.
Gut, dann würde er sich in der Galerie einmal umsehen.
Draußen vor der Tür knirschte Kies unter fahrenden Reifen. Er ging zu dem schmutzigen, vergitterten Fenster, rieb mit einem Finger ein kleines Loch in den Staub und schaute mit einem Auge hinaus. Ein Van hielt vor dem Bogen nebenan. Zwei Männer stiegen aus. Sie redeten über etwas, was Ludwig nicht verstehen konnte und verschwanden im angrenzenden Abteil.

So, das war`s hier fürs erste, dachte er. Sollte doch Luis mit seinen Leuten die Bude richtig auseinandernehmen.

Benommen lag Alessandro in der engen, dunklen Kammer auf dem Boden. Alina lag neben ihm und rührte sich nicht. Er hatte die Tür gehört und atmete schwer durch die Nase. Das Klebeband über seinem Mund ließ ihn kaum Luft holen. Er hatte furchtbare Schmerzen und wagte nicht, sich zu bewegen. Er würde auf jeden Fall draufgehen, da war er sich sicher. Wenn er nicht bis dahin nicht verblutet oder erstickt war, würde der Typ ihn erschießen, wenn er wiederkam. Daran gab es überhaupt keinen Zweifel.
Befreien konnte er sich nicht. Er konnte noch nicht einmal seine Hände bewegen. Geschweige denn seine Füße. Das Klebeband saß eng und schnitt ihn in die Haut. Alina lag auf seinem Arm, den er durch ihr Gewicht schon seit einiger Zeit nicht mehr spürte. Sie war noch warm, atmete aber nur noch sehr schwach. Er inhalierte ihren Körpergeruch. Bilder von Olivenhainen und Bergen, blauen Lagunen und seinem Dorf kamen ihm in den Sinn. Sizilien. Die Berge, die Felder, seine Mutter. Sein Dorf. Der Hof, auf dem er aufgewachsen war. Seine kleine Schwester. Sonnige, heiße Sommertage, die sie unbeschwert am Strand verbracht hatten. Er hatte wahnsinniges Heimweh.
Er versuchte, an die warmen Tage zu denken, das gute Essen, die Gewürze, seinen alten Lieblingsesel, den ihm sein Großvater geschenkt hatte, als er noch klein gewesen war.
Dann fiel ihm der schlimme Streit wieder ein, den er vor

seiner Abreise in den Norden mit seinem Vater gehabt hatte. Sein Vater bestand darauf, dass er als sein einziger Sohn bei der Familie bleiben sollte. Wenigstens Sizilien sollte er nicht verlassen, wenn er schon nicht im Dorf bleiben wollte. Aber Alessandro hatte die Armut satt. Er wollte Geld verdienen. Erfolg haben. Und dem Vater beweisen, dass er es zu etwas bringen konnte. Geld für eine kleine Familie verdienen. Vielleicht genug, um in Sizilien ein Restaurant zu eröffnen. Doch sein Vater hatte recht gehabt. Er hatte versagt. Er würde seine Eltern nicht mehr wiedersehen und hier in dieser dreckigen Kammer sterben. In den kalten Bergen Tirols. Er war wahnsinnig enttäuscht. Von seinem Leben. Von sich selbst. Tränen liefen über sein Gesicht.

44

Die Silhouette der Nordkette spiegelte sich in den hohen Fenstern des modernen mehrstöckigen Gebäudes, vor dem Luis bremste. Schnee umzeichnete die Bergspitzen vor dem dunkelblauen Himmel. Im obersten Stockwerk des Hauses befand sich die Bar, in der sie vor dem Essen etwas trinken wollten, darunter lag ein Hotel. Die Luft war, wie jeden Abend wieder stark abgekühlt, sodass er über dem Rollkragenpullover und dem Sakko noch eine Steppjacke trug. Er schloss sein Fahrrad ab und schaute hinauf zur Bar. Er war etwas zu früh losgefahren, es war erst viertel vor sieben. Luis lehnte sich an einen Laternenpfahl und zündete sich eine Zigarette an. Am Nachmittag hatte er sich fürchterlich aufgeregt. Ein Kollege aus Hall hatte sich, mehr oder weniger inoffiziell, bei ihm gemeldet. Der Beamte, den er bei einem gemeinsamen Einsatz kennengelernt hatte, berichtete ihm am Telefon, dass eine gewisse Inspektorin Karoline Haberer mittags in der Dienststelle Hall Anzeige wegen eines sexuellen Übergriffes erstattet hatte. Der Übergriff war wohl bei einer Befragung eines Verdächtigen passiert.

Luis hatte Karo sofort angerufen, aber die hatte natürlich abgewiegelt. Es wäre nichts Schlimmes passiert. Alles andere könne man ja am Montag bereden.

Luis hasste Einzelaktionen von Mitarbeitern, besonders von den jungen, unerfahrenen. Gerade diese Situation hätte schlimm enden können. Wenn sie nun vergewaltigt oder schwer verletzt worden wäre. Die Kollegen in Hall hatten den Mann gerade noch mit gepackten Taschen erwischt, bevor er die Stadt verlassen konnte. Aufgrund anderer offener Vergehen hatte der zuständige Staatsanwalt sofort Untersuchungshaft angeordnet.

Wenigstens etwas.

Er trat die Zigarette achtlos auf dem Boden aus und sah auf sein Telefon. Es war zehn vor sieben.

Luis atmete die frische Luft ein und wählte die Nummer seines Onkels.

„Griaß di."

„Erzähl mir was. Irgendwas. Auch wenn es nicht hieb- und stichfest ist."

„Bist´ verzweifelt?"

„Wäre gut, wenn mal was weitergeht."

Ein schwarzer Porsche 911 kam mit laut röhrendem Motor vor dem Hotel zum Stehen. Luis beobachtete, wie der Concierge zuerst dem Fahrer, dann der Beifahrerin die Tür öffnete.

„Was ist da bei dir los?", fragte Ludwig.

„Ich stehe vorm Lenz und warte auf Gitta. Wir gehen essen."

„Wie nett es doch ist, so eine spendable Mutter zu haben. Schade, ich habe schon was vor, sonst hätte ich mich glatt mit eingeladen", sagte sein Onkel trocken.

„Nur keine Hemmungen, you are always welcome."

"Wo geht´s denn hin?"

"Keine Ahnung", sagte Luis, "irgendwo in der Nähe würde ich tippen."

„Kling gut. Ich werd` drauf zurückkommen. Also, Bua, hör zu, zum Geschäft, ich bin da auf einen Typen gestoßen. Der Mann wohnt in der Templstraße und hat dort auch seine Galerie. Is a bissl a abgehalfterter Typ. Ich habe ihn heute Nachmittag verfolgt und zu einem Lager gehen sehen. Das Lager habe ich dann, nach der Aktion mit deinem Großvater, kurz durchsucht. Da war aber kein Walde-Bild. Ich denke, ich habe aber ein oder zwei Teile von eurer Diebesgut-Website wiedererkannt. Später wollte ich ihm in seiner Galerie ein bisschen auf die Finger klopfen, habe ihn aber nicht mehr erwischt."

„Klingt gut. Hast du einen Namen für mich?"

„Dellarosa, Richard. Templstraße 5."

Luis sah seine Mutter die Straße hinunterkommen. Sie winkte ihm zu.

„Ich werde ihn morgen mal durch das System laufen lassen, so haben wir wirklich zu wenig gegen ihn in der Hand."

„Gut. Mach das. Und grüß Gitta."

„Mach ich. Dank dir."

„Bitte sehr, die Dame", säuselte Luis und ließ seiner Mutter den Vortritt zum Lift, der die Gäste nicht nur auf die Zimmeretagen des Hotels, sondern auch in die Bar im obersten Stockwerk des Hauses mit dem passenden Namen Top Floor bringen würde.

Luis drückte in der gläsernen Kabine die Fünf. Die Fahrstuhltür glitt langsam zu, doch der Lift blieb, wo er war. Die Tür glitt wieder auf. Ein großer, schlanker Mann trat

zu ihnen in den Aufzug. Er nickte Gitta höflich zu und drückte die Vier. Träge setzte sich der Lift in Bewegung.
Luis musterte den Mann, der nun direkt vor ihm stand. Er war so groß wie er selbst, trug eine schwarze Hose, ausgetretene Lederschuhe und ein dunkelbraunes, abgetragenes Ledersakko. Die graumelierten, zurückgegelten Haare glänzten leicht. Unter seinem Arm klemmte ein quadratisches, in graues Papier eingewickeltes Paket. Der Mann roch stark nach einem altmodischen Herrenduft.
Die Blicke der beiden Männer trafen sich in der verspiegelten Lifttür. Sie starrten sich an. Durch das abgeblendete Licht des Lifts wirkten die Augen des Mannes lebhaft schwarz. Luis` blaue Augen seltsam grün. Seine roten Bartstoppeln hatten durch das Licht einen orangenen Touch bekommen, seine braunen Haare schienen dunkler, als sie eigentlich waren. Sie starrten sich weiterhin an, ohne dass einer von beiden den Blick senkte.
Luis überlegte, ob er den Mann schon einmal getroffen hatte, war sich jedoch ziemlich sicher, dass dem nicht so war.
Der Aufzug hielt im vierten Stock. Der Mann stieg grußlos aus. Die Türen schlossen sich wieder, der Geruch des Mannes blieb.

„Was für ein intensiver Typ!“, meinte Gitta.

„Schon mal gesehen?“, fragte Luis.

„Ich bin mir nicht sicher“, sagte sie, “interessanter Mensch.“

„Findest du?“

„Eau Sauvage.“

„Das Aftershave?“

„Ist wohl eher ein Eau de Toilette. Das war früher mal sehr modern. Ist von Dior.“

„Was du alles weißt.“

„Du solltest dich da auch ein bisschen besser auskennen. Und überhaupt hättest du dich heute ruhig mal rasieren können.“

„Das ist halt momentan sehr modern“, meinte er nur.

Sie waren im obersten Stock angekommen und gingen durch den gediegen gestalteten, elegant beleuchteten Gang. Dicker, grauer Teppich dämpfte ihre Schritte, bis sie in den Barbereich traten.

„Du weißt, dass mir solche Sachen egal sind. Ich bin da eher unkompliziert.“

„Ja, das hast du von deinem Vater. Nicht von mir.“ Ihr Blick hellte auf. „Ach, schau, da sind Hanne und Burkhardt. Du weißt schon, die von der Galerie.“

Sie ging auf das Ehepaar zu, das an der Bar Platz genommen hatte und gab beiden die obligatorischen Begrüßungsbussis. Hannelore trug ein leuchtend grünes Seiden-Oberteil zu einer beigefarbenen Hose, dazu goldene Ohrringe mit orangenen Steinen. Burkhardt fiel mit seinem dunkelgrauen Anzug neben ihr überhaupt nicht auf. Luis folgte Gitta, gab den beiden jedoch nur kurz die Hand. Er konnte mit dem Bussi-Bussi-Gehabe genauso wenig anfangen wie mit besonderen Parfums. Er saß lieber mit Stefan in einer ordinären Kneipe, trank Bier und Schnaps, ab und zu gerne mal einen zu viel. Und er wusste im Inneren seines Herzens, dass Julia nie richtig zu ihm gepasst hatte. Und nie passen würde. Auch wenn er sie wirklich sehr gern hatte. Sie hatte sich in London sicher schon anderweitig umgesehen …

Sein leerer Blick war durch das Fenster hinaus ins Dunkel gewandert.

„Luis. Was magst´?“, fragte Burkhardt.

„Entschuldige“, sagte Luis und wandte sich wieder den anderen zu.

„Was möchten Sie trinken?“, fragte nun auch eine hübsche, dunkelhaarige Barkeeperin in schwarzem Kellnerdress.

„Für mich einen weißen Spritzer bitte“, sagte seine Mutter.

„Ein Bier“, sagte Luis.

„Ein Pfiff?“, schlug die Barfrau vor.

„Ja, danke.“

Die Getränke wurden serviert, und sie prosteten sich zu. Die Frauen begannen gleich, sich zu unterhalten. Burkhardt senkte seine Stimme.

„Wir haben bisher noch nichts gehört!“

„So schnell wird es wohl auch nicht gehen, oder?“, fragte Luis leise.

„Na ja, manchmal schon. Gerade bei Dingen, die rasch verkauft werden sollen. Entweder es geht sehr schnell, oder ein Stück bleibt versteckt, bis sich die Lage beruhigt hat. Schwer zu sagen, was hier vorliegt.“

„Kennst du eigentlich einen Richard Dellarosa?“, fragte Luis auf gut Glück.

Auf dem Tresen stand ein kleines Schüsselchen mit Erdnüssen. Er hantierte umständlich mit einem kleinen Löffel, um sich ein paar Nüsse in die Hand zu geben und aß sie mit einer Bewegung auf. Das kleine Bier in dem typischen schmalen Glas hatte er schon fast ausgetrunken. Er gab der Frau hinter der Bar ein Zeichen.

„Ich nehm´ auch noch eins", sagte Burkhardt zu ihr und zeigte auf sein leeres Weißweinglas. „Richtig viel schenken die hier ja nicht aus", sagte er und zwinkerte Luis zu. „Richard Dellarosa. Sicher kennen wir den. In Innsbruck kennt ja jeder jeden, gerade bei uns in der Branche."

Die Barfrau stellte die frischen Getränke auf den Tresen.

„Richard war mal ein sehr guter Galerist, so Mitte der Neunzigerjahre. Er war eine Zeit in New York und Frankfurt und hatte echt Talent, junge, gute Künstler zu entdecken. Dann ist er nach Wien gegangen. Ich meine gehört zu haben, dass er da jede Menge Probleme hatte. Drogen, Geldsorgen, na, das Übliche halt. Da fing es wohl an, dass er ab und zu den Weg der Tugend verlassen hat. Als seine Mutter gestorben ist, hat er hier in der Stadt ihre Wohnung übernommen und ist hergezogen."

„In die Templstraße."

„Genau. Sie hatte unten ein Geschäft. Auch das hat er geerbt und daraus eine Galerie gemacht. Ich glaube, er war dann viel in Mailand. Hatte da mal ´nen feschen Hasen. Oder mehrere."

Luis nahm noch eine Hand voll Nüsse.

„Wie würdest du ihn beschreiben? Ich meine als Mensch. So vom Wesen her", fragte er Burkhardt, nachdem er die Nüsse heruntergeschluckt hatte.

Die beiden Frauen sahen sie an, als hätten sie gerade

über sie geredet.

„Ihr schaut immer so ernst. Entspannt euch doch mal ein bisschen“, sagte Gitta.

„Ach was, das bildest du dir nur ein, wir sind völlig entspannt!“, antwortete Burkhardt mit einem großen Lächeln und hob sein Glas. „Cheers.“

Sie stießen noch einmal an.

„Wo geht ihr denn gleich essen?“, fragte Hannelore.

„Ins Stadtblick, nebenan“, antwortete Gitta.

„Ah, sehr gut. Wir gehen runter ins Walli´s. Da waren wir schon ewig nicht mehr.“

Und schon waren die beiden Frauen wieder in ein Gespräch über die Qualität der Küche diverser Innsbrucker Restaurants vertieft.

„Ich kenne ihn nicht sehr gut, Luis“, fuhr Burkhardt fort, als hätte es keine Unterbrechung durch die beiden Frauen gegeben. „Ich habe auch noch nie Geschäfte mit ihm gemacht. Er ist ein Einzelgänger, nicht sehr gesprächig. Tut mir leid, ich kann dir da nicht viel sagen.“

„Danke, das ist schon mehr, als ich vorhin wusste.“

„Steckt er da mit drin?“

„Ich weiß es ehrlich gesagt nicht. Red` am besten mit niemandem darüber, auch nicht mit Hanne. Falls ihr ihm heute zufällig über den Weg laufen solltet, ruf mich an und sprecht nicht mit ihm.“

„So schlimm?“, er schaute Luis an und leerte sein Weinglas.

„Ach, … nein, aber wir wissen einfach gar nichts und müssen dringend mit ihm reden.“

„Passt, Bua.“ Er klopfte Luis freundschaftlich auf die Schulter und wandte sich seiner Frau zu.

„Für wann hattest du den Tisch reserviert?“

Sie sah auf ihre Armbanduhr.

„Für … jetzt. Oh.“ Burkhardt stand auf und gab der Barkeeperin ein Zeichen.

„Lass mich das machen“, sagte Luis.

Burkhardt lächelte.

„Nächstes Mal, ok?“

„Vielen Dank!“, sagte Gitta, „das ist lieb von dir.“

„Gern geschehen. Komm, Hanne, Zeit zum Essen.“

„Wir sollten auch rübergehen, Luis. Ich freue mich schon den ganzen Tag darauf.“

45

Ein Stockwerk tiefer, in Zimmer 412, saß Richard Dellarosa angespannt in einer geräumigen Suite auf einem auberginefarbenen Sofa mit hoher, geschwungener Rückenlehne und blauen Zierkissen. Im hinteren Teil der Suite gab es einen großen Schlafbereich mit hellgrau bezogenem Kingsize-Bett, dekoriert mit diversen Kissen und einer seidenen Tagesdecke. Hohe, stoffbezogene Lampen tauchten den Raum in ein angenehmes Licht. Sie hatten sich jedoch im vorderen Wohnbereich niedergelassen. Hier waren die Wände in einem eleganten Beigeton gestrichen, hinter dem Sofa war eine halbhohe, schlichte Holzwand aus dunklem Furnier aufgestellt.

Das Ambiente sollte wohl an die Fünfziger-, Sechzigerjahre erinnern, dachte er.

Sein persönlicher Geschmack war das nicht gerade, aber das tat hier nichts zur Sache. Geduldig wartete er, bis sein Kunde, ein Mann in den Sechzigern mit grauem Haar, sein Telefongespräch beendet hatte.

„Sorry, dass Sie warten mussten. Was möchten Sie trinken, mein Freund?“, fragte er mit seinem Akzent. „Hier ist eine Minibar, aber ich bestelle natürlich sehr gerne etwas von oben. Champagner? Gin Tonic, Whisky?“

„Vielleicht einen Whisky, vielen Dank“, antwortete Dellarosa. Er war bei solchen Verkaufsgesprächen immer etwas nervös. Und je älter er wurde, desto mehr schien diese Nervosität sich zu steigern.

Alkohol würde ihn sicher beruhigen, dachte er.
Der Mann griff zum Zimmertelefon.

„Hello. Room 412. Bitte eine Flasche Bourbon mit zwei Gläsern. Den Besten, den Sie haben, okay? Vielen Dank. Thanks.“

Er setzte sich Dellarosa gegenüber auf einen der Sessel und betrachtete das Päckchen, das vor ihm auf dem Couchtisch lag.

„Ich bin so gespannt“, sagte er. „Packen Sie es aus!“

„Warten wir noch, bis der Kellner da war.“

„Wie Sie wollen.“

Er lehnte sich zurück, schlug die Beine übereinander und wippte mit dem Fuß.

„Es ist so schön, mal wieder in der alten Heimat zu sein. Ich genieße es sehr. Morgen fliege ich wieder nach Frankfurt und dann zurück in die USA. Ich wohne da schon seit fast dreißig Jahren, wissen Sie? Mitten im Land, in Texas. Waren Sie schon mal dort?“

„Ich war nur in New York“, meinte Dellarosa. „Ist auch schon sehr lange her.“

„Ah yeah, New York, great city for arts.“

Es klopfte. Der Mann stand auf und öffnete einer jungen Hotelangestellten die Tür.

„Bitte, einfach abstellen.“

„Ich schenke Ihnen auch gerne ein …“, sagte sie.

„No, thank you. Danke.“ Er griff in seine Hosentasche und gab ihr einen Zehn-Euro-Schein.

„Thank you“, sagte er noch einmal und wies sie zur Tür.

Sie nickte nur und verließ das Zimmer.

„Ice?“, fragt er.

„Pur. Danke.“

„I`ll have some.“

Er füllte die beiden Gläser und reichte Dellarosa eines davon.

„Cheers! So. Nun ist es endlich so weit.“

Dellarosa nahm einen Schluck. Der Bourbon schmeckte vorzüglich. Genau wie er ihn mochte. Ledrig und torfig.

„Sehr guter Whisky“, sagte er.

„Nur das Beste für die Übergabe eines großartigen Bildes.“

Der Mann schaute ihn erwartungsvoll an. Dellarosa löste die Klebestreifen und entfernte das Packpapier. Er drehte das Bild so, dass der Käufer es gut sehen konnte und legte es vor ihn auf den Tisch. Der Mann richtete sich auf und nahm das Bild in beide Hände. Seine Augen glänzten wie die eines Kindes vor dem Christbaum.

„Wow. Fantastisch. Sie sagen, es ist bisher ganz unbekannt?“

„Ja, es war lange privat archiviert.“

Was ja nicht ganz falsch war.

„Groß ist es nicht. Oil auf Karton?“

Er drehte es um und betrachtete es in aller Ruhe.

Dellarosa lehnte sich zurück und schwenkte die goldfarbene Flüssigkeit langsam in seinem Glas.

„Well, gut für mich zu transportieren im Flugzeug. Diese Farben … just great. Es hat eine starke Kraft. Sagt man so? Wissen Sie, ich wollte schon immer einen Walde haben. Man bekommt sie so selten.“

Dann überweis den Betrag, und die Sache ist erledigt, dachte

Dellarosa und nahm noch einen Schluck Bourbon.

„Wenn Sie möchten, gehört es Ihnen.“

„Okay, my friend.“

Er legte das Bild vorsichtig auf den Tisch, stand auf, setzte sich vor seinen Laptop und tippte auf der Tastatur.

„Done“, sagte er und stand auf. „Ihre Bank sollte den Betrag gleich haben“, sagte er und griff nach der Flasche. „Wir sollten noch einmal anstoßen. Auf die Kunst. Auf die ganz große Kunst!“, sagte der Amerikaner feierlich.

„Auf die Kunst“, antwortete Dellarosa und grinste zufrieden.

TAG 6

Luis atmete die frische Morgenluft ein. Er stand in der offenen Balkontür und beobachtete, wie graue Wolken langsam vor den Bergspitzen der mächtigen Nordkette vorbeizogen. Die Sonne war nur zu erahnen. Er sah dem Spiel der Thermik eine Weile zu und beobachtete die wechselnden Farben auf dem grauen Stein. Der Schnee in den Felsspalten war schon beinahe ganz verschwunden.

Am Abend war es wieder nicht sehr spät geworden. Sie hatten Glück gehabt und einen Fensterplatz im Restaurant bekommen. Es lag, genau wie die Bar, die sie davor besucht hatten, im obersten Stockwerk des Gebäudes direkt neben dem Hotel. Der Blick über die Stadt war jedes Mal sehenswert, auch wenn es dunkel war. Oder vielleicht gerade, wenn es dunkel war. Das Lichtermeer gab Innsbruck immer ein bisschen Großstadtflair. Er mochte Höhe einfach. Seine erste Wahl fiel beim Erleben von Höhe zweifelsohne auf die Berge, draußen in der Natur, aber auch in Gebäuden hielt er sich lieber weiter oben auf als in unteren Stockwerken.

Sie hatten auf das Lichtermeer der Landeshauptstadt geschaut und über dies und jenes geredet. Wobei er wieder einmal den zuhörenden Part übernommen hatte. Das Essen war gut und reichlich gewesen, er hatte sich für Steak Frites entschieden, dazu hatte seine Mutter einen schweren Rotwein ausgesucht. Nach dem obligatorischen Espresso hatte er sich verabschiedet. Zu müde, um noch in eine weitere Bar einzukehren, war er direkt nach Hause gefahren. Er hatte noch eine Jazzplaylist gehört und rauchend und mit einem großen Glas Calvados, einem Weihnachtsgeschenk von Stefan, in seinem Sessel vor sich hin gedöst. Er empfand tiefe Dankbarkeit für die gastronomischen Vorzüge, die er durch den guten Geschmack der Menschen in seinem Umfeld genießen durfte.

Als die Kirchenglocken anfingen zu läuten, stand er auf, kochte Tee und blätterte die Zeitung durch. Seine Nachbarin, eine ältere Dame, die direkt neben ihm wohnte, hatte, wie die meisten Tiroler, die Tageszeitung abonniert. Als sie herausfand, dass Luis so gut wie nie Zeitung las, war sie auf die Idee gekommen, ihm das gelesene Exemplar vom Vortag vor seine Tür zu legen. Unter der Woche kam er gar nicht dazu, Zeitung zu lesen, aber am Wochenende nahm er sich die Zeit dazu. Er setzte sich mit der dampfenden Teetasse an den Esstisch und öffnete sein Laptop. Er scrollte sich durch die E-Mails. Von der KTU war etwas gekommen. Die DNA-Analyse der Proben aus dem Antiquariat war endlich eingetroffen. Es gab einen Treffer in der Datenbank. Plötzlich war er hellwach. Sein Puls schnellte hoch. Und er merkte, dass sein Herz plötzlich raste.

„Das darf ja wohl nicht wahr sein!“, rief er laut und schlug mit der flachen Hand kräftig auf den Tisch. Der Tee in der Tasse schwappte über.

Luis fixierte das Foto des Mannes. Die DNA-Spuren gehörten zu einem Verdächtigen, der vor einigen Jahren im Zuge einer Vergewaltigung in Wien überprüft worden war, dann jedoch als Täter ausgeschlossen werden konnte. Seine Daten waren

im System gespeichert geblieben.
Dunkle Augen sahen ihn an. Dieser Mann hatte neben ihm gestanden. Sie hatten sich in der verspiegelten Tür des Aufzugs angestarrt.
Luis rieb sich mit beiden Händen das Gesicht und die Haare.
„Verdammter Mist", rief er laut.
Der Mann hatte ein dünnes Päckchen unter dem Arm getragen und war im vierten Stock ausgestiegen. Es war Richard Dellarosa gewesen. Und er hatte das Bild dabeigehabt.
Luis hatte sofort sein Team in Bewegung gesetzt und Felix gebeten, Karo ins Büro zu beordern. Jetzt wählte er Steiners Nummer.
„Griaß di …"
„Hans!", unterbrach er ihn. „Wir haben einen Treffer bei der DNA aus dem Antiquariat. Dellarosa, Richard, Templstraße 5. Ich fahr mit Felix hin und versuche den Typen dort zu erwischen. Macht ihr im Büro den Back-up-Check? Besitz, Konto, Kreditkarten, Vorstrafen, Telefondaten, E-Mails ..."
„Oha. Sicher. Alles klar, bin auf dem Weg."
„Ich melde mich dann."

Während er sich anzog, sprach er, das Telefon zwischen Ohr und Schulter festgeklemmt, mit Staatsanwältin Anna Leonhard, die ihm versprach, die nötigen Durchsuchungsbeschlüsse für die Wohnung und die Galerie zu organisieren. Er lief über das Treppenhaus in die Garage zu seinem Auto, einem alten, dunkelblauen Saab Cabriolet. Er stieg ein, startete den Motor und hielt die Luft an. Er war schon eine ganze Weile nicht mehr mit dem Auto gefahren. Doch der Saab sprang sofort an. Luis fuhr zügig aus der Garage und bog auf den Rennweg. Er griff unter den Sitz, um das Blaulicht auf das Dach zu setzen, als ihm einfiel, dass er nicht in einem Polizeiauto saß.

Die Ampel vor der Markthalle sprang auf Rot. Eine Straßenbahn und ein paar Autos bogen aus dem Marktgraben ab, so verkniff er es sich, einfach bei Rot durchzufahren. Er trommelte nervös mit den Fingern auf dem Lenkrad herum und überlegte sich, wie er am schnellsten in die Templstraße gelangen konnte.

Die Adresse lag in Wilten, einem hübschen, alten Stadtteil mit hohen, herrschaftlichen Häusern aus der Gründerzeit. Es gab jede Menge Einbahnstraßen und momentan auch ein paar Baustellen, daher beschloss er, wenn nötig auf die Einbahnstraßen zu pfeifen. Es war schließlich Sonntag, und es ging um einen Notfall.

Als die Ampel umsprang, bog er in den Marktgraben ein und fuhr an dem Hotel, in dem sie am Vorabend etwas getrunken hatten, rechts ab. Immer geradeaus, dachte er, am großen alten Gymnasium vorbei. An der querenden Anichstraße, direkt neben dem Landesgericht, musste er anhalten, eine Straßenbahn fuhr vorbei. Sein Telefon klingelte.

„Ich bin gleich da, Felix."

„Passt, wir haben die Straße vor dem Haus blockiert."

„Alles klar, wartet auf mich!", sagte Luis und warf das Telefon auf den Beifahrersitz.

Der Saab hatte natürlich keine Freisprechanlage. Was Luis hin und wieder Ärger mit seinen Kollegen einbrachte. Er bog

rasch links in die Maximilianstraße und fuhr gleich wieder rechts an der alten Glasmalerei vorbei, bis er die Kollegen der Cobra und Felix auf der Straße stehen sah.
Er hielt mitten auf der Straße vor einem französischen Restaurant, stieg aus und lief auf die Kollegen zu. Felix reichte ihm eine schusssichere Weste und ein Headset.

„Hier. Bisher alles ruhig“, sagte er leise.

Der Einsatzleiter der Cobra wartete neben ihnen. Luis grüßte ihn kurz und zog sich die Weste an.

„Es geht um das Geschäft und die Wohnung darüber. Ich gehe mit einem Team hoch, Felix checkt mit ein paar Leuten das Geschäft. Der Verdächtige heißt Dellarosa, Richard, siebenundfünfzig Jahre alt, groß, braune Haare. Er steht unter Mordverdacht und wird vorübergehend festgenommen“, sagte er kurz. „Alles klar oder noch Fragen?“

„Alles klar“, sagte der Einsatzleiter und teilte die Beamten mit einer Handbewegung in zwei Gruppen auf.

Felix nickte und zog seine Waffe. Er schaute auf.

„Wo ist deine?“, fragte er Luis.

„Was? Ach verdammt“, stöhnte Luis.

„Das ist jetzt nicht dein Ernst, oder?“

„Ich hab´ sie im Büro eingeschlossen. Egal, wir haben ja die Kollegen. Auf jetzt!“ Er drückte auf den Knopf am Headset und sagte nur „Los!“

Die Gruppen teilten sich und liefen langsam auf das braun gestrichene Haus zu. Es hatte drei Stockwerke und ein paar verzierte Erker. Die Fenster waren in weiße Rahmen eingefasst, alles schien sehr gepflegt. Neben der Haupteingangstür gab es eine Glastür, durch die man in die Galerie kam. Weiter links sahen sie ein Metalltor, das wohl in einen Hof führte. Luis zeigte auf das Tor und Felix nickte.

„Den Hof auch“, sagte Luis in das Mikrofon.

Die Beamten, die die Wohnung durchsuchen sollten, hatten den ersten Stock erreicht. Luis stand hinter ihnen und gab ein Zeichen, dass auch jemand die anderen Stockwerke prüfen sollte. Ein Kollege nickte und stieg langsam mit gezückter Waffe die Treppen nach oben, ein anderer brach die alte Wohnungstür auf. Es knackte kurz.

Zwei Kollegen gingen in die Wohnung, standen jedoch einen Moment später wieder in der Tür. Der erste schüttelte den Kopf.

„Danke“, sagte Luis leise. Er sprach in sein Headset. „Die Wohnung ist leer.“

„Hier ist auch keiner“, antwortete Felix eine Etage tiefer.

„Bitte wartet kurz unten“, sagte er zu den Beamten im Treppenhaus.

Er trat in die Wohnung. Die Luft roch abgestanden. Nach Rauch und dem altmodischen Aftershave, das er schon im Fahrstuhl gerochen hatte. Die Wohnung hatte einen wunderschönen alten Holzfußboden, der unter seinem Gewicht knarzte. Möbelstücke aus den Fünfziger- und Sechzigerjahren waren mit alten Tiroler Stücken elegant kombiniert. Und an den Wänden hing Kunst. Jede Menge Kunst.

„Wow“, sagte er leise, „das ist ja ein richtiges Museum hier.“

Luis konzentrierte sich auf die Zimmer und sah sie rasch

durch. Gleich neben der Eingangstür lag das Schlafzimmer. Unaufgeräumt, das Doppelbett zerwühlt. Eine weibliche Statuette stand dem Bett gegenüber. Im hinteren Bereich der Wohnung im Wohn- und Arbeitszimmer noch mehr Kunst.

Sein Telefon klingelte in die Stille hinein. Er zuckte zusammen und zog es aus der Tasche. Er sah den Namen seines Chefs und drückte ihn weg.

„Jetzt nicht Jörg, sorry“, sagte er und steckte das Telefon wieder ein.

Auf dem Holztisch in der Küche stand ein geschlossener Laptop, eine halb volle Kaffeetasse, ein Aschenbecher. Er berührte die Tasse. Zu seiner Überraschung war sie noch warm.

„Felix, er ist vielleicht noch in der Nähe, verdammt“, sagte er hastig in das Headset. „Rückzug. Rückzug. Straße sofort freimachen. Rasch.“

Ihm fiel sein Saab ein, der mitten auf der Straße stand.

„Mist“, schimpfte er mit sich selbst und lief die Treppe hinunter.

„Wie viel Mann brauchst du noch?“, hörte er die Stimme des Einsatzleiters fragen.

„Zwei Mann warten bitte oben auf der Treppe über der Wohnung, der Rest kann los“, antwortete er hastig. Auf der Straße sah er die Kollegen zügig in einen Einsatzwagen steigen und wegfahren.

Er sprang in den Saab und startete den Motor.

„Einen Parkplatz, bitte … einen Parkplatz. Komm schon“, betete er nervös vor sich hin, während der Wagen langsam die

Straße entlang rollte. Doch er fand keinen freien Zentimeter, auf dem er sein Auto hätte parken können. In der Not stellte er sich halb auf die Straße und halb in eine Firmeneinfahrt.

„Felix, wo bist`?“, fragte er in das Mikrofon, während er zum Haus Nummer 5 zurücklief.

„Noch in der Galerie, aber in Deckung. Die Tür ist wieder zu.“

„Ich bin gleich da. Wo parkst du?“

„Bin mit‘m Rad da, ging am schnellsten.“

„Ned blöd. Siehst du was?“

„Na, nix.“

„Was ist mit dem Hof?“

„Da geht vom Geschäft eine Tür raus, Liefereingang. Alles ruhig. Wir haben das Tor wieder geschlossen.“

Vor dem Haus Nummer 5 war niemand zu sehen. Felix öffnete ihm die Galerietür. Gemeinsam duckten sie sich in einer Ecke des Ladens.

Luis zog sein Telefon aus der Tasche.

„Steiner? Hallo. Hör zu, wir haben hier niemanden angetroffen. Was fährt Dellarosa für einen Wagen? Kannst du das checken? Und die Fahndung starten. Wir warten noch ab, ob er wiederkommt. Sein Kaffee war noch warm.“

47

Richard Dellarosa wurde schon den ganzen Morgen von heftigen Kopfschmerzen geplagt. Er hatte am Abend zuvor wohl doch zu viel Whisky getrunken. Nachdem er den Amerikaner verlassen hatte, war er noch durch ein oder zwei Bars gezogen und hatte sich, ausnahmsweise, etwas gehenlassen. In der Früh hatte er dann genervt festgestellt, dass er keine Schmerztabletten mehr im Haus hatte. Was ihm normalerweise niemals passierte und ihn furchtbar ärgerte. Er hatte Kaffee gekocht und einen Zigarillo geraucht, aber der dumpfe Schmerz war nicht besser geworden. Kurzerhand hatte er beschlossen, sich auf den Weg in die Apotheke zu machen, die nicht weit von der Wohnung entfernt lag. Er hatte seine alte Ray Ban aufgesetzt und war die Templstraße hinuntergegangen, dann rechts abgebogen. Auf dem gegenüberliegenden Gehsteig kam ihm eine ältere Dame mit einem kleinen Hund entgegen, der plötzlich anfing, wie wild zu kläffen.

„Auch das noch", seufzte er halblaut. Er konnte Hunde nicht ausstehen. Weder kleine noch große. Sie gingen ihm einfach alle auf die Nerven. Genau wie Kinder. Der kleine Hund auf der anderen Straßenseite schaute zu ihm rüber, setzte sich auf den Gehsteig und machte einen Haufen. Die Frau ging weiter, als wäre nichts passiert.

„Widerlich", schimpfte er laut. „Einfach nur widerlich!" Ich sollte von hier verschwinden, dachte er noch immer genervt. Ein paar Wochen Sonne wären nicht schlecht. Er

nahm sich vor, zu Hause nach Flügen zu schauen.
Dellarosa erreichte die Apotheke an der Ecke Leopoldstraße und läutete so lange an der Nachtglocke, bis endlich eine Frau an die Tür kam. Sie machte ihm freundlich, aber in strengem Tonfall klar, dass sie an diesem Sonntag gar keinen Notdienst hatte und nur zufällig im Geschäft war.

„Hören Sie bitte, liebe Frau Apothekerin“, sagte er überfreundlich, „mir geht es wirklich nicht gut. Verkaufen Sie mir doch rasch ein paar Aspirin. Ich zahle, was Sie wollen.“
Er lächelte sie an.

„Na gut, ausnahmsweise. Eigentlich geht das nicht. Sie wohnen hier, oder? Ich habe Sie schon öfters gesehen“, gab sie nach und legte eine Packung Aspirin auf den Tresen.

„Ja, ich wohne um die Ecke. Geben Sie mir doch gleich zwei“, sagte er. „Vielen herzlichen Dank!“
Er gab ihr zwanzig Euro.

„Stimmt so.“

Auf der Straße steckte er eine der Schachteln in seine Jackentasche, die andere behielt er in der Hand. Er ging ein paar Schritte, blieb wieder stehen, öffnete den Karton, drückte zwei Tabletten aus der Blisterpackung und versuchte sie hinunterzuschlucken. Vergeblich. Die trockenen Teile kratzten in seinem Hals und bewegten sich keinen Zentimeter. Er drehte sich um und ging noch einmal zur Apotheke zurück. Wieder klingelte er. Die Apothekerin schaute durch die Glastür, schüttelte den Kopf und öffnete.

„Noch was?“, fragte sie.

Er musterte sie und überlegte kurz, ob er sie zum Essen

einladen sollte. Sie war ungefähr Anfang dreißig, groß und schlank, trug die langen, dunklen Haare hochgesteckt und hatte ein recht hübsches Gesicht.

„Entschuldigen Sie bitte. Hätten Sie vielleicht einen Schluck Wasser für mich“, krächzte er, „die Tabletten stecken fest.“

„Das ist jetzt nicht Ihr Ernst, oder? Moment.“

Nach ein paar Augenblicken kam sie mit einem Pappbecher Wasser wieder.

„So, bitte sehr.“

Er leerte den Becher, gab ihn ihr zurück und lächelte sie an. „Haben Sie vielen Dank. Wiedersehen.“

„Heut` aber nicht mehr!“ Ihr Telefon klingelte und sie verschloss rasch die Apothekentür.

Ja, ein fernes Land täte ihm gut. Thailand vielleicht. Dort waren die Frauen nicht so zickig. Langsam schlenderte er die Straße hinunter und dachte an den Deal vom vorigen Abend. Es war wirklich gut gelaufen. Jetzt musste er sich nur noch um die zwei Nervensägen im Lager kümmern, dann konnte er für ein paar Monate abhauen. Die beiden waren sicher schon verblutet. Was für eine Sauerei. Er überlegte, was er mit den beiden machen sollte. Er würde sie einfach in der Nacht in den blauen Wagen setzen und irgendwo abstellen. Im Westen der Stadt kannte er brachliegende und überwucherte Flächen. Da wäre es perfekt, dachte er und grinste. Er bog mit leichtem Schritt um die Ecke und blieb wie versteinert stehen. Überall Polizei. Sie hatten mit ihren Wagen die Straße blockiert. Unauffällig drehte er sich um, ging zurück in die Straße, aus der er gekommen war und lehnte sich an die Hauswand.

„Wo habe ich bloß das Auto geparkt“, sagte er leise. „Hoffentlich nicht direkt vor der Tür.“

Am Abend war er zu Fuß gegangen, das Hotel war nicht sehr weit weg gewesen. Er blickte vorsichtig um die Ecke und sah den grünen Jaguar direkt vor sich zwischen zwei parkenden Autos stehen.

Plötzlich setzten sich die Polizisten in Bewegung. Eilig stiegen sie in ihre Einsatzwagen und fuhren davon. Ein Mann in einer Schutzweste lief zu dem Saab, der immer noch mitten auf der Straße stand, stieg ein und rollte die Straße hinunter.

Na, wer sagt`s denn, dachte er, ging zu seinem Auto, schloss seelenruhig auf und fuhr dem Saab mit etwas Abstand hinterher. Im Vorbeifahren sah er gerade noch, wie zwei Cobra-Beamte in voller Montur die Tür zu seinem Wohnhaus schlossen.

„Pech gehabt, Jungs“, kicherte er leise.

Der Saab vor ihm schien einen Parkplatz zu suchen. Er hielt in einer Firmeneinfahrt. Dellarosa drehte vorsichtshalber seinen Kopf zur Seite, als er an dem Polizisten vorbeifuhr. Wie konnte das sein? Woher konnten sie wissen, was er getan hatte? Was wussten sie überhaupt? Er musste dringend den Jaguar loswerden.

Dellarosa bog ein paar Mal ab und beschleunigte auf dem Südring, der ihn am Bahnhof vorbei in Richtung Viaduktbögen brachte. Vor dem Lager parkte er neben dem türkisblauen Toyota.

Jetzt seid ihr doch noch für was gut, dachte er und stieg aus.

Im Lager griff er nach dem Autoschlüssel mit dem pinkfarbenen Bommel, den er der jungen Frau abgenommen hatte, bevor er sie in die Kammer gezerrt hatte.

„Wieder Glück gehabt, ihr blöden Nervensägen!“, rief er laut und knallte die Metalltür zu.

Er musste sofort verschwinden. Die beiden waren eh schon hinüber. Und finden würde sie hier auch niemand, solange er die Miete zahlte. Er öffnete die Beifahrertür des Jaguars, nahm seine Glock aus dem Handschuhfach und stieg in den türkisblauen Toyota.

„Was für ein absolut grauenvolles Auto!“, murmelte er und wollte gerade den Motor starten, als er innehielt. Dann stieg er wieder aus und nahm die Nummerntafeln von seinem Jaguar. Er kontrollierte Kofferraum, fand ihn leer, verschloss den Wagen und warf die Nummernschilder in den Toyota.

„So einfach kriegt ihr mich nicht!“

48

Als Luis und Felix im vierten Stock des Polizeireviers in der Kaiserjägerstraße ankamen, herrschte dort eifrige Geschäftigkeit.

„Besprechung in fünf Minuten!“, rief Luis in das Teambüro und verschwand in seinem Zimmer. Felix ließ sich auf seinen Stuhl fallen und schaltete den Computer an.

Karo starrte konzentriert auf ihren Bildschirm. Vor ihr stand die kleine Figur mit den Glitzersteinen.

„Was ist los?“, fragte er. „Seit wann stehst du denn auf Glitzerkram?“

Karo schaute nicht auf. Ihre Augen füllten sich mit Tränen.

„Was ist passiert?“

„Nichts“, sagte sie mit erstickter Stimme.

„Nichts. Und darum rehrst` jetzt?

Sie nickte.

„Jetzt sag`s halt! Hey, deine Handgelenke sind ja ganz blau!“

„Hab` Mist gebaut. Ich war bei dem Typen in Hall, den wir ausgeforscht haben.“

„Alleine?“, fragte Felix ernst.

Sie nickte wieder.

„Ich dachte, ich hätte alles im Griff. Ist ja nichts Schlimmes passiert. Konnte abhauen.“

Ihr Festnetztelefon klingelte.

„Kommst du bitte kurz rüber.“ Luis Stimme klang kalt.

„Natürlich“, sagte sie nur und stand auf.

„Ich glaub, er ist sauer."

„Man, Karo. Was hast du dir nur dabei gedacht, da ganz allein hinzugehen?"

Sie zuckte mit den Schultern.

„Bitte setz dich und schließ die Tür", sagte Luis mit nüchterner Stimme. „Bist du verletzt?"

Karo schwieg. Luis schaute ihr direkt in die Augen.

„Ob du verletzt bist!"

„Nein."

„Lüg mich nicht an!"

Mit einer schnellen Bewegung ließ sie die langen Ärmel ihres Pullovers von ihren dunkelblau angelaufenen Handgelenken rutschen.

„Mehr nicht."

„Gott sei Dank. Was war das denn für eine Scheiße? Lernt man so was in Wien oder Salzburg? Auf meine Mitarbeiter muss ich mich zweihundertprozentig verlassen können. Immer. Zu jeder Tages- und jeder Nachtzeit", schimpfte er.

Karo holte Luft, um etwas zu sagen.

„Ich bin noch nicht fertig", herrschte er sie an.

Sie hatte die Ärmel wieder über die Handgelenke gezogen und starrte auf ihre Fingernägel.

„In unserem Job geht es um Leben und Tod. Nicht jeden Tag, aber das ist hier nicht die Abteilung Ponyhof, sondern die Mordkommission. LKA Leib und Leben. Verdammt, Karo, was hast du dir nur dabei gedacht! Ich hoffe, das ist dir eine Lehre. Das war wirklich das Allerletzte."

„Kommt nicht wieder vor“, murmelte sie kleinlaut.

„Doch, das wird es, genau da liegt das Problem.“

„Und woher willst du das wissen? Du kennst mich doch überhaupt nicht“, zischte sie ihn an.

„Weil ich auch einmal so war wie du. Unerfahren, ungeduldig, dumm. Man muss Respekt vor seinem Team und sich selbst haben und darf niemanden in Gefahr bringen, auch sich selbst nicht.“

„Ich habe Respekt …“, sagte sie.

„Nein, hast du nicht“, unterbrach er sie harsch. „Schon die Art, wie du gerade mit mir sprichst.“

„Ich … es tut mir leid.“, sagte sie kleinlaut. „Was passiert jetzt?“

„Du bekommst einen Eintrag in deine Akte.“

„Dann kann ich hier also weiterarbeiten?“

„Ja. Aber nicht mehr in meinem Team.“

Mit funkelnden Augen sah sie ihn an.

„Du konntest mich eh noch nie ausstehen“, fauchte sie.

„Siehst du, genau das meine ich. Jetzt geht es wieder los.“

Er lehnte sich auf seinen Stuhl zurück und warf den Kugelschreiber, den er in der Hand hatte, auf die Tischplatte.

„Ich bin dein Vorgesetzter. Du hast nicht in diesem Ton mit mir zu sprechen. Außerdem stimmt es nicht.“

Karo schwieg. Rote Flecken auf ihren Wangen zeigten Luis jedoch, wie wütend sie war.

„Soll ich dann jetzt sofort gehen?“, fragte sie, ohne aufzublicken.

„Nein. Wir ziehen den Fall noch gemeinsam durch und

bringen ihn zu Ende“, sagte er und stand auf. „Komm. Besprechung.“

49

„Er fährt einen grünen, alten Jaguar Baujahr 1985 mit Innsbrucker Kennzeichen, Fahndung läuft“, sagte Steiner, als sie alle versammelt waren.

„Das kann ja alles nicht wahr sein!“, stöhnte Felix. „Den habe ich an der Galerie vorbeifahren sehen. Man, der hat uns beobachtet und ist abgehauen.“

„Wir lassen die Überwachung für die Wohnung trotzdem bestehen. Er ist übereilt gegangen und hat nichts mitgenommen, vielleicht kommt er ja nochmal zurück.“

„So deppert wird er doch wohl nicht sein, oder?“, brummte Steiner.

„Abwarten“, meinte Luis. „Habt ihr nachgesehen, ob er irgendwo noch weitere Wohnungen oder ein Lager oder so was in der Art besitzt?“

„Ja, haben wir“, sagte Karo. Sie stand an der Wand und notierte das Auto und das Kennzeichen auf dem Board. „Er besitzt offiziell nur die Wohnung und das Geschäftslokal. Mehr ist nicht eingetragen.“

„Aber er hat doch ein Lager. Wartet …“ Luis zog sein Telefon aus der Sakkotasche, wählte und sprach direkt, ohne abzuwarten. „Griaß di, ich bin´s. Du hast doch gesagt, du hättest ein Lager durchsucht. Wo war das genau?“

„Ach, jetzt ist es plötzlich eilig?“, fragte Ludwig.

„Ja, seine DNA passt.“

„Wart ihr schon bei ihm dahoam?“

„Sicher. Wir haben ihn knapp verpasst. Eingetragen sind

keine Immobilien, außer die in der Templstraße. Wo ist jetzt dieses Lager?“

„Viaduktbögen. Ganz hinten, fast vorm Inn. An die Nummer kann ich mich mehr erinnern.“

Luis seufzte.

„Kannst du es beschreiben?“

„Naa. An alter Bogen halt.“

Luis griff sich an die Stirn.

„Aber ich kann dir ein Foto schicken“, sagte Ludwig. „Hab ich jetzt was gut?“

„Du bist der Beste“, sagte Luis und legte auf.

Mit einem Bling erschien das Foto auf seinem Telefon.

Luis schickte es zu Felix weiter.

„Wir haben ein Foto von seinem Lager. Ein Viaduktbogen.“

„Du hast deinen Onkel involviert?“, fragte Steiner mit vor der Brust verschränkten Armen.

„Ja … er hat nicht nur die besten Connections, sondern auch ein Gespür für zwielichtige Typen. Er hat mir Dellarosa schon genannt, bevor die DNA gefunden wurde. Wir hatten nur noch nicht genug gegen ihn in der Hand.“

Er ging im Raum auf und ab.

„Wir hätten ihn trotzdem überwachen sollen. Jetzt ist es zu spät. Wo ist jetzt dieses Lager?“

„Nummer 150, schau, da ganz oben steht es an der Wand.“

„Okay“, sagte Steiner, „diesmal komme ich mit.“

Langsam näherten sie sich in dem grauen Dienstfahrzeug dem Viaduktbogen mit der Nummer 150. Die Wolken hatten sich über den Bergen verzogen, es schien doch noch ein schöner, warmer Frühlingstag zu werden. Die Gegend war wie ausgestorben.

„Da steht der grüne Jaguar“, sagte Steiner.

„Meinst du, der wartet einfach so auf uns?“, fragte Luis.

„Kann ich mir nicht vorstellen. Aber woher soll er wissen, dass wir das Lager kennen? Ach schau, er hat die Nummerntafeln abgenommen.“, antwortete Steiner. „Hält sich wohl für wahnsinnig g`scheit!“

Sie stiegen aus. Diesmal hatte Luis seine Dienstwaffe dabei. Sie trugen wieder Westen, hinter ihnen hielten zwei Streifenwagen zur Verstärkung. Luis gab ein Zeichen, dass die Kollegen ihnen folgen sollten.

„Wie bekommen wir jetzt die Tür auf? Kannst du so was?“, fragte Steiner.

„Noch nie gemacht.“

„Eh klar. War dein Onkel da drinnen?“

„Hat er gesagt. Der kennt sich anscheinend mit verschlossenen Türen aus.“

„Vielleicht machst du bei ihm mal einen Workshop.“

Er drehte sich um und sprach leise mit den uniformierten Kollegen. Eine junge Polizistin ging zurück zum Auto und kam mit einem Brecheisen wieder. Sie näherte sich vorsichtig der Tür. Steiner zog seine Waffe und nahm eine Taschenlampe vom Gürtel.

„Hast keine, oder?“, fragte er Luis.

„Na. Du hast ja eine, das reicht.“

„Die Kollegen haben sicher Ersatzlampen dabei.“

„Passt schon.“

„Das wird sich gleich zeigen.“

Luis gab wieder ein Zeichen. Die Kollegin öffnete mit einer kurzen Bewegung das Schloss der Metalltür und drückte sie weit auf. Es quietschte. Luis und Steiner hielten ihre Waffen im Anschlag und betraten zügig den Lagerraum. Steiner hatte seine Lampe eingeschaltet und ging voran. Langsam schritten sie zwischen den staubigen Gegenständen und Kisten hindurch.

Es schien niemand da zu sein.

Luis bemerkte den Kelim-Teppich auf dem schmutzigen Fußboden. Seine Mutter hatte einen ganz ähnlichen. Er erinnerte sich an einen Vortrag von ihr, darüber, wie diese Teppiche hergestellt wurden, woher sie kamen und dass sie nicht ganz ohne Wert waren.

Er ging in die Hocke und schlug ihn zur Seite. Es kam eine Plastikfolie zum Vorschein. Und darunter ein großer, dunkelroter Fleck. Wortlos sahen sie sich an. Steiner ging langsam in den hinteren Teil des Lagers zu einer weiteren Tür, in der ein Schlüssel steckte. Er gab Luis ein Zeichen. Der stand auf und hielt seine Waffe auf die Tür gerichtet. Sie nickten sich zu. Steiner drehte den Schlüssel, riss die Tür mit einer schnellen Bewegung auf und ließ das Licht seiner Lampe über staubige, vollgestellte Regale gleiten. Dann richtete er den Strahl auf den Fußboden der engen Kammer.

„Scheiße!“, sagte er. „Wer ist das denn! Polizei! Nicht

bewegen!“

„Gib mir Licht“, sagte Luis und beugte sich zu den regungslosen Körpern, die auf dem Boden lagen. Er fasste vorsichtig an einen unbedeckten Knöchel. Die Haut war nicht so kalt, wie er es erwartet hatte.

„Rasch, wir brauchen hier die Rettung. Zwei verletzte Personen!“, rief er der Beamtin zu, die die Metalltür aufgestemmt hatte und immer noch dort Position bezogen hatte. Luis berührte eine der beiden am Boden Liegenden an der Schulter.

„Hallo, Polizei, aufwachen, es ist alles in Ordnung, Sie sind in Sicherheit.“

Im Schein der Taschenlampe sah er, wen er vor sich hatte.

„Hans, das sind Russo und Alina!“

50

Nachdem der erste Krankenwagen mit Blaulicht davongerast war, standen nun vor dem Lagerraum jede Menge Autos von der Spurensicherung und der Abteilung Diebstahl. Die Rettungssanitäter hatten Alina einigermaßen stabilisiert, konnten ihnen aber nichts versprechen. Es sah wohl nicht allzu gut für das Mädchen aus. Russo lag auf einer Bahre und sollte gerade in den zweiten Rettungswagen geschoben werden.

„Er muss in die Klinik!“, sagte der Notarzt in strengem Tonfall.

„Einen Moment“, bat Luis.

„Er steht eh unter Schock. Wir müssen fahren!“

„Alinas Zustand ist sehr kritisch, Alessandro“, sagte Steiner, der ihm gegenüber stand. „Sie hat viel Blut verloren. Was ist mit Hannes Kirchmayer passiert? Und wo ist das Bild? Was hattet ihr hier in diesem Lager verloren?“

Der Notarzt wollte Russo in den Wagen schieben, doch Luis hob die Hand.

„Nur ganz kurz. Es ist wichtig!“ Zu Russo sagte er: „Hören Sie, wir nehmen Sie vorläufig fest. Wegen Mordes an Hannes Kirchmayer. Verstehen Sie, was das bedeutet?“

„No. Ich war das nicht“, unterbrach ihn Alessandro leise.

„Ja, eh klar. Was denkst du, wie oft wir das schon gehört haben“, sagte Steiner schroff.

„Nein, ehrlich“, beteuerte er und fing an zu schluchzen. „Es … es war … Alina. Ich hab` das alles nicht gewollt. Ich habe ihn nicht umgebracht.“

„Es reicht!“, sagte der Arzt.

„Hannes hat gesagt, ich soll das Bild kaufen. Ich hatte keine Ahnung warum. Wir sind gefahren zu diesem Hof und haben das Bild geholt.“

Der junge Italiener war kaum zu verstehen.

„Wir sollten dieses Gespräch später auf dem Präsidium weiterführen“, meinte Luis ernst.

„Du glaubst ihm doch nicht etwa? Nicht, dass er uns hier wegstirbt!“, sagte Steiner.

„Eben. Darum fahren wir jetzt!“, sagte der Notarzt, schob Alessandro in das Innere des Rettungswagens und schloss die Türen.

„Hans. Wir brauchen eine korrekte Vernehmung, sonst fliegt uns am Ende alles um die Ohren“, sagte Luis. „Wir machen das sauber und in Ruhe.“

„Jetzt wurde es gerade interessant!“, seufzte Steiner.

Luis` Telefon klingelte. Er ging ran und hörte zu.

„Alles klar!“, sagte er und beendete das Gespräch.

„Alinas Wagen wurde in Schönberg an der Mautstelle gesehen. Die Kollegen sind hinterhergefahren und versuchen, ihn anzuhalten.“

„Alles klar. Aber ich fahre. Du kümmerst dich um den Papierkram.“

„Na, servus!“, seufzte Luis und warf ihm den Autoschlüssel zu.

Mit Blaulicht und Sirene rasten sie durch die Stadt.

„Du fährst wie der letzte Henker“, brummte Luis.

„Bin ja auch einer!“, antwortete Steiner. „Heute zumindest.“ Luis rief Felix an und wies ihn an, die Beamten auf der Autobahn zu informieren, dass Dellarosa in dem türkisblauen Toyota saß und vermutlich bewaffnet war.

„Wir müssen nachher relativ schnell durch die Mautstelle Schönberg fahren, können die uns eine separate Spur aufmachen?“, fragte er noch.

„Maria checkt das und gibt dir gleich Bescheid. Wir sind auch schon unterwegs. Ich fahre mit, Karo, Steiners Team nimmt einen anderen Wagen“, antwortete Felix.

„Okay, alles klar“, meinte Luis und beendete das Gespräch. „Sie machen uns dann eine Spur auf.“

„Welche?“

„Bekomme gleich Bescheid“, sagte Luis und tippte eine SMS. Oder versuchte es zumindest.

„Man, wenn du so fährst, kann ich nicht tippen“, beschwerte er sich.

„Dann telefonier halt“, konterte Steiner. „Gleich wird’s eh besser, dann sind wir auf der Autobahn.“

Sie fuhren bei Rot über die Grassmayer-Kreuzung. Die traditionsreiche Glockengießerei und die Wiltener Basilika flogen an ihnen vorbei. Steiner raste die Straße hinauf zur Bergiselschanze, die wie ein kleines, silbernes Raumschiff majestätisch in der Sonne glänzend über der Stadt thronte. Immer weiter ging es auf der kurvigen Straße den Berg hinauf. Luis hatte das Tippen aufgegeben und hielt das

Telefon wieder ans Ohr.

„Jörg, wir verfolgen Dellarosa gerade in Richtung Italien. Wir fahren gleich auf die Autobahn. Er wird sich so schnell wie möglich absetzen wollen ... HANS!“, rief er und stützte sich am Armaturenbrett ab. Steiner hatte eine Vollbremsung hingelegt.

Vor ihnen fuhr eine Gruppe Rennradfahrer in einer großen Traube mitten auf der Straße. Steiner hupte und schimpfte laut, obwohl die Sirene und das Blaulicht immer noch eingeschaltet waren.

„Ich versteh` hier kein Wort! Im Ernst!“, rief Luis.

„Depperte Radfahrer, depperte! Schleicht´s euch!“, fluchte Steiner und setzte zum Überholen an. Die Radfahrer fuhren langsam auf die Seite.

„Entschuldigung, Jörg. Können wir den Brenner irgendwie sperren? Wie steht es mit Unterstützung der italienischen Kollegen? Kannst du das abklären? Und Anna Bescheid sagen? Vom Auto aus ist das grad alles eher mühsam“, bat Luis den Kollegen am Telefon. „Danke. Es klopft wieder an, ich muss auflegen.“, sagte er und wechselte den Anrufer. „Maria, wir … HANS!“

Sie hatten sich rasch dem Bahnübergang oben auf dem Hang genähert. Die Ampel sprang auf Rot.

Steiner gab Vollgas.

„Paasst schoon!“, rief Steiner.

Luis hielt den Atem an. Und schloss für einen Moment die Augen. Der Wagen rumpelte über die Gleise der Straßenbahn.

„Was ist denn da bei euch los?“, fragte Maria auf der

anderen Seite der Leitung.
Auf Höhe der alten Touristeninformation traute sich Luis wieder, auf die Straße zu schauen.

„Nichts“, antwortete er. „Welche Spur an der Mautstelle?“

„Die ganz links. Dellarosa besitzt übrigens eine Glock. Zumindest ist sie offiziell auf ihn angemeldet. Nur zur Info. Vor dem Brenner ist jetzt ein bisschen Stau, bei einer Baustelle. Vielleicht kann man ihn da stoppen?“

„Da wären dann zu viele unbeteiligte Leute. Danke erst mal.“

Steiner beschleunigte den Wagen und fuhr auf die Autobahn. Er zog direkt auf die linke Spur. Es war nicht so viel Verkehr, wie Luis erwartet hatte. Die Autobahn wurde dreispurig. Auf der rechten Seite fuhren ein paar Wohnmobile und Busse, die anderen Autos wechselten rasch auf die mittlere Spur, als sie das Blaulicht sahen.

„Bin mal in Deutschland gefahren“, meinte Steiner stolz, „230 km/h. Echt toll. Da geht einem schon der Reis, wenn man in eine Kurve fährt.“

„Super“, stöhnte Luis und hielt sich mit einer Hand am Türgriff fest.

Eine SMS erschien auf seinem Telefon: `Keine Sperrung Autobahn. Landstraße geht. Ital. sind informiert. LG Jörg.´

Vor ihnen öffnete sich die Landschaft. Gletscher lagen schneebedeckt und prächtig vor ihnen. Die Sonne strahlte, der blaue Himmel zeigte sich wolkenlos. Eigentlich war es ein wunderschöner Tag. Luis war jedes Mal aufs Neue hingerissen von diesem Blick von der Autobahn. Wenn man

erst einmal am Brenner vorbei war, hatte man sofort das Gefühl, in Italien zu sein. Aber so weit waren sie noch nicht. Sie überquerten die Europabrücke. Luis schaute nach rechts über das weite Tal, ein paar Sekunden später waren sie schon darüber hinweg gefahren. Schweigend rasten sie weiter.
Es klingelte wieder.

„Ja, Maria."

„Das mit dem Stau hat er wohl mitbekommen. Er ist in Matrei von der Autobahn abgefahren. Er hat vielleicht auch mitbekommen, dass wir an ihm dran sind."

„Hans, ganz links, die Videomaut-Spur!", unterbrach er Maria, als die Mautstation Schönberg in Sicht kam.
Sie fuhren immer noch mit Vollgas. Die linke Spur war auf der Überkopfanzeige auf Rot geschaltet.

„Maria, bist du sicher, die linke Spur? Ist rot", fragte Luis besorgt.

„Ja, einfach durchfahren, die haben euch schon gesehen und machen die Schranke auf."

„Hoffentlich …". Luis gab Steiner ein Zeichen zum Durchfahren.
Steiner fuhr ein wenig langsamer, bis er sah, dass die Schranke nach oben ging. Dann gab er wieder Gas.

„Achtung! Da ist eine …"
Es holperte kräftig. Die Auspuffanlage schepperte und sie wurden durchgeschüttelt.

„… Schwelle! Man, muss das sein!", ächzte Luis.

„Alles unter Kontrolle", sagte Steiner ruhig.

„Ist bei euch wirklich alles in Ordnung?", fragte Maria.

„Geht schon. Wo sind die anderen?“

„Hinter euch.“

Im Hintergrund des Büros hörte Luis stimmen aus einer Funkanlage.

„Was ist da bei dir los?“

„Kanal 23 wäre das, falls ihr einschalten wollt. Die Kollegen haben gerade eine Meldung bekommen, dass der Wagen in Steinach auf einem Parkplatz steht.“

„Hans, das Auto steht in Steinach. Wir müssen in Matrei abfahren.“

Die Autobahn war wieder zweispurig geworden, der Verkehr jedoch zum Glück noch weniger als vor der Mautstelle.

„Gut. Wir sind bald da“, meinte Steiner. „Zum Glück. Viel Benzin haben wir nicht mehr. Wo steht er genau?“

Luis verdrehte die Augen.

„Hab` mitgehört“, sagte Maria, „warum war der Wagen denn nicht vollgetankt? Am Ortseingang von Steinach gibt es einen Supermarkt, da steht das Auto. Verlassen, wie´s aussieht.“

„Weit kann er zu Fuß nicht kommen. Wir treffen uns da mit den anderen“, sagte Luis, beendete das Gespräch und strich sich über den Bart.

„Was hat er nur vor?“

„Was würdest du tun?“

„Auf uns warten sicher nicht.“

„Eben. Und das klingt nicht gut.“

51

Richard Dellarosa hatte den Streifenwagen an der Mautstelle in Schönberg bemerkt, war sich jedoch nicht sicher, ob sie ihn erkannt hatten. Er fuhr ja diesen grauenvollen Wagen des unverfrorenen Mädchens und war quasi inkognito unterwegs. Er erschrak, als sich der Verkehrsfunk plötzlich mit einem Jingle in die Stille einschaltete. Es gab einen Stau auf der A13 vor dem Brenner.

„Verdammt, das fehlt mir gerade noch“, murmelte er und gab Gas.

Irgendwann sah er keine Autos mehr im Rückspiegel. Er behielt das Tempo bei. Schilder kündigten die Orte Matrei und Steinach an, dann sah er die Abfahrt auf die Landesstraße. Er verließ die Autobahn und fuhr an grünen Feldern und wild wachsenden Wiesen vorbei.

Dellarosa fluchte. Selbst wenn die Polizei den Jaguar gefunden haben sollte, Tote können nicht sprechen. Wie hatten die beiden Nervensägen ihn bloß gefunden? Was für ein Schwächling der Junge gewesen war. Er hatte fast Hemmungen gehabt, den Jungen zu niederschlagen. Wenn der Schuss nicht losgegangen wäre …

Das Mädchen war einfach nur dreist und frech gewesen. Keinen Deut Ehrfurcht hatte sie gezeigt, weder vor ihm noch vor der geladenen Waffe. Schwierig, die Jugend von heute. Er selbst war da ganz anders gewesen. Gut erzogen und höflich. Seine Eltern waren auf anständige Manieren immer sehr bedacht gewesen. Als Notar und Honorarkonsul war sein

Vater hoch angesehen und von der Landesprominenz sehr geschätzt worden. Er erinnerte sich, dass sein Vater immer in einem schwarzen Mercedes von einem Chauffeur gefahren wurde. Ab und zu waren er und seine Mutter dabei gewesen. Er hatte dann ruhig und brav auf dem Rücksitz zwischen seinen Eltern Platz nehmen müssen, jedoch jede einzelne Fahrt sehr genossen. Er war sich vorgekommen wie ein Prinz. Der Prinz von Tirol.

Sie hatten damals in einer eleganten Wohnung in einem großen Haus in Saggen gewohnt. Im Erdgeschoss war die Kanzlei des Vaters gewesen, darüber die große Wohnung der Familie. Traditionell mit Biedermeiermöbeln eingerichtet, Holzdielen, einem alten Kachelofen und viel Kunst. Die Eltern gingen regelmäßig aus, empfingen aber auch zahlreiche Gesprächs- und Geschäftspartner des Vaters. Es hatte Abendessen und Frühschoppen gegeben, und so lange er denken konnte, waren immer Fremde zu Besuch gewesen, wenn seine Eltern mal daheim waren. Manchmal wurde er dann als „kleiner, feiner Herr" vorgeführt, musste einen seiner maßgeschneiderten Anzüge tragen und an dem einen oder anderen Essen teilnehmen. Manchmal aß er auch allein in der Küche und durfte danach sein Zimmer nicht mehr verlassen. Er hatte sehr früh gelernt, wie wichtig es ist, sich zu benehmen, zu schweigen, unsichtbar zu sein.

„Beobachte still und lerne", hatte sein Vater ihm immer gesagt. „Lerne Menschen zu lesen und ihre Stärken und Schwächen für dich zu nutzen. Dann wirst du so erfolgreich werden, wie ich es bin."

Doch er hatte nicht still beobachtet, sondern war ein lebhaftes Kind gewesen. Hatte anfangs gelacht und getanzt. Die Besucher hatten belustigt applaudiert, doch der strenge Blick seines Vaters hatte ihn jedes Mal zurechtgewiesen. Am darauffolgenden Tag musste er dann zu ihm in die Kanzlei kommen.

Die blauen Flecken wurden von seiner Kleidung verdeckt und waren nicht zu sehen gewesen. So hatte er rasch dazugelernt. Unsichtbar sein. Wie die Flecken auf seinem Körper. Irgendwann war er unsichtbar geworden. Dachte er zumindest.

Die zarte Gesundheit seiner Mutter hatte sie von Tag zu Tag mehr geschwächt. Ihr war der ganze Trubel oft zu viel geworden. Immer häufiger zog sie sich mit Schlaftabletten in ihr Schlafzimmer zurück, um ihrem Mann bei seinen Empfängen nicht zu sehr zur Last zu fallen.

An den Abenden, an denen er sein Zimmer nicht verlassen durfte, suchte er trotzdem das Badezimmer auf. Er hörte oft Geräusche und Stimmen aus dem verschlossenen Wohnzimmer, er kümmerte sich jedoch nicht darum. Eines Abends hörte er das Stöhnen einer Frau. Verdutzt legte er das Ohr an die verschlossene Tür. Dann schaute er durch das Schlüsselloch. Da der Schlüssel steckte, konnte er nicht viel sehen, sodass er wieder das Ohr an die Tür legte. Am nächsten Wochenende legte er wieder sein Ohr an die Tür. Dann zog er das kleine Stück Papier aus dem Loch im Türblatt, das er vorbereitet hatte. Er sah eine nackte Frau auf dem Sofa liegen.

„Beobachte still und lerne, Junge“, flüsterte er leise und grinste.
Eines Abends war er dann unkonzentriert gewesen. Er hatte nicht auf die Besucher geachtet, die gekommen und gegangen waren. Wie gewöhnlich suchte er spät am Abend das Bad auf und löste das Papier aus dem kleinen Loch in der Tür. Wieder sah er eine nackte Frau auf dem Sofa. Und dann eine zweite. Und einen fremden Mann. Gebannt schaute er durch das kleine Loch und hielt die Luft an. Plötzlich wurde die Tür geöffnet. Sein Vater stand vor ihm. Sie starrten sich an.
Am nächsten Morgen erfuhr er, dass er seine weitere Schulzeit in einem katholischen Internat für Knaben in Wien verbringen würde.

Er fuhr auf den leeren Parkplatz des ersten Supermarktes, den er sah und stieg aus. Die Polizei hatte die beiden sicher gefunden, sonst würden sie nicht nach dem Auto fahnden. Obwohl er dieses Lager immer geheim gehalten hatte. Wie waren sie bloß darauf gekommen, dort zu suchen? Der Jaguar selbst wäre an einem Sonntag dort nicht so schnell gefunden worden. Irgendwie hatten sie von dem Lager Wind bekommen. Natürlich hatten es die Gören auch gefunden, sie waren ihm sicher gefolgt. Nun, wie auch immer, das war jetzt auch gleich, er musste dieses auffällige Auto schnellstens loswerden. Das Geschäft war geschlossen. Aber hinter dem Supermarkt gab es eine Tankstelle. Genau das, was er jetzt brauchte.
Rasch ging er an dem Gebäude vorbei und suchte nach einem

passenden Wagen. Ein SUV stand an einer Zapfsäule. Auf dem Beifahrersitz wartete eine Frau. Der Fahrer bezahlte wohl gerade im Shop und hatte den Autoschlüssel sicher dabei. Schade.

Der SUV rollte von der Tankstelle. Dafür fuhr ein grauer Corsa vor. Er beobachtete, wie die Fahrerin tankte und bezahlte. Als sie wieder eingestiegen war, öffnete er die Tür und setzte sich auf den Beifahrersitz. Die Frau zuckte zusammen.

„Mamaaa, wer ist das?“, fragte eine Stimme vom Rücksitz. Richard Dellarosa drehte sich um. Vier Augen starrten ihn an. Ein kleiner Junge saß in einem Kindersitz und ein etwas älteres Mädchen daneben. Sie fing an, zu schreien und zu quietschen.

„Verdammte Gören! Nicht zum Aushalten!“, schimpfte Dellarosa und stieg aus dem Auto.

Ein roter Golf hatte inzwischen hinter dem Corsa gehalten. Dellarosa zog seine Glock, sprang auf den Beifahrersitz und zwang die Fahrerin, sofort loszufahren.

52

Steiner sah die Ausfahrt Matrei und bog auf die Bundesstraße Richtung Süden ab.

„Wo steht er jetzt?"

„Ortseingang Steinach. Die Strecke zieht sich jetzt."

Durch das Blaulicht und die Sirene alarmiert, wichen die wenigen Autos vor ihnen aus und gaben die Straße frei. Schweigend fuhren sie durch den Ort. Nachdem sie das Ortsausgangsschild passiert hatten, gab Steiner wieder Gas. Luis` Telefon klingelte wieder.

„Anna, ich hätte mich gleich bei dir gemeldet."

Er stellte sie auf laut.

„Passt schon. Wo seid ihr jetzt?", fragte die Staatsanwältin.

„Schon durch Matrei durch. Wir versuchen, ihn noch in Österreich zu erwischen, keine Ahnung, ob das klappt."

„Keine Sorge, ihr könnt ihn auch in Italien verfolgen, wenn nötig. Es gibt da ein Abkommen zwischen Österreich und Italien. Internationale Zusammenarbeit. Jörg hat die Carabinieri schon informiert, dass ihr unterwegs seid."

„Gut, das macht es uns leichter. Die Frage ist, was er jetzt vorhat …"

„Du bist doch der Profiler, Luis. Jetzt zeig mal, was du drauf hast", sagte sie.

Steiner lachte kurz auf.

„Stimmt, Mr. Special Agent vom FBI, das hatte ich völlig verdrängt. Jetzt ist dein depperter Kurs tatsächlich mal von Nutzen!"

Luis schwieg und schaute aus dem Fenster.

“Ja, da sagst` nix mehr, Bua“, sagte Steiner.

„Ich muss nachdenken. Anna, ich melde mich später“, sagte Luis und legte auf.

Die Fahrt über die Landstraße zog sich hin. Sie sahen zuerst einen Baumarkt, danach einen Supermarkt. Dahinter leuchtete das Gelb einer Tankstelle.

„Schau, da ist es“, sagte Luis, „fahr da raus.“

Steiner bremste ab und lenkte den Wagen auf den leeren Parkplatz, auf dem schon ein Polizeiwagen vor dem türkisblauen Toyota stand. Luis stieg sofort aus und sprach einen Kollegen an, der am Einsatzwagen wartete.

„Landauer, LKA Innsbruck. Wisst ihr, wo er hin ist?“

„Na, noch ned. Hier ist alles zua. Aber die Kollegin scheint was rausgefunden zu haben“, sagte der Uniformierte und zeigte auf die Beamtin, die von der Tankstelle auf sie zulief.

„Er ist wohl zu einer Frau ins Auto gestiegen. Ist aber schon eine Weile her!“ rief sie außer Atem.

„Haben wir eine Beschreibung? Was war das für ein Wagen?“, fragte Luis.

„Roter Golf, italienisches Kennzeichen, möglicherweise aus Bozen.“

„Wunderbar, eine Geiselnahme“, brummte Steiner.

„Er wird sicher auf der Landstraße bleiben und so schnell wie möglich über die Grenze wollen. Alles andere macht ja keinen Sinn“, sagte Luis. „Hans, fahren wir hinterher. Der Brenner dürfte mittlerweile schon überwacht werden, da kriegen wir ihn. Wie viele Kollegen haben wir hier in der

Umgebung?“, fragte er die Beamtin.

„Isch` Sonntag. Wir sind da grad die Einzigen.“

„Eh klar“, brummte Steiner wieder.

„Fordert noch jemanden an“, sagte Luis. „Der Wagen hier muss gesichert werden, und jemand muss in den Dörfern nachsehen, ob er nicht doch irgendwo abgebogen ist. Und nur in Teams, er ist bewaffnet. Keine Einzelaktionen!“, mahnte er.

Sie jagten jetzt nur mit Blaulicht über die Landstraße. Ohne Sirene.

„Man, überfahr `bloß niemanden …“, sagte Luis und wählte die Nummer des Büros.

„Maria, er hat das Auto gewechselt und eine Geisel genommen. Roter Golf, italienisches Kennzeichen.“

„Am Brenner wird jetzt kontrolliert, und auf der Autobahn haben wir auch jemanden, der Stau kommt uns da grad recht.“

„Hoffentlich lässt er die Frau unterwegs aussteigen. Hat er das Telefon mal eingeschaltet?“

„Ist die ganze Zeit aus. Leider.“

„Können wir einen Hubschrauber anfordern?“

„Bis der da ist, ist es wohl zu spät. Aber ich frag mal, ob einer in der Nähe ist. Bis später.“

„Wir sind eh bald da“, meinte Steiner und bremste scharf ab. In der Kurve vor ihnen tauchte ein Wohnmobil auf.
Luis` Sicherheitsgurt spannte, sodass er stöhnend ausatmete.

„Heut bringst` mich echt noch um.“

„Ach was, kein Tag zum Sterben heut. Ma. Scheiß`

Touristen immer.“
Er gab Gas, hupte und überholte.
Die offene Landschaft ging in ein schmales, bewaldetes Tal über. Neben ihnen rauschte ein schmaler Fluss.

„Wusstest du, dass das die Sill ist?“, fragte Luis.

„Was?“

„Der Fluss da. Derselbe Fluss wie im Rapoldipark. Alles steht in Verbindung …“

„Manchmal machst` mich echt fertig, Luis. Du redst` schon so bleed daher wie Felix.“

„Oh. Den habe ich ja ganz vergessen.“ Luis wählte die Nummer seines Inspektors.

„Hi, Luis.“

„Wo seid ihr?“

„Wir sind gleich am Brenner. Wir haben die Autobahn genommen, Karo fährt. Der Stau war recht übersichtlich, kein roter Golf.“

„Wartet ihr dann an der Straßensperre? Wir sind grad in … Gries.“

„Was meinst du, was er tun wird?“

„Weiß nicht, ob er die Nerven hat, sich zu verstecken. Sicher gibt es ein paar Möglichkeiten, von der Straße abzufahren. Nicht viele, aber ein paar schon. Wenn er in der nächsten halben Stunde nicht am Brenner auftaucht, müssen wir die Gegend genau absuchen. Wir sehen uns gleich.“
Luis legte auf, blickte aus dem Fenster und strich sich gedankenverloren über den roten Bart.

„Viel zum Abfahren gibt`s hier ja nicht“, meinte Steiner.

„Na, eh.“

Die Landstraße schlängelte sich weiter durch die Natur. Es gab hier im Tal nur grüne Wiesen und hochgewachsene Nadelbäume. Nach der nächsten Kurve verlief die Autobahn direkt neben ihnen.

„Jetzt sind wir gleich am Brennersee“, brummte Steiner konzentriert.

„Hans, da. Fahr auf die Tankstelle. Lass uns checken, ob der Golf dort steht.“

„Schon dabei“, sagte Steiner, zog den Wagen scharf nach rechts und bremste wieder ab.

„Also, ich seh` hier nichts Rotes …“

Es klingelte.

„Ja, Felix?“ Luis hörte aufgeregte Stimmen im Hintergrund.

„Der Frau geht es gut. Wir stehen an der Tankstelle direkt vor der Kontrolle am Brenner. Er ist einfach ausgestiegen und zu Fuß weitergegangen.“

„Gut. Wir sind in zwei Minuten da. Ich will den zuständigen Chef-Carabiniere sprechen, oder wie es heißt, wir müssen uns aufteilen. Kannst du sehen, ob du den findest?“

53

Die Einsatzkräfte sprachen sich ab. Am wahrscheinlichsten schien es Luis, dass sich Dellarosa einen neuen Fluchtwagen besorgen würde. Also teilte er die Teams auf. Steiner und seine Leute liefen los, um das große Parkhaus zu durchsuchen, Felix kontrollierte mit den italienischen Kollegen den kleinen Ort auf der nördlichen Seite, ein weiteres Team der italienischen Grenzstation übernahm mit Karo den südlichen Bereich. In der Mitte thronte das große Outlet-Center.
Das Parkhaus und das Einkaufszentrum waren an diesem sonnigen Sonntagnachmittag gut besucht. Ein perfekter Tag für einen Familienausflug.
Luis hatte kurz mit der Fahrerin des roten Golfs gesprochen. Sie hatte ihm, halb auf Italienisch, halb auf Deutsch erklärt, dass Dellarosa sehr höflich zu ihr gewesen sei, auch wenn er ihr beim Einsteigen kurz seine Waffe gezeigt hatte. Als er die Kontrollstation an der Grenze gesehen hatte, hatte er sich bei ihr freundlich für die Mitnahme bedankt und war einfach ausgestiegen.

Luis stand nun allein an der Tankstelle und schaute sich um. „Wohin würde ich an seiner Stelle gehen? Ich habe es eilig …“
Zügig ging er los. Einfach geradeaus. Der Weg führte ihn direkt über den Hinterhof eines Wohnblocks. Er erreichte die Rückseite des großen Parkhauses und drehte sich um. Dieser Weg hatte ihn unbemerkt an der Kontrollstation vorbeigeführt. Super, dachte er und schwang sich über die niedrige

Absperrung der offen gebauten Garagenanlage. Schon stand er mitten zwischen eng geparkten Autos. Er zog sein Telefon aus der Tasche.

„Ludwig. Kurze Frage, kurze Antwort. Würdest du ein modernes Auto schnell und unauffällig, ohne Schlüssel und ohne große Hilfsmittel knacken können? Und damit wegfahren?“

„Ma, Luis, du stellst immer Fragen. Naa, das ist nicht mehr so wie früher. Heute ist das komplizierter, da kann man nicht mehr einfach ein paar Kabel kurzschließen. Wo bist du?“

„Im Parkhaus am Brenner. Er braucht ein neues Auto.“

„Sicher nicht ohne Schlüssel, technische Hilfsmittel oder einen Fahrer …“

„Danke. Meld` mich später.“

Verdammt.

Luis durchquerte das Erdgeschoss und nahm die Treppe in das erste Obergeschoss des Parkhauses. Er ging auf den gläsernen Übergang zum Outlet zu. Jede Menge Besucher kamen ihm entgegen.

Mist, dachte er und trat in das Treppenhaus zurück.

Er fand eine Nische und kontrollierte seine Waffe, steckte sie aber wieder ins Halfter. Er ging zurück und versuchte unauffällig, den gläsernen Durchgang zu durchqueren, doch die Leute beobachteten ihn mit großen Augen. Er trug noch seine Polizeiweste. Verlegen lächelte er ihnen zu und nickte.

Bloß keine Panik verursachen, dachte er. Oder vielleicht doch? Sollten sie das Outlet räumen lassen? Das gäbe wahrscheinlich ein totales Chaos.

Er trat in den ersten Stock des Einkaufstempels. Direkt vor ihm gähnte die offene Eingangstür eines riesigen Sportmodengeschäfts. Es war voller Touristen.
Luis wendete sich ab und ging langsam den Gang entlang. Große Fenster gaben den Blick auf die Berge frei, auf der gegenüberliegenden Seite lag ein Geschäft neben dem anderen. Männer und Frauen im bunten Freizeitlook, mit und ohne Kinderwagen, jede Menge Kinder und herumalbernde Jugendliche kamen ihm entgegen. Sie bummelten sorglos durch die Läden, aßen Eis und Tramezzini und hatten Spaß.
Er hatte ein ganz schlechtes Gefühl. Sein Herz fing an, sich bemerkbar zu machen.
Plötzlich blieb er wie angewurzelt stehen.
In einer kleinen Espresso-Bar saß ein Mann in einem braunen Ledersakko völlig entspannt an einem der Tische und fixierte ihn. Seelenruhig und ohne den Blick abzuwenden, trank er seinen Espresso aus und griff langsam unter die Zeitung, die neben ihm auf dem Tisch lag.
Luis merkte, dass er blass wurde. Was für ein Albtraum.
Er tastete nach seinem Telefon, doch der Mann schüttelte langsam den Kopf.
Luis näherte sich der offenen Bar. Der Mann grinste. Er stand auf. Seine Hand steckte immer noch unter der Zeitung. Ein Pulk Menschen verdeckte Luis für einen Moment die Sicht.
Dann war Dellarosa verschwunden.

54

So, der Typ war also Bulle. Die Alte im Hotellift war dann wohl seine Mutter gewesen. Interessante Frau. Komisch, dass der Typ ihn da noch nicht auf dem Radar gehabt hatte. Zumal die Übergabe des Bildes da ja kurz bevorstand. Mühsam alles. Zum Speiben.

Dellarosa betrat ein schmales Damenmodengeschäft und ging ganz nach hinten durch.

Eine vollschlanke Touristin in ausgewaschener Jeansjacke und Blümchenbluse strubbelte sich durch ihre kurzen, blondierten Haare, griff nach einem knallbunt gemusterten Kleid und rief laut: „Tobias? Tobias kuck´ ma hier, wat sachste?"

„Das Kleid steht Ihnen leider gar nicht. Tut mir leid", sagte Dellarosa.

Sie drehte sich um und schaute ihn mit großen Augen an.

„Was woll´n Sie denn jetzt … ach du Scheiiiße …! Oha neeeeeh, ne?"

Das Kleid fiel auf den Boden, als sie reflexartig die Hände hob. Er grinste sie schief an.

„Ganz ruhig. Leisten Sie mir einfach ein wenig Gesellschaft, dann passiert Ihnen nichts. Versprochen. Die Hände können Sie runternehmen. Wir gehen einfach nach aus dem Geschäft …"

Ein schriller Schrei hallte plötzlich durch den Laden. Ein kleiner Junge stürzte brüllend auf sie zu und zog Dellarosa am Hosenbein.

„Meine Mama! Lass meine Mama, lass meine Mama …!"

Dann hämmerte er mit seinen kleinen Fäusten auf Dellarosa ein. Die Blicke der Kunden waren jetzt auf den hinteren Teil des Geschäfts gerichtet. Genauer gesagt auf die Glock, die er der Frau an den Kopf hielt.

Er seufzte. Auch das noch. Dann hob er die Stimme und sagte laut: „Bitte verlassen Sie jetzt alle sofort das Geschäft. Si prega di lasciare immediatamente il negozio. Vielen Dank und Grazie."

„Lass meine Mama in Ruhe, Asssloch, lass meine Mama …"

Der Junge schrie jetzt aus vollem Hals.

Nun richtete Dellarosa das Wort an einen Mann in Shorts und Poloshirt, der ihn entgeistert anstarrte.

„Tobias, nehme ich an? Tobias, nehmen Sie das Kind weg. Ihrer Frau passiert nichts."

Der Junge schrie weiter wie verrückt.

„TOBIAS. Bitte. Sofort! Sonst überlege ich es mir anders. Drei, zwei …"

Der Mann erwachte aus seiner Starre und nahm den schreienden Jungen auf den Arm.

„So, schon besser. Raus jetzt." Er schob die Frau vor sich her. „Wie ist denn Ihr werter Name?"

„Su … Su …", stammelte sie.

„Susanne?"

Sie nickte.

„Gut, Susanne. Ich hasse Kinder, müssen Sie wissen. Dieses Geschrei macht mich ganz fertig. Und immer ist alles schmutzig und klebrig, immer diese klebrigen kleinen Hände, die alles angrapschen. Werden sie älter, sind sie respektlos und frech. Grauenvoll. Aber Sie werden ja selbst am besten wissen, wie das ist."

Sie nickte tonlos. Vater Tobias versuchte, das aufgeregte Kind auf seinem Arm zu bändigen und bewegte sich zur Eingangstür. Der Junge schrie weiterhin wie am Spieß und gebärdete sich wie ein wildes Tier. Der Mann setzte den Jungen ab und redete eindringlich auf ihn ein.

„Oh Gott, Tobias, bitte. Ich kann dieses Gebrüll wirklich nicht mehr lange ertragen!", zischte Dellarosa. „Ich weiß ja nicht, wie Sie so was jeden Tag aushalten, das Kind ist ja nicht normal, oder?"

Eine junge Verkäuferin versuchte nun, dem verzweifelten Vater zu helfen. Beide redeten auf den Jungen ein und versuchten, ihn festzuhalten.

„Du liebe Güte, Susanne. Es ist ein gestörtes Kind."

Plötzlich riss sich der Junge los und rannte kreischend durch das Geschäft auf seine Mutter zu.

Dellarosa seufzte wieder. Er zielte auf den kleinen, blonden Kopf. Es knallte ohrenbetäubend. Dann war es still.

„Danken Sie mir später", sagte er kühl.

„Was haben sie getan! PASCAL!", flüsterte die Frau und atmete kurz und hastig. „PASCAL!"

Sie fing an, zu schluchzen. Im Türrahmen des Ladens erschien jetzt ein Mann. Er trug eine schusssichere Weste, hielt seine Waffe im Anschlag und fixierte ihn.

55

Felix sah Steiner vor einer der Eingangstüren im Erdgeschoss stehen und ging auf ihn zu.

„Hast du was von Luis gehö …“

In diesem Moment flogen die Türen auf. Eine traf ihn mit voller Wucht am Rücken. Felix stolperte nach vorn. Steiner fing ihn auf, bevor er ganz zu Boden ging.

„Was zum …“, setzte er an.

Touristen strömten in Panik aus dem Outlet und drängten die beiden zur Seite.

„Luis scheint ihn gefunden zu haben“, meinte Steiner und zog sein Sprechgerät hervor.

„Ich geh rein …“, sagte Felix und tauchte durch den Besucherstrom.

„Nein, warte, FELIX! Scheiße, das ist ein Befehl! WARTE!“

Felix spürte die kühle, klimatisierte Luft auf den Armen. Er trug unter der Polizeiweste nur ein T-Shirt. Er hatte seine Dienstwaffe gezogen und ging so weit es möglich war an den Wänden entlang entgegen dem Strom der Besucher, die weiter zu den Ausgängen strömten. Sie stießen und beschimpften sich, schubsten. Kinder weinten. Zügig ging er weiter vorwärts. Eine Frau kam direkt auf ihn zu. Sie packte ihn am Arm.

„Bitte, schnell, sie sind oben. Polizei! Er hat ihn erschossen. Oben … schnell.“

Felix wurde schwindelig.

„Wer wurde erschossen?“, fragte er die Frau. „WER? Warten Sie!“
Doch die Frau war in der Menge verschwunden. Felix lief weiter Richtung Freitreppe.

„Lassen Sie mich durch!“, rief er und bahnte sich einen Weg durch die flüchtenden Menschen. „Lassen Sie mich doch durch!“
Er hatte die Treppe erreicht. Im ersten Stock angekommen, ging er langsam den leeren Gang entlang. Er hielt seine Waffe mit beiden Händen vor sich. Sein Herz schlug ihm bis zum Hals. Er kontrollierte ein Geschäft nach dem anderen. Alles war wie ausgestorben. Plötzlich sah er eine Bewegung. Ein Mann torkelte langsam aus einem Geschäft. Felix richtete die Waffe auf ihn.

„Polizei! Ich will Ihre Hände sehen!“
Der Mann war voller Blut. Er weinte.

„Hilfe! Helfen Sie mir! Bitte! Er atmet nicht mehr.“

„Hände hoch und zurücktreten!“, rief Felix. „Weg da!“
Er blickte in das Geschäft und erkannte einen leblosen Kinderkörper an der Tür liegen.
Sonst war niemand zu sehen. Auf dem Fußboden zeichnete sich eine lange rote Spur durch das Geschäft.

„Wo sind sie!“, fragte Felix.

„Meine Frau!“, weinte der Mann. „Er hat … meine Frau!“

„WO SIND SIE HIN!“
Er nickte mit dem Kopf den Gang entlang.

„Es kommt gleich Hilfe! Warten Sie hier!“
Felix lief weiter und zog sein Telefon aus der Tasche.

„Karo. Schnell, wir brauchen hier die Rettung … ein verletztes Kind!“

„Man, Felix, wo bist du denn!“, unterbrach ihre aufgeregte Stimme. „Komm sofort her, sie sind hier im Erdgeschoß! Draußen vor der Tür, Parkhausseite! Rasch!“

56

Dellarosa stand buchstäblich mit dem Rücken zur Wand. Er hatte Susanne und Luis direkt vor sich platziert, die Glock war mittlerweile auf Luis` Kopf gerichtet. Eine Gruppe Carabinieri stand mit gezückten Dienstpistolen um sie herum.

„Wo ist jetzt das Auto, Herr Kommissar?“, fragte Dellarosa genervt.

„Herr Major, genau genommen“, antwortete Luis.

„Madonna, du gehst mir auch auf die Nerven. Ich sollte euch beide einfach abknallen.“

„Tun Sie das, dann ist das ganze Theater hier ganz schnell vorbei“, sagte Luis mit erhobenen Händen.

Susanne stöhnte.

„Das würde dir so passen, Bulle. Schau, Susanne findet das gar nicht komisch. Ich dachte, ihr lernt in der Ausbildung De-Eskalation und nicht schlechte Stimmung zu verbreiten. MEHR ABSTAND, ihr Penner! PIÙ DISTANZA!“, rief er den Uniformierten zu.

Luis sah, wie Steiner mit den italienischen Kollegen sprach. Sie wichen zurück.

„Also, wo ist jetzt die blöde Karre?“

„Gleich dort.“

Luis zeige auf den grauen Dienstwagen, der schräg zwischen Tankstelle und Parkhaus auf dem Gehsteig stand.

„Wir brauchen die Schlüssel, Klugscheißer?“

Luis griff wortlos in seine Hosentasche und hielt einen Autoschlüssel hoch.

„Ok, andiamo! Vorwärts. Ganz langsam."
Sie gingen eng beieinander. Steiner und die Gruppe Carabinieri wichen weiter zurück.
„So Bulle, einsteigen, Du fährst. Susanne bleibt bei mir."
Er ging mit ihr zur Beifahrerseite.
„Mach die Tür für mich auf, dann brauche ich dich nicht mehr", flüsterte er ihr zu.
Sie öffnete zitternd die Autotür und hielt sie ihm auf. Rasch schob er sich an ihr vorbei, setzte sich ins Auto und knallte die Tür zu.
„Abfahrt!"
Luis gab Gas.
„Wohin?"
„Italien. Und keine Tricks."
Luis bog in den Kreisverkehr.
„Was darf es denn sein? Bundesstraße oder Autobahn?"
Er sah aus dem Augenwinkel die Glock, die auf seinen Oberkörper gerichtet war. Die Weste hatte ihm Dellarosa schon im Geschäft abgenommen. Zuerst hatte er Luis Dienstwaffe eingesteckt, dann hatte er sich die Schutzweste angelegt.
„Erst mal durch den Ort."
Sie kamen an der Nordseite des Outlets entlang, vorbei an den gut besuchten Pizzerien und Bars.
„Schneller", brummte Dellarosa.
„Soll ich die Leute hier umfahren?", fragte Luis.
„Nein, verdammt."
„Also."

Sie kamen an der Carabinieri-Station am Ende des Ortes vorbei.

„Ha, niemand zu sehen. Typisch“, murmelte Dellarosa. „So, jetzt aber schneller.“

„Bundesstraße?“, fragte Luis.

„Sicher, Mann. Ich fahre doch nicht freiwillig in die nächste Mautstelle. Idiot.“

Luis erhöhte das Tempo.

„Ach, verdammt“, fluchte Dellarosa, „Stell dein Telefon ab. Das werden sie sicher orten. Abschalten!“

Luis griff in die Sakkotasche.

„Zeig´s mir.“

Er holte das Smartphone hervor, entsperrte es einhändig und drückte auf den Knopf.

„Zufrieden?“

Die Fahrt ging weiter über die Landstraße. Sie zog sich in einem engen Tal durch die Berge. Tannen, Fichten und andere Nadelbäume säumten ihren Weg und wuchsen grün und dicht die Hänge hinauf. Es gab hier kaum Verkehr. Und überhaupt keine Abfahrten.

„Wie haben Sie sich unsere Reise jetzt vorgestellt?“, fragte Luis.

Dellarosa schwieg und starrte aus dem Fenster.

„Kleiner Vorschlag meinerseits, denken Sie doch mal eine Weile über Ihr Leben nach, dann finden wir sicher eine …“

„Halt`s Maul und fahr, Arschloch“, brummte Dellarosa leise.

Luis folgte der endlos scheinenden Bundesstraße.

„Wo ist eigentlich das Bild?“
Dellarosa schwieg.
„Wir können beweisen, dass Herzog keines natürlichen Todes gestorben ist. Alina hat die Begegnung mit ihnen auch nicht überlebt, aber Russo wird aussagen“, log Luis. „Und dann noch das tote Kind. Geben Sie auf, Sie haben doch keine Chance.“
Dellarosa hob wortlos die Waffe und zielte auf Luis` Schläfe.
„Passt schon. Hab´s kapiert.“
Luis fuhr schweigend weiter. Nach einiger Zeit kam ein alter Hof in Sicht. Dahinter ein Ortsschild. Brennerbad. Es folgte ein altes Gasthaus, eine Bushaltestelle, schon hatten sie das kleine Dorf hinter sich gelassen. Ein feines Piepen unterbrach die Stille.
„Was ist das?“, fragte Dellarosa.
„Oha.“
„Was heißt hier ‚OHA‘?“, schimpfte er und lehnte sich zu Luis auf die Fahrerseite. Er sah ein kleines rotes Licht in der Tankanzeige.
„Wir haben kein Benzin mehr? Soll das ein Witz sein? Willst du mich verarschen? Das gibt´s ja wohl nicht.“
Er knallte die Glock zornig auf das Armaturenbrett.
„He, aufpassen“, warnte Luis.
„Ich zeig dir aufpassen!“, rief er wütend und richtete die Waffe wütend auf Luis` Kopf.
Hinter einer Kurve kam eine Kapelle in Sicht. Luis wurde langsamer.
„Was soll das! Weiterfahren! Weiterfahren!“, herrschte

Dellarosa ihn an.
Luis bremste weiter ab und fuhr langsam auf den Parkplatz vor der kleinen, hellgrauen Kirche. Er hielt den Wagen an und stellte den Motor ab.

„Chapel of Destiny. Die Reise endet hier.“

“Sehr witzig, Major Arschloch. Ich bestimme, wann die Reise endet.“

„Schon?“ Luis öffnete die Fahrertür und stieg aus.
Dellarosa ließ sich nicht lange bitten. Mit der Waffe in der Hand verließ auch er den VW.

„Langsam. Ich muss nachdenken.“

„Gern. Lassen Sie sich ruhig Zeit.“

„Das würde dir so passen, Bulle!“ Dellarosa öffnete die obersten zwei Knöpfe seines Hemdes. Er schwitzte. Die Sonne strahlte am wolkenlosen Himmel, es war sehr warm geworden. Fast heiß.
Luis atmete tief ein und streckte sich. Es roch nach Wald und Moos. Die hübsche Kapelle hatte weiße Einfassungen um Fenster und Eingangstür, ein großes rundes Fenster zierte die Stirnseite, ein Türmchen ragte aus dem Dach.

„Ganz nett, oder?“, fragte Luis und ging auf die Kirche zu.

„Das ist hier doch kein Ferienausflug, Mann!“
Dellarosa fuchtelte nervös mit der Waffe in der Hand herum.

„He, stehen bleiben!“
Luis ging seelenruhig weiter auf die Kapellentür zu und drückte die Klinke. Es war nicht abgeschlossen.

57

„Wir können die beiden doch nicht einfach so fahren lassen!“, rief Karo und sah dem grauen VW nach, der sich langsam entfernte.

„Keine Sorge“, meinte Steiner. „Die kommen nicht weit. Felix, wir müssen Luis orten, ruf mal Maria an, die kann das doch, oder? Schnell. Wo steht euer Auto? Wir folgen euch.“

Der Trupp setzte sich in Bewegung. Karo fuhr, Felix wählte die Nummer des Büros.

„Hi, Maria. Er hat Luis, du musst ihn orten. Rasch.“

Er stellte das Telefon auf laut.

„Okay, bin schon dabei. Was ist denn passiert?“, klang ihre Stimme hohl aus dem Telefon.

„Dellarosa ist völlig durchgedreht. Zuerst hatte er eine Frau als Geisel genommen, jetzt Luis. Hast du ihn?“

„Warte, geht los“, meinte Maria ruhig. „Sie sind auf der Bundesstraße Richtung Italien.“

„Alles klar. Bleib in der Leitung und sag, wenn sie abbiegen.“

„Du warst vorhin ganz grau“, sagte Karo, während sie das Auto durch den Ort lenkte. “Ich dachte, du kippst um.“

„Ich bin ins Outlet, um Luis zu helfen. Eine Frau kam völlig hysterisch auf mich zu und meinte, es sei jemand erschossen worden. Ich dachte, der Typ hätte Luis getroffen. Da ist mir ganz anders geworden. Der erste Stock war wie ausgestorben. Dann kam ein Mann aus einem der Geschäfte getorkelt. Ich dachte erst, es wäre Dellarosa. Er war voller Blut. Dann erst hab ich das Kind gesehen. Furchtbar."

„Was für ein Kind?", fragte Maria.

„Dellarosa hat ein Kind erschossen."

„Bitte? Der ist ja wohl völlig geisteskrank."

„Er hat die Mutter als Geisel genommen. Draußen hat er sie gegen Luis getauscht. Ihr ist aber nichts passiert."

„Verdammt, jetzt wurde das Telefon ausgeschaltet oder weggeworfen. Die Peilung ist weg."

58

Die Sonne blendete ihn. Er hielt sich eine Hand vor die Augen und sah sich um. Sie waren am Arsch der Welt. Er fluchte leise. Es war so furchtbar warm. Schweiß rann ihm den Rücken hinunter. Er überlegte, ob er das Ledersakko ausziehen sollte.

Scheiß drauf, dachte er. Scheiß auf alles. Im Tank ist sicher noch Benzin für ein paar Kilometer. Ich verschwinde. Thema erledigt.

Er wandte sich zur Fahrertür.

„Was soll das jetzt werden?“, hörte er den Bullen fragen. Der Mann stand in der offenen Kirchentür und hielt den Autoschlüssel hoch.

Dellarosa fluchte. Er richtete die Waffe auf Luis und zielte auf die Körpermitte.

„Warum gibst du mir nicht einfach den Schlüssel. Ich habe es langsam satt! Ende der Reise, wie du schon meintest, Arschloch. Mir reicht es jetzt!“

„Sind Sie eigentlich katholisch?“, hörte er ihn noch fragen, bevor der Typ in der Kapelle verschwand.

„Madonna, wie du mir auf den Sack gehst“, schimpfte er laut.

Genervt stieß Dellarosa die Tür auf und betrat die Kirche. Seine Augen brauchten ein paar Sekunden, um sich an das gedämpfte Licht zu gewöhnen.

Es war kalt, wie es in allen Kirchen kalt war. Und es roch, wie es in allen Kirchen riecht. Alt, kühl, und fürchterlich nach

Weihrauch. Er hasste diesen Geruch. Er atmete vorsichtig die Luft ein und blieb wie versteinert stehen. Er spürte die Kälte. Diese Kälte, die er immer so gehasst hatte. Spürte wieder das harte Holz unter seinen Knien. Roch den stechenden Rauch, von dem ihm jedes Mal übel geworden war. Spürte die Hand des Pfarrers auf seiner Schulter. Hörte in sich die Stimme. Diese Stimme. Er hatte sie irgendwann nicht mehr ausgehalten. Und dann zum Verstummen gebracht. Es war ganz leicht gewesen. Und keiner hatte es bemerkt. Ein tragischer Unfall hatte den Pfarrer der Kirche Sankt Elisabeth in Wien ereilt.
Er fröstelte.

„Ich bekenne Gott, dem Allmächtigen, dass ich Gutes unterlassen und Böses getan habe. Ich habe gesündigt …"

„Halt die Klappe", sagte er laut und trat in das schmale Kirchenschiff. Der Bulle saß lässig in der ersten Reihe, die Füße aufgestellt, die Arme über die Holzlehne der Bank ausgebreitet.

„… darum bitte ich die selige Maria und alle Engel für mich zu beten …"

„Genug jetzt!"

„Soll ich Ihnen etwas verraten? Eigentlich bin ich gar nicht katholisch. Meine Großmutter hat mir das beigebracht. Sie war hochreligiös und hat mich immer zum Beichten mitgenommen. Nett von ihr, oder? Was ist mit Ihnen?"
Dellarosa setzte sich in eine Bank und stützte die Ellenbogen auf die Knie. Die Glock lag in beiden Händen. Er war plötzlich wahnsinnig müde. Und völlig ausgebrannt. Er hasste Kirchen.

Er hasste sein Leben. Und er hasste diesen Typen, der neben ihm saß.

„Was wollen Sie eigentlich von mir“, fragte er Luis.

„Sollen wir zusammen beichten? Sie fangen an.“

„Gib mir den scheiß Autoschlüssel, dann erschieße ich dich nicht.“

„Superdeal. Aber in einer Kirche schießt man nicht, oder“, sagte Luis.

„Wer sagt denn so was?“

„Ich dachte, das wäre ein ungeschriebenes Gesetz …“

„Blödsinn. Was du immer für einen Mist daher redest.“

„Wo ist eigentlich das Bild abgeblieben? Ist es wirklich drei Menschenleben wert? Vier, um genau zu sein.“

„Warum vier? Ich dachte, der Junge atmet noch.“

„Ja, der schon. Aber sein Freund nicht. Er hat übrigens das Bild gefunden.“

„Hinter einem anderen Bild versteckt.“, sagte Dellarosa abfällig. „Darauf muss man mal kommen.“

„Ah, Sie wissen Bescheid. Wenn ich es mir recht überlege, sind sogar fünf Menschen für das Bild gestorben.“

„Jetzt mach aber halblang! Das hängt ihr mir nicht alles an!“

„Wollen Sie die Geschichte hören?“

„Nein“, schimpfte Dellarosa und stand auf. Er ging zum Altar und blieb davor stehen.

„Der erste musste sterben“, fing Luis an, „weil er einfach schlecht gepokert hatte. Er hat seine Spielschulden nicht bezahlt. Das war wohl so um 1933, da waren sie noch nicht mal geplant."

„Interessiert mich alles nicht."

„Sollte es aber, sie spielen ja in der Geschichte auch mit. Das Bild sollte die Schulden begleichen. Es gab Streit, na ja, wie es halt immer so ist. Irgendwann lag der Besitzer tot am Boden, der andere ist mit dem Bild abgehauen und hat es versteckt. Russos Freund Hannes Kirchmayer hat das Bild dann vor ein paar Wochen in Kitzbühel in einem alten Hof entdeckt. Lange Geschichte, die erspare ich ihnen jetzt. Dann gab es wieder Streit um das Gemälde, diesmal musste Kirchmayer sterben. Ob es Russo oder Alina war, wird sich noch zeigen."

„Tja, da habe ich der Welt doch einen Gefallen getan."

„Das Gesetz richtet bei uns über Menschen …"

„Du bist so ein langweiliger Klugscheißer", unterbrach ihn Dellarosa. Er berührte das Altartuch. Es hatte ein goldenes Webmuster. Genau wie damals. Er dachte wieder an die Stimme, die jahrelang leise und süßlich auf ihn eingeredet hatte. Roch das Kerzenwachs auf dem Tuch. Spürte wieder die Hände auf seinen Schultern, obwohl er doch den letzten Atemzug des Mannes vernommen hatte. Unten auf dem kalten Steinboden am Fuße der langen Treppe.

Ihm wurde übel.

„Sie haben drei Menschenleben auf dem Gewissen."

„Mein Gewissen geht dich einen Dreck an. Und das gestörte Kind zählt nicht. Aus dem wäre sowieso nichts geworden."

„Können Sie das mit sich vereinbaren …"

„Meine Seele ist eh am Arsch, also ist alles egal."

„Warum haben Sie auf die beiden im Lager geschossen?“

„Respekt“, murmelte er leise.

„Wie war das?“

„Die Göre hatte keinen Respekt.“ Er drehte sich zurück zu Luis. Zorn funkelten in seinen dunklen Augen auf. „Ich habe den beiden eine echte Chance gegeben. Sie hatten die Gelegenheit, abzuhauen. Der Schwächling wollte gehen, aber dieses Miststück nicht. Also, Pech gehabt. Außerdem hat sie mich angegriffen. Es war Notwehr.“

„Klar. Und was war mit Herzog.“

„Was soll mit ihm gewesen sein. Gierig war er“, sagte er.

„Und Sie wollen das Bild wohltätigen Zwecken spenden oder wie?“

„Devi celebrare le opportunità man mano che arrivano. Sie können mir da nichts beweisen. Gar nichts.“

„Das stimmt so nicht ganz. Herzog ist keines natürlichen Todes gestorben. Wir haben DNA und Fingerabdrücke von Ihnen. Und die Aussage eines Zeugen.“

Luis hoffte inständig, dass Russo in stabilem Zustand in der Innsbrucker Klinik lag.

„Man, der Alte hat sich totgesoffen. Ein Fingerabdruck bedeutet gar nichts. Gib mir jetzt den Autoschlüssel.“ Dellarosa hob die Waffe.

„Und wo wollen Sie dann hin? Die italienischen Kollegen finden Sie in weniger als einem Tag.“

„Lass´ das mein Problem sein.“

„Wo ist das Bild?“

„Was für ein Bild?“ Dellarosa grinste breit, ging auf die

erste Reihe der Bänke zu und streckte die Hand aus. Luis griff tatsächlich in seine Hosentasche und hielt ihm den Schlüssel hin.

„Ciao. Viel Glück."

„Schön sitzen bleiben."

Er hob mahnend die Waffe.

Langsam schritt Dellarosa auf dem alten, ausgetretenen Teppich durch die Bankreihen.

Ich setze keinen Fuß mehr in ein scheiß Gotteshaus, dachte er. Nie wieder. Gott hat sich keine Sekunde in meinem Leben um mich gekümmert. Wir sind fertig miteinander.

An der Tür angekommen, konnte er wieder klarer denken. Warum ließ der Bulle ihn einfach so gehen? Er drehte sich um. Der Mann saß immer noch seelenruhig auf der Bank in der ersten Reihe. Er griff nach der alten, geschwungenen Klinke und drückte sie hinunter. Knarzend öffnete sich die Kirchentür.

Er nahm einen tiefen Atemzug frische Luft und sah in den blauen Himmel. Und in die Mündungen jeder Menge Dienstwaffen.

Sofort knallte er die Tür wieder zu. Ein lauter, unchristlicher Wutausbruch hallte durch die heiligen Gänge.

„Herkommen Arschloch. Subito! Ich brauche dich doch noch. Du bist selber schuld, wenn du draufgehst. Warum lasst ihr mich nicht einfach verschwinden?"

Luis seufzte und stand langsam auf. Er nahm das eingeschaltete Telefon von der Bank, steckte es ein und ging durch die kleine

Kirche zur Tür.

„Jetzt kannst du selber beten! Sag doch nochmal deinen Sünderspruch auf. Oder ein fröhliches Vater unser. Keine Tricks mehr!“, sagte Dellarosa aufgebracht. „Aufmachen!“
Luis öffnete die schwere Tür und zeigte seine erhobenen Hände.
Wie erwartet, hatte Steiner alles aufgefahren, was an einem Sonntagmittag im Südtiroler Brennerbad polizeitechnisch zu mobilisieren war. Sie hatten sich in einem Halbkreis um den Eingang der Kapelle gruppiert. Er erkannte neben Steiner den Chef der Carabinieri, Steiners Team und ein paar Beamte der österreichischen Grenzpolizei. Auch italienische Kollegen waren mit von der Partie. Felix und Karo standen ganz am Rand der Gruppe. Alle hatten ihre Waffen auf sie gerichtet.

„Richard Dellarosa, geben Sie auf. Sie haben doch keine Chance, Mann“, tönte Steiners Stimme laut und kräftig zu ihnen hinüber. „Lassen Sie die Geisel frei!“

„Das könnte euch so passen“, murmelte Dellarosa, während er Luis aus dem Türrahmen in die Sonne schob. „Wenn ich drauf gehe, gehst du mit, damit das mal klar ist. Hier kommt wieder der Klassiker. Sag ihnen, wir brauchen ein Auto. Vollgetankt wäre diesmal wirklich zu gütig. Subito.“

„Das führt doch zu nichts“, sagte Luis.
Dellarosa stieß die Waffe an Luis Kopf.

„Los!“
Sie gingen Schritt für Schritt auf die Gruppe zu.

„Er will ein Auto“, rief Luis in die Runde. „Vollgetankt. Die Waffe ist geladen und entsichert.“

„Wir verhandeln nicht. Lassen Sie die Geisel frei“, rief Steiner.

„Hörst du das, Arschloch? Sie verhandeln nicht. Du bist ihnen wohl nicht wichtig.“

„Tja, sieht so aus“, sagte Luis trocken. „Game over.“

Es knallte ohrenbetäubend.

„NICHT SCHIESSEN!“, rief Steiner „NIEMAND SCHIESST HIER!“

Die Beamten starrten erstarrt auf den Eingang der Kirchentür. Der Schrecken war allen in die Glieder gefahren. Luis hielt sich mit beiden Händen die Ohren. Ihm war fast das Herz stehen geblieben. Er war taub. So kam es ihm zumindest vor. Die Glock war direkt neben seinem Ohr losgegangen. Dellarosa hatte in die Luft geschossen.

„Alles okay“ rief Luis, ohne zu hören, wie laut seine Stimme klang, „ich bin unverletzt. Gebt ihm einfach ein Auto.“

„Das dauert aber“, rief Steiner.

„Ich habe eure Tricks satt. Einen Wagen. Jetzt!“, rief Dellarosa.

Luis sah, wie sich Felix aus der Gruppe löste und zu Steiner trat. Sie sprachen miteinander. Steiner schüttelte vehement den Kopf.

„Der nächste Schuss geht in seinen Fuß“, hörte Luis Dellarosas Stimme wie durch ein Wattepaket.

„Gib ihm einfach ein Auto, Hans“, sagte Luis.

Felix drehte sich um, ging zum Parkplatz und stieg in den Wagen, mit dem er und Karo hergefahren waren. Die Gruppe teilte sich. Felix fuhr direkt vor die Kirche und wendete.

„Schon wieder so ein scheiß grauer VW“, brummte Dellarosa.

„Wenn Ihnen unsere Dienstwagen nicht passen, können wir gerne die italienischen Kollegen bitten, einen ihrer Ferraris zu schicken. Wäre Ihnen das lieber?“, fragte Luis, der sich etwas von dem Schuss erholt hatte.

„Halt die Klappe, Arschloch!“, fuhr er Luis an und rief: “Schlüssel stecken lassen. Tür öffnen!“

Felix stieg aus, ließ die Fahrertür offen stehen und ging einige Schritte zurück.

„Andiamo! Los! Geh!“

Dellarosa schob Luis eilig in Richtung Auto. Plötzlich ging alles sehr schnell. Mit der Waffe am Kopf stolperte Luis über eine alte Baumwurzel und fiel bäuchlings auf festgetretene Erde. Gleichzeitig knallte es wieder.

„NIEMAND SCHIESST HABE ICH GESAGT …“, brüllte Steiner. „Wer war das? Felix, Scheiße, geh weg von dem Auto! Weg da!“

Dellarosa und Luis lagen am Boden. Regungslos. Felix trat auf die beiden zu, trat mit dem Fuß gegen Dellarosas Glock, hob sie auf, sicherte sie und wich in Zeitlupe einen Meter zurück.

„Gesichert!“, rief er.

Eine Blutlache breitete sich unter den beiden Männern aus. Steiner näherte sich langsam.

„Luis!“ Dann sah er auf und rief: „Waffen runter! Alle! Rasch.“

Die Beamten entspannten sich. Die Läufe ihrer Schusswaffen

wurden gesenkt. Bis auf eine.

„Karo!“, sagte Felix. „Es ist vorbei.“

Die junge Frau rührte sich nicht.

„Karo. Ganz ruhig. Nimm die Waffe runter.“

Felix ging langsam auf seine Kollegin zu.

„Karo. Hey. Schau mich an. Ich bin es, Felix. Gib mir die Pistole.“

„Karoline Haberer! Waffe runter! Sofort!“, herrschte Steiner sie an und zielte nun auf seine Kollegin. „Das ist ein Befehl!“

Es schien, als erwachte sie aus ihrer Schockstarre und sah mit aufgerissenen Augen zu Felix.

„Waffe runter!“, brüllte Steiner wieder.

„Karo. Gib sie mir einfach.“ Felix streckte seine Hand aus. „Bitte. Es ist vorbei.“

Sie fing an zu zittern. Tränen liefen über ihr Gesicht. Felix nahm ihr die Waffe aus der Hand und sicherte sie.

„Nein!“, schluchzte sie. „Luis! Ich habe dich doch gar nicht getroffen! Ganz sicher!“

„Stimmt“, brummte eine Stimme am Boden. „Hast du nicht. Könnte bitte jemand diesen Mann von mir entfernen?“

Felix und Steiner rollten Dellarosa zur Seite und halfen Luis aufzustehen. Er war blutüberströmt.

„Mann, Luis, bist du verletzt? Du siehst schlimm aus“, fragte Felix.

„Danke. Ich denke, mir fehlt nichts“, meinte er und klopfte seine Arme und Beine ab. „Alles klar.“

„Was hab` ich dir gesagt? Kein Tag zum Sterben heut“,

lachte Steiner erleichtert.

„Na, und was ist mit ihm?“ Luis zeigte auf Dellarosa.

„Das gilt nicht für Mörder und Geiselnehmer“, sagte er streng. „Inspektorin Haberer scheint eine Ader im Hals getroffen zu haben. Ma, was für a riesen Sauerei.“

EINE WOCHE SPÄTER

Luis öffnete die grün-weiß-gestreifte Holztür und betrat das uralte Wirtshaus in Lans. Im Eingangsbereich wurde er gleich von einer Kellnerin angesprochen. Sie trug ein klassisches, dunkelgrünes Dirndl mit rosa Schürze und weißer Bluse, die langen Haare hatte sie zu einem Zopf gebunden und hochgesteckt.

„Griaß di, Sie haben reserviert?“, fragte sie freundlich.

„Landauer, vier Personen“, antwortete Luis und sah sich um, während sie in einem dicken Buch die Reservierung suchte. Im Erdgeschoß gab es mehrere Gaststuben und auch im Flur waren einige Tische liebevoll eingedeckt. Ein riesiges Hirschgeweih hing an der Wand, daneben führte eine Treppe in die Gasträume des ersten Stocks. Ein paar Gäste waren schon für den Abend eingetroffen, Luis hörte fröhliche Stimmen und Geschirr klappern, als er seinen grauen Wollmantel auszog und ihn sich über den Arm legte.

„Genau, Landauer“, sagte sie. „Bitte folgen Sie mir, Ihr Tisch ist gleich dort in der Ecke. Die Garderobe können Sie an der Tür ablegen.“

Sie führte ihn in eine der Stuben und zeigte auf einen Ecktisch unter einem der gusseisern-vergitterten Fenster. Seine Mutter, Ludwig und sein Großvater hatten es sich schon bequem gemacht.

„Darf s schon etwas zu trinken sein?“

„Ja, vielleicht ein Pfiff Bier. Danke.“

Sie nickte und war sogleich verschwunden. Luis hing den

Mantel an einen Kleiderhaken und trat an ihren Tisch.

„Luis, da bist du ja“, begrüßte ihn Gitta Landauer. Sie saß auf der Bank und reichte ihm beide Hände.“

„Bleib sitzen“, sagte er und drückte sie kurz. Josef erhob sich umständlich von seinem Stuhl und umarmte ihn.

„Na, Bua, auch schon da“, brummte er.

„Alles Gute zum Geburtstag. Gesundheit und Frohsinn.“ Sein Großvater lachte kurz auf.

„Danke, dass du gekommen bist, Bua. Scheen isses da.“

„Griaß di, Ludwig“, sagte Luis zu seinem Onkel, der neben seinem Vater Platz genommen hatte. Er hob zur Begrüßung nur kurz die Hand.

„Bank oder Stuhl?“, fragte seine Mutter.

„Ich rutsch` mit zu dir eina. Seid ihr schon länger da?“, fragte Luis und setzte sich zu seiner Mutter auf die gepolsterte Bank.

„Noch nicht so lange“, sagte seine Mutter. „Keine Sorge, du bist nicht zu spät. Wir waren zu früh. Dein Opa hatte es eilig, wie du siehst.“

Vor ihnen standen halb leere Getränke. Die Kellnerin brachte sein Bier. Luis bedankte sich und hob sein Glas.

„Auf den Jubilar. Alles Gute zum Geburtstag!“

„Kommt jetzt bloß nicht auf die depperte Idee zu singen …“, sagte Josef und stieß mit allen an.

„Und, wie geht es dir jetzt so mit achtundachtzig“, meinte Luis, nachdem er einen großen Schluck Bier genommen hatte.

„Ganz gut eigentlich. An riesen Hunger hab i.“

„Eh klar“, sagte Ludwig und blätterte in der Speisekarte.

„Ich finde es hier so urgemütlich“, sagte Gitta Landauer und schaute sich in dem holzgetäfelten Raum um. „Es gibt nicht mehr viele so schöne alte Stuben.“

„Ich bekomme bei Holzdecken ja immer a bissl Beklemmungen, aber da geht`s einigermaßen“, meinte Luis und schlug die Karte auf. „Habt ihr schon ausgesucht?“

„Ach, ich nehm` einfach a Schnitzel.“, meinte sein Onkel. „Da macht man sicher nix falsch.“

„I a“, brummte Opa Landauer. „Mit Kartoffelsalat. Und Kaiserschmarrn. Später dann.“

„Heut` willst` es aber wissen“, meinte Ludwig.

„Ich dacht`, i hab heut` Geburtstag …“

„Gut, dann gibt`s bei mir die Forelle mit Gemüse“, meinte Gitta klappte ihre Karte zu und drehte sich zu ihrem Sohn. „Und was magst du, Luis?“

„Zwiebelrostbraten, hatte ich schon ewig nicht mehr.“

„Ui, gut. Lässt du mich probieren?“, fragte seine Mutter. Die Kellnerin kam und nahm ihre Bestellung auf.

„Und noch eine Runde Bier“, sagte Ludwig.

„Für mich lieber ein Glas Rotwein. Und eine Flasche Mineral“, meinte Gitta noch, bevor die Kellnerin sich zum Gehen umwandte.

„Also, Luis“, sagte Ludwig. „Was war da jetzt da am Brenner los? Wir sind gespannt wie olle Djembes.“

„Ach ja, genau. Und wo ist jetzt das Walde-Bild?“, fragte Gitta neugierig.

„Was ist denn bitte ‚Djembes‘, fragte Luis und nahm noch

einen Schluck Bier.

„Afrikanische Trommeln!“, lachte seine Mutter.

„Ach, ihr wieder. Na, ich weiß nicht, ich will euch mit meinen Fällen nicht langweilen. Oder zum Essen gruslige Geschichten erzählen.“

„Passt scho, Bua“, brummte Josef. „A spannende Gschicht` hör i a gern. Nacha, leg los.“

„Na gut, wie ihr wollt“, sagte Luis und erzählte von Anfang an.

Als die Kellnerin das Essen brachte, war Luis gerade bei Dellarosas blutigem Ableben angekommen.

„Na, dann Mahlzeit!“, brummte Josef und machte sich über das panierte Kalbfleisch her.

„Guten Appetit! Zum Glück sind wir nicht zimperlich“, sagte Gitta und nährte ihre Gabel Luis Teller, der mit Rostbraten, viel Soße und ein paar Salzkartoffeln gut gefüllt war.

„Warte, ich schneide dir etwas ab“, sagte Luis und ließ sie probieren.

„Hmm“, meinte sie. „Ludwig, schmeckt es euch auch?“

„Danke, ausgezeichnet.“

„Joa, des is a guates Schnitzel“, murmelte Opa Josef. „Da kann man öfta hergehn.“

„Gerne, jederzeit“, sagte Luis und lies sich den zarten Braten im Munde zergehen.

„Ja, und wo ist nun das Bild abgeblieben?“, fragte Gitta und nahm von ihrem Gemüse.

„Amerika“, sagte Luis. „Wir haben in Dellarosas Computer

die Daten des Kunden gefunden, der das Bild gekauft hat. Er kommt ursprünglich aus Österreich, hat aber nun einen amerikanischen Pass. Der Mann hatte im Hotel Lenz eine Suite gemietet. Als wir mit Hannelore und Burkhardt oben in der Bar saßen, hat die Übergabe stattgefunden."

„Na, stell dir vor!", sagte Gitta mit großen Augen. „Sag bloß, der intensive Typ aus dem Aufzug …"

„War Dellarosa."

„Wie spannend! Und er hatte das Bild dabei! Mannomann. Und wir haben es nicht kapiert.", kicherte sie. „Wie aufregend!"

„Ich habe es nicht kapiert", sage Luis.

„Aber das Bild gehört doch eigentlich dem jungen Italiener, oder? Er hat es bezahlt", warf Josef ein. „Hat er denn überlebt?"

„Ja, er hatte einen glatten Durchschuss. Schmerzhaft, aber nicht dramatisch. Richtig, er ist der rechtmäßige Besitzer. Und er hat sich auch genau genommen nicht viel zuschulden kommen lassen. Er hat ausgesagt, dass Alina dem Studenten in einem Wutanfall die tödlichen Wunden mit ihrem Klappmesser zugefügt hat. Das Messer haben wir übrigens in dem Lager gefunden und konnten Kirchmayers Blut nachweisen. Ihre Fingerabdrücke waren darauf. Es ging im Park wohl alles sehr schnell. Ob Russo wegen unterlassener Hilfeleistung verurteilt wird, wird sich zeigen. Der Student war ja sofort tot."

„Die Mitwisserschaft einer geschehenen Straftat ist in Österreich übrigens nicht anzeigepflichtig", meinte Ludwig.

„Waren die beiden denn bei den Ladendiebstählen auch dabei?“

„Nein, Russo wusste von den Diebstählen nichts. Doch Kirchmayer hatte sich, seiner Meinung nach, in der letzten Zeit ziemlich verändert.“

„Meinst du, der wohlhabende junge Mann aus München hat ihn mit seinem Lebensstil beeindruckt?“, fragte Gitta.

„Sieht so aus. Russo meinte, Kirchmayer hatte sogar vorgehabt, den Studiengang zu wechseln, da man mit Geschichte nicht so viel Geld verdienen kann.“

„Tja, da hatte wohl jemand Blut geleckt“, sagte Ludwig und legte das Besteck auf den leeren Teller.

„Hat sich diese Alina denn von dem Schuss erholt?“, fragte Gitta.

„Nein. Sie ist in der Klinik verstorben.“

„Dann hat er drei Menschen umgebracht. Na, wie gut, dass die Kollegin ihn erschossen hat. Ist besser so. Recht hin, recht her“, meinte Ludwig.

Luis schwieg und nahm den letzten Bissen von seinem Zwiebelrostbraten.

„Schau, Luis sieht das anders. Aber soll er ewig auf Staatskosten im Häfen sitzen?“, fügte Ludwig hinzu.

„Wenn sich jeder zum Richter und Henker aufspielt …“

„Nicht jeder … sie ist Polizistin, und hat quasi die Lizenz zum Töten. Außerdem war es ja auch so was wie Notwehr“, sagte Ludwig.

„Genau! Wer weiß, ob du sonst bei uns am Tisch sitzen würd´st“, sagte Josef.

„Man sollte sich der Gewalt nicht mit Gewalt widersetzen. Wer hat mir denn stundenlang Vorträge über afrikanische Länder gehalten, die im Bürgerkrieg versinken? Auge um Auge …“

„Hach Luis, du bist immer so streng. Möchte jemand Nachtisch?“, versuchte Gitta das Thema zu wechseln.

„Joa, I. Kaiserschmarrn. Bekommt der Bua nun das Bild zurück?“, fragte Josef.

„Ich denke schon, aber das geht erst mal durch die Mühlen der Bürokratie. Das Bild wurde vorübergehend beschlagnahmt und das Geld eingefroren, bis der Fall ganz abgeschlossen ist. Russo hat dem Verkauf des Bildes an den Amerikaner jedenfalls schon mal zugestimmt.“

„Ein Walde-Bild für fünfzehn Euro. Das muss man sich mal vorstellen. Hoffentlich ist da kein Fluch auf dem Gemälde“, sagte Gitta. „Gruselig. Ich glaube, ich würde das Bild nicht in meinem Besitz haben wollen. So viele tote Seelen.“

„Seit wann glaubst du denn an Geister? Ich dachte, du bist Ärztin?“, fragte Ludwig und schaute sich nach der Kellnerin um.

„Eben, es gibt manchmal Dinge, die man nicht erklären kann“, sagte sie. „Ich nehme auf jeden Fall das Zitronensorbet.“

Die Kellnerin kam zu ihnen an den Tisch, räumte die leeren Teller ab und nahm die neue Bestellung auf.

„Und was passiert jetzt mit deiner Kollegin?“, fragte Gitta und strich die Tischdecke vor sich glatt.

„Sie ist momentan suspendiert, ihre Schussabgabe wird

noch untersucht. Es gab kurz vor der Aktion am Brenner schon eine unglückliche Situation mit ihr, da hatte ich ihr eine Versetzung im Haus angekündigt. Was aber nun genau mit ihr passiert, kann ich nicht sagen. Falls sie im System bleiben darf, würde sie sich gerne zurück nach Wien versetzen lassen“, sagte Luis.

„Dann fehlt dir jetzt wieder jemand im Team. Habt ihr eigentlich `ne Frauenquote?“, grinste Ludwig.

„Naa, so weit sind wir noch lange nicht. Aber schaun` wir mal, was sich tut.“

Es war stockfinster draußen und es regnete in Strömen. Die Beleuchtung der Straßenlaternen tauchte das Wohnzimmer in schwaches Licht. Luis hängte seinen feuchten Mantel im Halbdunkel über einen der Esstischstühle und zog das Telefon aus der Innentasche seines Sakkos. Er wählte Julias Nummer. Eine hohle Stimme wiederholte ein paarmal dieselben Worte.

„The number you are calling is temporarily unavailable, please try again later.”

Er trat im Dunkeln an die Küchenzeile, tastete nach der Whiskyflasche und einem Glas, ging zu seinem Lesesessel und ließ sich fallen.

Weitere Titel erhältlich im Delventhal Verlag:

KÖCHL KOCHT
TIROL EDITION – Band 1
von Werner & Bettina Köchl

Beste und gschmackige Gerichte einfach zubereitet.
Jedes der zwanzig Gerichte ist in einzelnen Arbeitsschritten ausführlich erklärt und läd zum Nachkochen ein, so werden Köstlichkeiten wie Wiener Schnitzel, Kaspressknödl oder andere leckere Speisen unkompliziert hergestellt.

Die Gerichte in dieser Ausgabe: Tiroler Kaspressknödel, Wiener Schnitzel, Tiroler Leberknödel, Wurstnudeln, Kartoffelgulasch, Hirschfilet, Rindfleisch gekocht, Gurkensoße, Apfelkren, Kalbsbrust gefüllt, Kalbsstelze geschmort mit Wurzelgemüse in Honigsoße, Kalbswangen, Kotelett vom Schwein, Chili Con Carne, Blaukraut, Kartoffelpüree, Kartoffelsalat, Selleriesalat, Krautsalat, Scheiterhaufen.

Unbedingt nachkochen!

Erhältlich als E-Book